KING

261

Di Marcello Simoni la Newton Compton ha pubblicato anche:

La saga di Ignazio da Toledo (Il mercante di libri maledetti – La biblioteca perduta dell'alchimista – Il labirinto ai confini del mondo – Il segreto del mercante di libri – La profezia delle pagine perdute)

Secretum Saga (L'eredità dell'abate nero – Il patto dell'abate nero – L'enigma dell'abate nero)

Codice Millenarius Saga (L'abbazia dei cento peccati – L'abbazia dei cento delitti – L'abbazia dei cento inganni)

La cattedrale dei morti
L'isola dei monaci senza nome
Il mistero delle dieci torri
Il castello dei falchi neri
Il profanatore di tesori perduti
La taverna degli assassini

Illustrazioni di Marcello Simoni

Seconda edizione: marzo 2024

ISBN 978-88-227-7512-2

www.newtoncompton.com

Realizzazione a cura di Librofficina
Stampato nel marzo 2024 presso Puntoweb s.r.l., Ariccia (Roma)

Marcello Simoni

Il segreto del mercante di libri

Newton Compton editori

Per Raffaello,
mercante di libri

PROLOGO

Anno Domini 1232
24 febbraio

Un nitrito nella notte.

L'uomo restò seduto sullo sgabello, nella penombra della sua bottega, a lisciare una tavola di quercia con la pialla. Quel verso doveva provenire da vicino. Da troppo vicino perché lo si potesse ignorare. Ciò nondimeno continuò a osservare i trucioli che cadevano al baluginio della candela, disciplinando le imperfezioni del legno col trasporto di un monaco in preghiera.

Finché non sentì l'allodola smettere di cantare, e un tambureggiare di zoccoli interrompersi a pochi passi dalla sua dimora.

Immaginò un cavaliere smontare di sella e avvicinarsi nel buio, ma non si degnò di sbirciare dalle finestre sigillate con la pergamena. Erano lontani i tempi in cui obbediva all'istinto. Remoti quanto le sofferenze che soltanto una vita mansueta aveva saputo lenire.

«Tornate domani!», sentenziò appena udì un percuotere al battente dell'uscio.

«Reco un messaggio!», rispose una voce maschile da dietro la porta.

«Domani, dopo le laudi!».

«Un messaggio!», insistette lo sconosciuto. «Per Willalme de Béziers!».

L'uomo represse un fremito. Erano anni che non udiva quel nome e, per le piaghe di Giobbe, avrebbe preferito che rimanesse sepolto nell'oblio. Sepolto, ripeté a sé stesso. Posò quindi la pialla, recuperò un grosso chiodo da uno scaffale e, dopo averlo nascosto nell'incavo della mano destra, si avvicinò all'ingresso. «Risalite sul vostro destriero!», intimò. «Willalme de Béziers è morto!».

«Vi cerco da settimane!», replicò il messaggero con tono dolente.

«Siete voi, non è vero? Mastro Willalme, il falegname! La missiva che devo consegnarvi...».

«Willalme de Béziers è morto, ho detto!».

«Può darsi che non abbiate capito! La missiva...».

In un crescendo d'esasperazione, l'artigiano spalancò il battente e afferrò il visitatore per una spalla. «Ebbene?», lo inquisì, puntandogli il chiodo dritto alla gola. «Chi vi manda in terra di eretici?».

Lo sconosciuto, un giovane che non doveva aver ancora raggiunto le venti primavere, lo scrutò con un volto congestionato dal freddo e dalla fatica. Gli occhi dell'uomo, tuttavia, notarono soltanto un mantello di lana, un pugnale inguainato alla cintura e un cavallo legato a un arbusto, sotto il candelabro celeste dell'Orsa che imbiancava le paludi della Camargue.

«Provengo...», balbettò il malcapitato. «Provengo da...».

«Siete duro d'orecchi?», lo scosse. «Non m'importa sapere da dove provenite, bensì chi vi manda!».

«Io...», gli rispose il tizio. «È scritto tutto qui...». E gli mostrò il rotolo di pergamena che stringeva tra le dita.

«Tenetevi pure quel vello», mormorò l'artigiano abbassando il chiodo. «Io non so leggere».

«Può darsi che non sappiate leggere *il latino*», puntualizzò il messaggero, mentre si sforzava di riprendersi dallo spavento. «Ma a detta di colui che mi ha incaricato di cercarvi...», e gli porse il rotolo, «siete perfettamente in grado di comprendere la scrittura araba».

L'uomo non riuscì a trattenere un'esclamazione esterrefatta. Un sogno!, si disse. Doveva trattarsi di un sogno. Anzi, di un incubo evocato dal Maligno... Superato lo sconcerto, prese quindi la missiva, spezzò il sigillo e scorse il contenuto alla luce diafana che proveniva alle sue spalle, trovando immediata conferma di quanto gli era stato annunciato: righe vergate in arabo.

E in quel preciso istante capì di non poter più mentire.

Giacché soltanto una persona, negli sconfinati domini della cristianità, era a conoscenza del suo segreto.

Il segreto di Willalme de Béziers.

«Un'ultima cosa...», aggiunse il messaggero, lasciando cadere ai suoi piedi una scarsella tintinnante di monete.

Willalme trascorse il resto della notte a rileggere il messaggio, e a meditare su colui che gliel'aveva inviato. Senza alcun preavviso, quell'individuo riaffiorava da un passato di meraviglie e di oscurità, chiedendogli di tornare a essere ciò che era stato un tempo. Un sacrificio che andava oltre qualsiasi vincolo di riconoscenza o di lealtà.

Un sacrificio al quale, tuttavia, sapeva di non potersi sottrarre.

Pertanto, riemerso dal suo lungo rimuginare, abbracciò la donna e il bambino che vivevano con lui, fece una promessa e, dopo aver detto loro addio, s'incamminò verso un cimitero che sorgeva al limitare delle paludi.

C'era un albero a guardia dei sepolcri, un antico olmo dal tronco contorto. Willalme s'inginocchiò al cospetto delle radici e, mormorata tra sé un'antica preghiera, prese a scavare con le mani, senza curarsi dell'alba che iniziava a tingergli d'oro i capelli e la barba da eremita.

Avrebbe potuto portare una vanga, rifletté, accorgendosi d'un tratto di quanto fosse dura la terra, ma ciò che stava facendo esigeva una forma di rispetto, quasi d'intimità, del tutto differente dallo stato d'animo di chi si accinge a compiere un semplice lavoro di fatica.

Lui stava *riesumando* una parte di sé stesso.

Un nome, una memoria, un dolore.

E fu con quella consapevolezza che, dopo aver ridotto le dita ad appendici nere e sanguinanti, portò alla luce un involto della lunghezza di circa un braccio.

Vinta un'ultima riluttanza, sollevò l'oggetto che anni prima aveva sepolto davanti alle radici del grande olmo e, con l'amarezza di chi infrange il più sacro dei giuramenti, disfò i lembi della pezza.

Offrendo al barbaglio del sole la lama argentea di una scimitarra.

PARTE PRIMA
IL GUARDIANO

Lo *hiatus* è una profonda spaccatura della terra, quasi *itus*. Se la parola *hiatus* indica propriamente l'apertura della bocca umana, riferito alle fiere allude al famelico spalancarsi delle loro fauci.

Isidoro di Siviglia, *Etymologiae*, XIV, 9, 3

Chi entrerà nella sua bocca?
Chi schiuderà le porte del suo volto?
Intorno ai suoi denti c'è il terrore!

Libro di Giobbe, 41, 4-5

1

Spagna, feudi di León
6 marzo

Quando Ignazio da Toledo giunse davanti al monastero di San Miguel de Escalada, lo trovò avvolto nella luce del tramonto. Rimase a osservarlo a lungo, chiedendosi se quell'immagine persa nella campagna brulla fosse un segno di buono o di cattivo auspicio. Poi si girò verso l'uomo al suo fianco, intento a condurre il carro, e gli diede ordine di avanzare. Aveva compiuto il viaggio per terra e per mare insieme a quattro servi, ma per tutto il tempo gli era parso di essere stato solo. Del resto la compagnia di persone incolte lo annoiava, così come la ripetitività di giornate prive di stimoli per la sua mente curiosa.

Ben presto tuttavia le cose sarebbero cambiate, pensò mentre contava le ombre che si stagliavano a fianco del complesso. Dodici archi a ferro di cavallo, vestigia dell'influsso mozarabico, impreziosivano il portico collegato alla torre campanaria. Archi sotto i quali si scorgevano le sagome dei monaci che avevano ereditato la sapienza e lo spirito del grande Isidoro di Siviglia.

C'era stato un tempo in cui anche lui aveva vissuto in un luogo simile, fra gli amanuensi e i traduttori guidati dal *magister* Gherardo da Cremona. Poi la morte di suo padre e le avversità del destino l'avevano costretto a fuggire, a spostarsi di continuo da un luogo all'altro, senza mai fermarsi. Ma Ignazio non malediceva affatto quella sorte, giacché gli aveva consentito di accrescere il proprio intelletto. E di conoscere il mondo così come la maggior parte del genere umano ignorava.

Trainato dall'incedere di due robusti cavalli, rimase seduto sul carro, a far previsioni su quanto l'aspettava, finché, a pochi passi dal monastero, non scorse tre religiosi uscire fuori dal loggiato. Due giovani e un vegliardo.

Ignazio puntò subito su quest'ultimo le sue iridi color smeraldo. Erano trascorsi almeno vent'anni dall'ultima volta in cui aveva discusso con l'abate Leocadio e ora, al posto di un monaco benedettino nel pieno del vigore, trovava un vecchio incanutito.

Balzato giù dalla serpa, rassettò il mantello decorato con ricami siciliani e gli andò incontro.

«*Peregrinus* Ignazio», lo salutò Leocadio, mentre i confratelli che gli camminavano ai fianchi si scambiavano fugaci bisbiglii, «vi si attendeva con ansia».

«Vostra sublimità», ricambiò il viaggiatore dopo aver disegnato un inchino, «spero di non aver abusato troppo della vostra generosità, inviandovi la mia insolita richiesta».

L'abate scosse il capo. «La foresteria è pronta a ospitare sia voi che i vostri famigli», lo rassicurò. «Sono sempre meno numerosi i viandanti che, deviando dal *Camino de Santiago*, cercano asilo fra queste mura. La vostra venuta rompe una fin troppo prolungata monotonia».

Prima di ribattere, Ignazio notò che i giovani monaci stavano osservando i suoi servi intenti a scaricare dal retro del carro un grosso baule di legno borchiato. Non era difficile immaginare i sospetti che covavano quegli ingenui, ma lui si guardò bene dal mostrarsi offeso. Troppo a lungo la sua ricerca della verità era stata scambiata per sacrilegio, la sua *curiositas* per eresia. «Gran parte del mio bagaglio consiste in libri», dichiarò, sempre rivolto a Leocadio. «Per la felicità dei vostri copisti e a maggior gloria della vostra biblioteca».

«Libri... dalla Corte dei Miracoli?», s'illuminò l'abate.

Ignazio annuì. Era così che in gran parte della cristianità ci si riferiva alla rosa di sapienti raccolta intorno all'imperatore Federico II. Una rosa sbocciata tra Napoli e la Sicilia, e alla quale lui stesso, dopo molte peripezie, era stato ammesso. «Il magister Michele Scoto, *astrologus* di sua maestà», rivelò con enfasi, «vi fa omaggio dei quattro volumi della sua *Mensa philosophica*, insieme alla *Logica* di Aristotele e al *Liber Abaci* di quel Leonardo Pisano che per primo, in lingua latina, disserta su un numero misterioso che i sapienti arabi nominano *zefr*, ossia *zero*, perché vuoto come il vento di Zefiro».

Pur mostrando stupore, Leocadio evitò di guardare il baule, lasciando così trapelare l'urgenza di affrontare ben altro genere di discorsi.

«Ordunque, venerabile padre», lo assecondò Ignazio, che condivideva la medesima premura, «è già arrivato il magister di Salamanca?»

«L'esimio Sarwardo vi ha preceduto di una settimana», confermò l'abate. «Non fa che chiedere di voi».

«In tal caso vorrei incontrarlo subito».

Ma a quel punto Leocadio si adombrò.

Ignazio interpretò quella reazione come un segno di imbarazzo. Forse si era espresso con eccessiva confidenza, rimuginò, mancando inavvertitamente di rispetto al proprio ospite... Poi vide il vecchio abbassare gli occhi, colto da un'improvvisa inquietudine, e solo allora intuì che la situazione fosse più grave di quanto avesse immaginato.

Non ebbe il tempo di far domande che le dita dell'abate si strinsero intorno al suo braccio.

«Sappiate, figliolo», lo avvertì il religioso, «che sta per giungere anche qualcun altro».

«A chi vi riferite?», domandò il viaggiatore.

Leocadio sembrava combattuto, quasi pentito per aver parlato troppo. Alla fine, tuttavia, gli sussurrò un nome all'orecchio.

E Ignazio indietreggiò.

«Ha soltanto espresso il desiderio di parlarvi», volle rassicurarlo l'abate. «Appena ha saputo della vostra venuta... mi ha impartito l'ordine di trattenervi fino al suo arrivo».

«Vale dunque così poco la vostra parola?», s'irrigidì il viaggiatore. «Mi avevate promesso segretezza, la massima discrezione... E invece, per la bocca del Tartaro, non vi siete fatto scrupolo di tradirmi!».

«Vi prego di comprendere la mia posizione», tentò di giustificarsi Leocadio, in palese imbarazzo. «Non era mia intenzione mettervi di fronte al fatto compiuto, ma come potete ben immaginare...».

«Quando?», lo sferzò Ignazio, diviso tra la collera e un crescendo d'angoscia. «Quando arriverà l'infame?»

«Domattina, mi è stato comunicato».

«In tal caso non ho tempo da perdere», esclamò. «Terrò l'incontro col magister di Salamanca e ripartirò stanotte stessa, prima che il vostro amico piombi su di me a guisa d'un falco!».

Poi, senza attendere commenti da parte del mortificatissimo Leocadio, fece segno ai servi di restare vicino al carro e si diresse verso il monastero.

2

Sotto il palpitare delle fiaccole che illuminavano il chiostro ombroso di San Miguel de Escalada, Sarwardo di Salamanca passeggiava sull'erba riarsa con un libercolo tra le mani. A dispetto della statura bassa e della stazza robusta che gli conferivano l'aspetto di un cinghiale travestito da frate, aveva il viso atteggiato in una perenne espressione contemplativa, la quale s'interrompeva di tanto in tanto, nei momenti di maggior riflessione, per manifestare i segni di un'intelligenza acuta.

Segni che emersero solleciti non appena un individuo dall'aria ieratica sbucò dal colonnato che delimitava lo spazio claustrale.

Si trattava di un uomo piuttosto alto, con il capo rasato e una barba del colore del ferro a adornargli il mento. Ma era soprattutto il mantello a parlare per lui. Simili ricami, rimuginò Sarwardo, venivano sfoggiati soltanto dai mercanti saraceni e dai cortigiani del Mezzogiorno.

La certezza assoluta su chi fosse il nuovo arrivato, però, l'ebbe soltanto quando lo vide posare lo sguardo sulla sua persona, per sottoporla a un esame altrettanto scrupoloso di quello che aveva appena subìto.

«Voi dovete essere Ignazio da Toledo», dedusse Sarwardo, mentre chiudeva il libercolo.

«E voi», gli rispose l'uomo, andandogli incontro, «il magister che con le sue insistenti lettere ha reclamato la mia presenza in *Hispania*».

«A onor del vero», ironizzò, «intendevo reclamare la presenza del grande sapiente che servite, Michele Scoto, però mi son dovuto accontentare di voi».

Ignazio continuò a scrutarlo con impassibilità. Nonostante la luce diurna andasse scemando, le sue iridi brillavano di un verde quasi ultraterreno. «Oltre a essere un grande sapiente», spiegò, «Michele Scoto è l'astrologo e il consigliere personale dell'imperatore. È gravato da fin troppe incombenze per poter lasciare la corte di Sicilia. Inoltre...», soggiunse aprendo le braccia, «avete scritto per ottenere un consulto su una reliquia. E con tutto il rispetto per lo Scoto, in materia di reliquie sono più versato di chiunque altro».

«Un mercante di reliquie», confermò Sarwardo, segretamente affascinato da quel timbro di voce caratterizzato da un accento indefinito, metà castigliano e metà moresco, al pari del *sabir* dei marinai. «È questo che eravate un tempo, nevvero?»

«Lo sono tuttora», precisò candidamente il viaggiatore.

Falsa modestia est vanitas manifesta, pensò tra sé il magister di Salamanca. «Mi domando», continuò appositamente per provocarlo, «quale contributo possa fornire una figura del vostro genere alla Corte dei Miracoli».

«Un contributo che risulta scomodo a molti», gli rispose, «giacché tende a svelare più spesso di quanto lo si vorrebbe la natura pagana di credenze e rituali all'apparenza cristiani».

«In altre parole, fate il contrario di quello che ci si aspetterebbe da voi».

«E da voi, invece, cosa dovrei aspettarmi?», replicò il mercante, lasciando trapelare una punta d'irritazione.

No, si corresse Sarwardo. Ignazio da Toledo non era irritato. Nei suoi modi si leggeva piuttosto un'insofferenza simile a quella di una fiera in gabbia. Come se, appena presentatosi all'appuntamento, quell'uomo desiderasse già andarsene. «Chiarirò ogni cosa tra un istante», gli promise. «Prima, però, vorrei sottoporvi un quesito che mi ha assillato negli ultimi sette giorni, mentre vi attendevo in un crescendo di noia fra queste vecchie mura: perché avete fissato il nostro incontro in un simile romitorio?».

Il mercante si schermì dietro un sorriso evasivo. «Avreste preferito un luogo più affollato?»

«Ci sono luoghi appartati anche a Toledo e a León», replicò Sarwardo. «Perché attirarmi *in terra rusticorum*, in un monastero evitato addirittura dai pellegrini diretti a Santiago de Compostela?».

Ignazio si guardò intorno, indugiando fra le ombre dense del colonnato. Ed ecco affiorare di nuovo in lui l'animale in gabbia, l'indole del fuggiasco. «Dispongo di pochissimo tempo», tagliò corto. «Tempo che gradirei impiegare in maniera più fruttuosa».

«È così pressante l'urgenza di tornare dallo Scoto?», lo canzonò di rimando il magister. «O qualche misteriosa faccenda vi reclama già altrove?».

Il mercante si strinse nelle spalle.

«Ignazio Álvarez da Toledo, l'uomo dai mille segreti!», declamò Sarwardo con l'enfasi di un istrione. «È in questo modo che alludono a voi i dotti di Salamanca, lo sapevate? Secondo alcuni di loro non siete nemmeno una persona in carne e ossa, bensì un mezzo demone concepito da un *incubus*, come il mago Merlino».

«Parlatemi piuttosto dei *vostri* segreti», lo invitò Ignazio, assumendo d'un tratto un'aria minacciosa, «giacché è molta la strada che ho fatto per venirvi ad ascoltare».

Il magister vide le sue lunghe dita sgusciare fuori dal mantello e tracciare nell'aria un segno che sapeva di negromanzia.

«Segreti», sottolineò il mercante, «che vi hanno spinto a chiedere il consiglio di sapienti così lontani dallo *studium* di Salamanca da suscitare in me il sospetto che abbiate commesso chissà quale delitto».

«Nessun delitto!», si difese all'istante Sarwardo, abbandonando il suo atteggiamento indisponente. «Mi sono soltanto imbattuto in un enigma... Un enigma citato in scritti e leggende a volte in modi contraddittori, ma pur sempre fedeli al medesimo concetto... Un enigma che, per essere svelato, richiede intelletti ben superiori a quelli con cui sono solito confrontarmi».

«Un enigma?», ripeté Ignazio, assai contrariato. «M'inganno, o nelle vostre lettere avevate invece scritto di possedere un'inestimabile reliquia?».

Il magister, in palese difficoltà, iniziò a fissare il libercolo che aveva tra le mani.

«Una reliquia, sì!», lo incalzò il mercante. «Una reliquia che avrebbe consentito all'imperatore di rientrare finalmente nelle grazie di papa Gregorio! Ebbene, dove l'avete messa? Esigo che me la mostriate subito».

«State pur certo che sarete accontentato!», temporeggiò Sarwardo, superando l'imbarazzo. «Ma sappiate che la questione della reliquia riguarda *una parte* della verità... L'argomento di cui intendo mettervi al corrente è assai più complesso, e sarete d'accordo con me che lasciarne testimonianza su un messaggio scritto...».

«In sostanza mi avete attirato fin qui con una menzogna!», sbottò Ignazio, alzando le braccia al cielo. «Per san Gabriele, si può sapere cosa succede quest'oggi? Tutti mi mentono! Tutti! Gli abati, i dotti… Oh, subdoli spiriti mendaci!». E senz'altro aggiungere si voltò verso l'uscita.

«Ma… cosa state facendo?», lo rincorse il magister, che tutto si aspettava fuorché una reazione inconsulta. «In nome di Dio, aspettate! Concedetemi almeno il tempo di concludere il discorso!».

«Quale tempo?», snocciolò il mercante, continuando a dargli le spalle. «Un attimo fa mi è stato annunciato che un mio nemico metterà piede in questo monastero, e io non intendo certo farmi trovare qui al suo arrivo. Pertanto, messer imbroglione, se volete essere così clemente da lasciarmi andare…».

«Sta bene, maledizione!», sbuffò Sarwardo. «Ma accidenti a voi, salutatemi almeno come si conviene!».

Per tutta risposta, Ignazio da Toledo si volse con un sospiro esasperato, già pronto ad abbozzare un cenno di congedo. Quando l'uomo di Salamanca ne approfittò.

Liberatosi in fretta del libercolo, estrasse un oggetto circolare da una tasca della sua cappa e, tenendolo sul palmo, lo mostrò al mercante. Che, in un lampo d'incredulità, spalancò gli occhi.

«Oh!», esclamò Ignazio. «E questo cimelio… dove l'avreste scovato?».

E Sarwardo gli rispose col più indecifrabile dei sorrisi.

3

Fu così che, per un attimo, Ignazio si dimenticò della collera e delle rivelazioni angoscianti dell'abate Leocadio. Ora a occupare la sua mente c'era soltanto l'oggetto misterioso sul palmo di Sarwardo, un disco poco più grande di una moneta contrassegnato da una serie di immagini incise sopra.

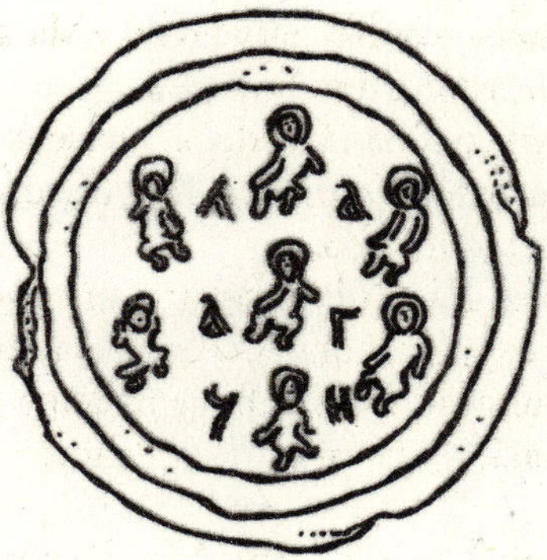

Si trattava di un amuleto in ceramica invetriata.

Il mercante era ben consapevole delle proprietà magiche spesso attribuite a quel genere di manufatti, come pure della resistenza del materiale in cui era stato realizzato il talismano di Sarwardo. Insensibile al gelo più pertinace e all'arsura del deserto, la ceramica era infatti in grado di mantenersi inalterata nel corso dei secoli. Eppure Ignazio colse subito l'antichità dell'oggetto. Non tanto per via dei bordi sbeccati, quanto per la superficie opaca e lo stile arcaico delle decorazioni.

Decorazioni a dir poco criptiche, consistenti in sei caratteri appartenenti a un alfabeto di origine oscura e in sette figure umane dotate di aureola e rappresentate in posizione supina.

«Sette persone addormentate...», osservò con tono assorto.

Il magister di Salamanca annuì compiaciuto.

Ignazio lo fissò di sbieco. C'era qualcosa d'indefinito in quell'ometto dal volto contemplativo, un tratto di ambiguità che rendeva ancora più misterioso l'oggetto che teneva sul palmo. «Ripeto la domanda», disse. «Dove avete trovato questo cimelio?»

«Decifrate ciò che vi è stato inciso sopra», lo sfidò Sarwardo, «e vi risponderò».

«Mi pareva d'essere stato chiaro», ruminò il mercante. «Non ho tempo per gli indovinelli».

«Peggio per voi», celiò il magister, accennando a far sparire l'amuleto in una tasca.

Resistendo alla tentazione di prenderlo a schiaffi, Ignazio raccolse una pietruzza da terra e si avvicinò a una colonna sopra la quale, in luogo del capitello, ardeva una fiaccola odorosa di resina.

«Sulla faccia dell'amuleto vedo sei caratteri disposti in due file verticali», enunciò alla svelta. «Probabilmente un miscuglio tra alfabeto greco e latino».

Quindi li graffì sulla colonna seguendo l'ordine preciso in cui comparivano.

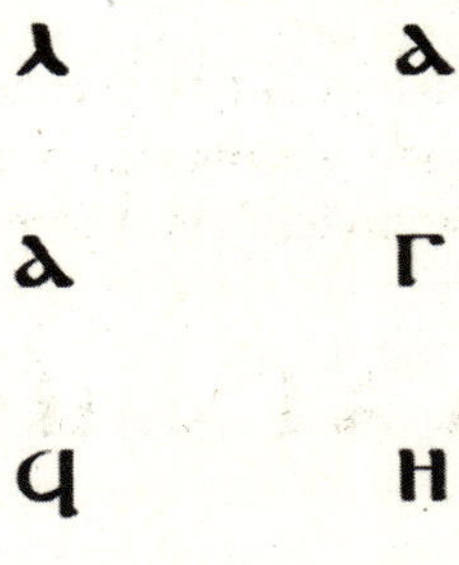

«Partendo dall'alto, a sinistra», continuò, «riconosco una sorta di V o Y capovolta, forse una lambda greca. Seguono un'A minuscola o un'alfa ripetuta due volte e una L rovesciata simile a una gamma maiuscola, che tuttavia potrebbe anche essere una R onciale minuscola o una T beneventana... Infine, in basso, distinguo una sorta di Y e una H maiuscola». Quindi si voltò verso il magister. «Mi seguite?».

Sarwardo rimase più inespressivo di una sfinge.

«La Y m'insospettisce», dichiarò il mercante, ormai assorbito nel gioco mentale. «La sua forma sinuosa è atipica, ingannevole...». Poi, dopo aver annuito tra sé, rivelò: «Non si tratta né di una ipsilon greco-latina né di una gamma minuscola, ma di un segno derivato dall'antica grafia che Erodoto definisce "demotico": l'equivalente egizio della F».

«Pertanto?», fremette l'uomo di Salamanca.

«Pertanto», concluse Ignazio, «l'iscrizione del vostro amuleto è in copto, ovvero la scrittura dei sacerdoti cristiani d'Egitto. Una scrittura», sottolineò con una nota di cautela, «usata non solo per i testi sacri, ma anche per tramandare le formule di evocazione dei sacerdoti pagani».

Prima che Sarwardo potesse esprimersi al riguardo, il mercante aveva già graffito sulla colonna una nuova linea di testo, ricopiando i caratteri secondo il classico ordine di lettura, ossia da sinistra a destra e dall'alto verso il basso.

ⲗ ⲁ ⲁ ⲅ ϥ ⲏ

Ma dopo aver articolato qualche sillaba dal suono incerto, scosse il capo. «Affinché questi segni acquisiscano un senso», dichiarò senza alcuna incertezza, «vanno letti da destra a sinistra».

Quindi trascrisse:

ⲁ ⲗ ⲅ ⲁ ⲏ ϥ

E di seguito traslitterò:

A L K A H F

Sarwardo era visibilmente impressionato.

«Mirabile!», esclamò il mercante, indifferente allo stupore che aveva suscitato. «La scrittura copta nasconde una parola araba».

«*Al-Kahf*», annuì il magister.

«La caverna», tradusse prontamente Ignazio. Quindi, dopo aver rivolto a Sarwardo il più penetrante degli sguardi, soggiunse: «Non una caverna qualsiasi, tuttavia. *Questa* caverna!». E indicò i contorni dell'amuleto. «La caverna citata dalla diciottesima sura del Corano e celebrata da una *legenda* cristiana che proviene dalla notte dei tempi... È quella, dico bene? La caverna perduta, nelle cui profondità sette giovani avrebbero dormito per duecento anni ininterrotti, senza invecchiare di un sol giorno... I Sette Dormienti! Non c'è ombra di dubbio, sono loro a essere raffigurati nel vostro amuleto! E scommetto che è per risolvere il loro mistero che mi avete fatto giungere fin qui dalla corte di Sicilia».

Sarwardo malcelò lo sbalordimento dietro un cenno di plauso. «Eccellente!», esclamò. «Ammetto d'aver impiegato settimane a sciogliere lo stesso enigma... e non si può certo affermare che io sia a digiuno di buoni studi! Il che, se non vi offende, m'indurrebbe a chiedervi da dove provenga la vostra eccezionale erudizione».

«In gioventù fui traduttore dall'arabo presso la scuola di Toledo», rivelò Ignazio, accorgendosi d'un tratto che il chiostro di San Miguel era diventato un quadrato di tenebra delimitato dal vampeggiare delle fiaccole.

Nulla di cui preoccuparsi, si disse per placare un moto d'angoscia. C'era ancora tempo per fuggire... Anche se non poté esimersi dall'imprecare contro la propria curiosità. Se fosse stato un uomo d'intelletto semplice, pensò, non avrebbe mai subìto il fascino dell'amuleto di Sarwardo e in quel momento si sarebbe già trovato sul suo carro, lontano dal monastero. Lontano dal pericolo.

Un pericolo che tuttavia si sarebbe manifestato soltanto al canto del gallo, gli rammentò una voce tentatrice nella mente.

Fu quindi con modi più pacati che Ignazio riprese la conversazione. «Secondo i testi canonici», precisò per dimostrare di non essere a digiuno dell'argomento, «la caverna di cui stiamo parlando si trova a Efeso o ad Arabissos, ma nulla di certo mi è dato sapere sulle reliquie dei Sette Dormienti».

«Alcuni le vorrebbero a Marsiglia», disse Sarwardo, con l'aria di chi sa molto più di quanto afferma, «nella cripta dell'abbazia di San Vittore».

Il mercante lo scrutò con scetticismo. «Non pretenderete di condurmi fino a Marsiglia!».

L'uomo di Salamanca accennò un rapido diniego. «La mia meta è assai più sfuggente», rivelò, mentre si gonfiava di ambizione. «Essa si nasconde tra il mito e la verità storica, in un luogo accessibile solo a pochi. È un autentico miracolo, ciò che vado cercando! Un prodigio che i più grandi sapienti e negromanti inseguono da millenni!».

«Mi state propinando un altro indovinello, Sarwardo?», lo punzecchiò.

«L'amuleto, mastro Ignazio!», ribatté il magister. «Come poc'anzi voi stesso avete riconosciuto, l'amuleto riassume gli elementi salienti di una tradizione antichissima, e per di più condivisa da innumerevoli culture e linguaggi! Ci avete mai riflettuto con serietà? I cristiani d'Oriente e d'Occidente, gli arabi, i barbari dell'Asia, gli egizi e persino gli etiopi... *Tutti* conoscono la leggenda del sonno immortale! Tutti! Perché è lo stesso sonno in cui si narra siano caduti il filosofo Epimenide di Creta e addirittura re Salomone! Un sonno fuori dal tempo, durante il quale la mente resta vigile e si pasce della sapienza universale!».

Ignazio si sentì letteralmente contagiare da quell'entusiasmo. Del resto, era sempre stato facile preda di simili argomenti. Da giovane aveva sentito dire da un vecchio chierico che i Dormienti, per l'intera durata del loro letargo, avevano ascoltato il canto delle potenze angeliche. Inoltre credeva con fermezza che il *somnium*, inteso come estasi onirica, fosse uno stato di grazia in grado di far accedere l'essere umano all'onniscienza divina. L'aveva sperimentato lui stesso, anni prima, attraverso le visioni indotte da un rituale appreso da un libro di magia caldaica. E per poco non era morto.

«Avete catturato la mia attenzione», dovette ammettere, pur restando trincerato dietro un'istintiva diffidenza. «Non vedo però come si possa accedere al mistero di cui parlate senza aver prima scoperto cosa si cela dietro la leggenda dei Dormienti».

«Oh», rise Sarwardo, «ma io ho scoperto qualcosa di assai più importante! Ho trovato la *chiave*, capite?»

«Quale chiave?»

«Il cane!», gli rispose con un'enfasi che per poco non tracimò nel delirio. «Il cane che faceva da guardia ai Dormienti! Il cane che viene ricordato nei sacri scritti di Gregorio di Tours e persino nel Corano... Avete compreso? Il *cane onniveggente*, che si addormentò con i Sette nella caverna, e che beneficiò del loro stesso sonno immortale!».

«Quale cane?», obiettò il mercante, smarrito. «Nell'amuleto io non vedo alcun cane!».

Allora l'uomo di Salamanca girò il disco di ceramica, offrendo alla luce della fiaccola il rovescio del talismano.

E Ignazio fremette per lo stupore.

Davanti ai suoi occhi c'era l'immagine di un essere metà cane e metà uomo. Un mostro cinocefalo avvolto in una tunica sacerdotale e dotato di uno scettro simile al caduceo del dio Ermes. Al suo fianco compariva una breve iscrizione.

Il mercante stava appunto cercando di leggerla quando una voce proveniente dal lato opposto del chiostro lo fece trasalire.

E allora capì di essere finito in una trappola.

4

Sforzandosi di mantenere il proprio contegno, Ignazio si voltò verso l'individuo ammantato di scuro che stava affiorando sotto le fiaccole del chiostro. Nonostante procedesse ingobbito, accompagnandosi con un bastone per ovviare al difetto di una gamba zoppa, il nuovo arrivato sembrava una persona d'indubbia autorevolezza. No, si corresse il mercante appena l'ebbe riconosciuto. Non si trattava di una semplice persona, bensì di un frate domenicano. Un *Domini canis* che, approfittando del suo ascendente sul re di Castiglia, trasformava in inferno la vita di chiunque violasse i suoi ferrei princìpi di moralità. O di chi avesse la "colpa", come Ignazio, di essere un mezzosangue mozarabo, sospettato di idolatria.

«Álvarez!», esclamò Pedro González, accentuando le pieghe di un volto che rispecchiava l'asprezza della Galizia, sua terra natia.

«I miei ossequi», lo salutò il mercante con tono affettato, mentre dava le spalle all'attonito Sarwardo. Infine notò una seconda figura che, quasi esitante, stava uscendo dalle tenebre. «Oh, ci siete anche voi, venerabile Leocadio!», soggiunse tra il beffardo e l'accusatorio. «Sbaglio, o mi avevate detto che non mi sarei dovuto aspettare questa visita amena prima dell'indomani mattina?»

«Padre Leocadio non ha colpa», spiegò il domenicano, facendosi avanti col suo incedere sghembo. «Sono stato io a fornirgli indicazioni ingannevoli», ridacchiò. «Del resto, con la volpe bisogna sapersi comportare da volpe».

«Lo prenderò come un complimento», rispose impassibile Ignazio. Nel frattempo notò altre sagome umane profilarsi sotto gli archi del chiostro, nell'ombra. A giudicare dai riflessi metallici che guizzavano al bagliore del fuoco sui loro toraci, dovevano essere armigeri.

Ben mi sta, si rimproverò il mercante, che per l'ennesima volta pagava lo scotto di chi si sofferma più del dovuto ad ascoltare il canto delle sirene. Pur conoscendo la pericolosità di Pedro

González, per giunta. Discendente da una stirpe di nobili *caballeros*, quel religioso aveva seguito re Ferdinando III in battaglia contro i mori almohadi, contribuendo a fomentare una reconquista che, pur essendosi spinta attraverso le terre di al-Andalus fino al Maghreb, non riusciva a penetrare le mura di Cordova.

«Insomma, qualcuno mi spieghi!», s'intromise Sarwardo, manifestando una punta di insofferenza. «Cosa sta succedendo?»

«E costui chi sarebbe?», fece padre González, rivolto a Leocadio.

«Costui, vostra grazia», lo informò l'abate, deferente, «è la ragione per cui Ignazio da Toledo è giunto a San Miguel de Escalada».

«Ah», fece il domenicano, per poi osservare con fastidio il magister di Salamanca. «Voi, signore, ritiratevi nella foresteria o dove più vi aggrada, purché vi leviate di torno. La conversazione che sto per intrattenere con mastro Álvarez è di natura privata».

«Anche la mia lo era!», protestò Sarwardo.

«Non siate idiota», gli sussurrò Ignazio. «Obbedite».

Augurandosi che il magister fosse abbastanza perspicace da cogliere il suo tono d'allarme, il mercante aprì quindi le braccia per attirare l'attenzione sulla propria persona. «Ebbene, fra' Pedro», disse, «quale smania vi avrebbe spinto ad allontanarvi dalla *curia regis* per tendermi questa imboscata?»

«Imboscata...», ripeté González, quasi divertito. «Ad ascoltarvi senza malizia, vi si potrebbe addirittura scambiare per un uomo privo di colpa».

«Non più di chiunque altro in questo chiostro», insinuò con un'ironia che sfiorava l'impudenza.

Il domenicano sbatté la punta del bastone sull'erba. «Eppure siete l'unico, fra i presenti, a servire un altro re».

Un'accusa insidiosa, rimuginò Ignazio, già pronto a correre ai ripari. «La fedeltà della mia famiglia verso la corona è...».

«Voi non siete vostro padre!», lo sferzò González, dando libero sfogo alla sua ostilità. «Lui sì che fu un uomo retto, un *notarius* che servì fedelmente re Alfonso VIII di Castiglia per tutta la vita, accettando oneri e doveri come si conviene a un buon suddito! È lui che dovete ringraziare, Álvarez, se re Ferdinando ha tollerato fino a oggi la vostra condotta sfrontata. Ma ora... ora siamo ben oltre la sopportazione! È già da due anni che risiedete presso la corte dello Svevo, a stringere amicizie coi suoi consiglieri, a godere della sua protezione, a comportarvi alla stregua di un suo araldo... senza curarvi di fare un affronto al sovrano di Castiglia!».

Ferito dal ricordo del padre, che si era consumato come una candela davanti a uno scrittoio da burocrate, il mercante rise con asprezza. «Dovrebbe andar fiero, re Ferdinando, del fatto che un suo suddito sia stato ammesso fra i più illustri sapienti d'Oriente e d'Occidente!». E aggrappandosi alla più solida delle proprie certezze, aggiunse: «È un arricchimento alla sua personale maestà, questa mia impresa! Una gemma da incastonare nella sua cristianissima corona! Ma a onor del vero... a onor del vero reputo che il saggio Ferdinando sia ben consapevole del valore di chi dedica la propria vita a coltivare la sapienza. Reputo sia frutto di un intelletto assai più meschino la calunnia di cui voi, fra' Pedro, vi fate ambasciatore».

«L'avete sentito?», disse González in direzione di Leocadio. «Costui riesce a mascherare la sua scaltrezza così bene, tra una parola e l'altra, da farla sembrare verità del *Vangelo*».

«Non ho certo bisogno di ricorrere ad alcuna astuzia verbale», replicò il mercante, mentre osservava la sagoma di Sarwardo allontanarsi di soppiatto fra le colonne. «Le conquiste a cui alludo sono bastevoli a misurare il mio valore e la mia buona fede».

«Ma non la vostra nobiltà di sangue», insinuò il domenicano.

Spiazzato da quell'uscita, Ignazio gli rivolse un'occhiata interrogativa.

«I vostri possedimenti, Álvarez. La vostra *heredad*!», chiarì González con sadico godimento. «Se mi sono concesso il piacere di raggiungervi in questo monastero, è stato espressamente per rendervi noto che sua maestà non è più disposto a riconoscervi i beni terrieri elargiti cinquant'anni or sono al vostro defunto padre». E concedendosi una pausa a effetto, prese a camminare intorno al mercante. «Si tratta di benefici *pro tempore*, capite? Benefici che voi potreste reclamare soltanto in virtù di un titolo nobiliare che non possedete. Giacché, nel caso l'abbiate dimenticato, voi non siete un hidalgo ma un semplice pechero[1]».

[1] Plebeo.

Tra lo sgomento e l'angoscia, il mercante pensò alla sua bella casa circondata da moggi di terra rossa. Pensò al vento che scivolava tra gli alberi di ulivo, ai ricordi che fin dall'infanzia che lo legavano a quel luogo... Poi, con una fitta d'inquietudine, pensò alle persone amate che aveva lasciato là, ad attenderlo, illudendosi che fossero al sicuro. «Ma...», mormorò. «In quella terra vivono mia moglie... Mio figlio...».

«Ah, già!», ghignò il domenicano, che pareva non aspettare altro. «Anche di vostro figlio devo parlarvi».

«Cosa significa?», sobbalzò Ignazio. «Cos'è successo a Uberto?»

«Dunque non sapete?», continuò a giocare con lui González. «Non vi è giunta notizia?»

«In nome di Dio, parlate!».

«Ha ucciso un uomo», rivelò il domenicano. «Un messaggero del re. E ora è tenuto segregato, in attesa della condanna».

Senza nemmeno rendersene conto, il mercante si avvicinò di scatto allo zoppo e lo afferrò per il collo. «Dove?», lo scosse, incurante di un armigero che, sbucato da sotto un arco, avanzava verso di lui a spada sguainata.

«Che nessuno lo tocchi!», ordinò González, rivolto ai suoi uomini. «Non mi farà del male. Non oserà!».

Per un attimo Ignazio fu tentato di contraddirlo. Sapeva da tempo che fra' Pedro stava ordendo un complotto per rovinarlo. Voci giunte fino alla corte di Sicilia l'avevano allertato sul rischio cui sarebbe andato incontro facendo ritorno in Hispania... Ma nemmeno l'immaginazione più sfrenata avrebbe potuto prepararlo a una simile sciagura!

S'impose di respirare. Di non comportarsi alla maniera di un rustico, di non dargli soddisfazione.

Quindi, imbrigliati i suoi sentimenti, lasciò andare il domenicano e ricompose la sua maschera d'impassibilità. «Ebbene», disse, «dove avete fatto portare mio figlio Uberto?».

Prima di rispondere, Pedro González raccolse il bastone che gli era caduto a terra e rassettò con calma la sua cappa nera di *frater praedicator*. «Recategli visita, se lo desiderate», replicò poi, con malignità. «Si trova a mezza giornata di cavallo da qui, a Mansilla. Nella cripta di San Martín».

5

Senza avere un piano ben preciso in mente, Ignazio uscì a passo svelto dal monastero di San Miguel de Escalada, slegò dal carro il più robusto dei due cavalli che l'avevano portato fin lì e, dopo averlo sellato, ordinò ai servi di attendere il suo ritorno. Quindi partì al galoppo, squarciando l'oscurità della notte con una fiaccola abbastanza luminosa da consentirgli di seguire la strada che serpeggiava verso sud-ovest, lungo le sponde del fiume Estla.

Pedro González era totalmente uscito di senno, pensava nel frattempo. Il mercante l'aveva conosciuto cinque anni prima, nel castello di Andújar, fiutando fin da subito l'antipatia che quella serpe covava verso di lui. Ma come immaginare che un uomo di Dio potesse mostrare una simile ostilità?

Eppure, meditò, una figura di grande importanza come fra' Pedro non poteva essersi scomodata a raggiungerlo per adempiere a una semplice funzione di rappresentanza. Doveva nascondersi ben altro dietro il suo modo di agire, un complotto assai intricato che di sicuro metteva in relazione l'espropriazione dei benefici terrieri con l'arresto di Uberto.

Un complotto al quale non era impossibile sfuggire, cercò di convincersi Ignazio mentre attraversava a spron battuto il dominio delle tenebre. Prima di tutto scoprendo fino a che punto Fernando III fosse coinvolto nella vicenda. E poi...

Un guizzo più nero della notte gli tagliò la strada, lasciando nei suoi occhi l'immagine di un lupo. Coraggio, si disse Ignazio, Mansilla è vicina. Ciò nondimeno aizzò il cavallo, tenendo la fiaccola ben sollevata per guardare inanzi a sé. Finora era stato talmente preso a ragionare da non aver considerato che fiere e briganti potevano nascondersi dietro ogni albero o siepe, rischiando di esporlo a pericoli ben più concreti di quelli che al momento rappresentava fra' Pedro. E lui era solo, senza nemmeno un'arma con cui difendersi. Avvolto in abiti così preziosi che avrebbero istigato persino un contadino a derubarlo.

Ma l'angoscia per aver lasciato la propria famiglia in balia di una terribile minaccia superava di gran lunga qualsiasi paura, spingendolo a galoppare senza requie, a dispetto dello sfinimento, finché le fiamme delle stelle non svanirono dietro un drappo color turchese. E i primi raggi del sole sfiorarono un'imponente cinta muraria al di là del fiume.

Rinfrancato da quella visione, Ignazio condusse il cavallo verso un ponte di pietra che, scavalcando le acque dell'Estla, si collegava alle fortificazioni di pietra rossa.

Ecco Mansilla!, si disse, accorgendosi che proprio in quel momento alcune guardie in usbergo e sopravveste stavano assistendo all'apertura del cancello a saracinesca che aveva isolato l'abitato durante le ore buie.

Spingendo al limite le energie del cavallo, attraversò quindi il ponte e si fermò al cospetto del portale.

«Mi chiamo Ignazio Álvarez!», dichiarò con una nota d'urgenza. «Sono diretto alla chiesa di San Martín!».

Uno degli armigeri lo fissò con occhi ancora gonfi di sonno. «Per quale motivo, forestiero?»

«Mio figlio è tenuto prigioniero là dentro», spiegò, mentre già accennava a proseguire.

«Frenate la foga!», scattò il soldato, afferrando la cavalcatura per il morso. «E in nome del re, smontate di sella».

Ignazio obbedì suo malgrado e restò in attesa, mentre l'armigero faceva qualche passo indietro per confabulare con i suoi commilitoni. Finché non lo vide far ritorno.

«Álvarez, avete detto?»

«Sì».

«Potete passare», gli rispose il soldato con un ghigno pieno di sottintesi. «Eravamo stati avvisati del vostro arrivo».

6

Prima di vedere la chiesa di San Martín ne udì le campane. Riempivano l'aria coi loro rintocchi, accompagnati dai bronzi di altri edifici sacri che, oltre a battere le laudi mattutine, risvegliavano il popolo rammentando la solennità del *Reminiscere*[2]. Procedendo al trotto fino a una piazzola semideserta, Ignazio si trovò quindi al cospetto di una torre massiccia, con contrafforti di granito e un portale sovrastato da un arco a ferro di cavallo simile a quelli di San Miguel de Escalada.

Più piccola e assai meno minacciosa di quanto si fosse aspettato, San Martín spiccava a fatica in mezzo a un anello di caseggiati, botteghe e stallaggi che facevano contrasto, con la loro rozzezza, allo scorcio delle mura esterne.

Il mercante avanzò senza rallentare, guardandosi intorno per cogliere eventuali minacce finché non distinse, a pochi passi dal portale, due armigeri di guardia. Cani fedeli a Pedro González, suppose, o forse all'alcalde di Mansilla. Ripensò poi a suo figlio che doveva trovarsi rinchiuso tra quelle mura e, fugato ogni indugio, smontò di sella.

Simulando indifferenza alle occhiate furtive dei soldati, legò il cavallo a un anello di metallo infisso a una parete e proseguì a piedi verso l'ingresso della chiesa, mentre iniziava a chiedersi se non stesse per cadere in una trappola. Entrato che fu nel ventre di pietra di San Martín, si concentrò sull'unica persona presente all'interno, ossia un chierico intento a smorzare delle candele sotto la luce ambrata che filtrava dalle finestre del presbiterio.

«Chiedo venia!», richiamò la sua attenzione, camminando verso di lui a passi spediti.

Anziché rispondergli, il religioso lo scrutò con una nota di disappunto.

[2] Così si chiamava la seconda domenica di Quaresima.

Soltanto allora Ignazio si rese conto del proprio aspetto. Doveva avere una faccia a dir poco sconvolta, per non parlare degli abiti coperti di polvere giallastra a causa della lunga cavalcata. «Chiedo venia», ripeté, assumendo un atteggiamento più dignitoso possibile. «Sono giunto in questo sacro asilo per recare visita a un recluso».

«Un... recluso?», farfugliò il chierico, ancora impegnato a squadrarlo.

«Un prigioniero di nome Uberto Álvarez», specificò. «Se mi è stato dichiarato il vero, è segregato *sub clave* nella vostra cripta, per ordine di fra' Pedro González».

«Ah, il venerabile González!», replicò il religioso, mentre un'espressione di consapevolezza faceva finalmente breccia sul suo volto. Poi, dopo aver riposto in una nicchia lo spegnitoio di cui si era servito fino a quel momento, posò la mano sul mazzo di chiavi appeso alla catenella che gli faceva da cintura. «E voi chi sareste, per il prigioniero?», volle informarsi in un crescendo di circospezione.

«Il padre», rispose Ignazio.

Un attimo dopo stava seguendo il chierico lungo una scala diretta ai sotterranei di San Martín, incapace di spiegarsi perché fra' Pedro avesse scelto un luogo del genere per rinchiudere un prigioniero. Mansilla era un abitato fortificato, dotato di un castello e di strutture assai più idonee a quello scopo, considerato anche il loro elevato grado di sorveglianza. A parte i due armigeri appostati davanti al portale, invece, il mercante non aveva scorto altri uomini di guardia presso la chiesa.

«Non è inconsueto», spiegò il religioso, soddisfacendo in parte la sua curiosità, «che ci venga richiesto di tener confinato qualche scellerato nelle nostre segrete».

Giunto al termine delle scale, Ignazio lo vide staccare una lanterna da un gancio fissato al soffitto e proseguire con l'ausilio del lume per un corridoio ombroso.

«Il fatto è», continuò il chierico, mentre la sua voce iniziava a echeggiare, «che San Martín non possiede reliquie o paramenti preziosi da custodire, perciò si è iniziato a far uso di questi ambienti a mo' di ossario, o come cella per rinchiudere i novizi ribelli e i servi indocili».

Prima che Ignazio potesse approfittare di quell'inattesa loquacità per ottenere ulteriori informazioni, si accorse che la guida stava posando la lanterna davanti a una porticina ad arco.

«Ecco», si sentì dire, «vostro figlio è qui».

In uno slancio di premura, il mercante si avvicinò all'ingresso, trovandolo sigillato da una cancellata di ferro al di là della quale, rintanato nell'angolo di un cubicolo privo di finestre, c'era un uomo con i capelli lunghi, vestito con un farsetto lacero e con un paio di brache.

Il mercante si voltò quindi verso il suo accompagnatore e gli elargì una moneta d'argento. «Affinché si possa parlare in confidenza», dichiarò con tono persuasivo.

Nel frattempo il recluso aveva alzato lo sguardo, offrendo al bagliore della lanterna il più amareggiato dei sorrisi.

«Salute ad Abramo, *pater excelsus*», motteggiò con asprezza, «che dopo anni d'assenza si rammenta del suo povero Isacco».

7

«Hai tutti i diritti d'insultarmi», ammise Ignazio, mentre osservava con angoscia le condizioni in cui versava suo figlio. «Sono stato lontano da casa, è vero... Ma come potevo immaginare che ti fosse toccata in sorte una simile disgrazia?»

«Se la mia sciagura ti ha arrecato qualche incomodo mi rincresce», continuò a ironizzare Uberto, restando seduto sullo strato di paglia accumulato ai margini della cella. «Perciò vattene! Tornatene pure in Sicilia, a leccare i piedi al tuo sommo astrologus».

Prima di ribattere, il mercante attese che il chierico si fosse allontanato abbastanza da consentirgli di affrontare, sebbene con discrezione, argomenti più delicati. «Sei ingiusto», bisbigliò. «Dopo le nostre disavventure nel regno di Napoli, sai bene che Michele Scoto non mi avrebbe mai lasciato andare sulla parola. Ho dovuto conquistare la sua fiducia per poter lasciare la corte di Federico II, e ti assicuro che non è stata impresa facile».

«Mi rallegra», lo canzonò il prigioniero, «che almeno una persona al mondo si fidi di te».

Ignazio batté un palmo sulla parete. «Dov'è Sibilla?», domandò, dando voce al cruccio che lo tormentava dalla notte.

«Ti importa davvero?», fece Uberto, mentre il suo tono passava dal beffardo all'accusatorio.

«Dov'è mia moglie?», rimarcò il mercante, a un passo dall'ira.

«*Mia madre* si è messa in salvo con Moira e la piccola Sancha», rivelò Uberto, alzandosi in piedi con un gesto quasi solenne. «Hanno trovato rifugio presso Astorga, sul Cammino, nel convento femminile di Santa Eufemia».

«Un convento?», ripeté Ignazio, assai confuso.

«La badessa è un'amica. Le terrà al sicuro finché potrà».

«Al sicuro *da cosa*?», insistette. «Ti prego di spiegarmi nei particolari. Ancora non mi raccapezzo in questa faccenda».

«I nostri possedimenti», disse a quel punto Uberto, afferrando le sbarre coperte di ruggine. «Non abbiamo più nulla. Non un filo d'erba, non un animale da pascolo. Per ordine del re, ci è stato portato via tutto».

Scorgendo da vicino il volto emaciato del figlio, il mercante avvertì una stretta al cuore. «È l'unica cosa di cui sono stato informato», ribatté. «Oltre che del tuo arresto, ovviamente. Altrimenti non sarei qui».

«È successo circa due mesi fa», continuò Uberto. «Un uomo si è presentato nella nostra dimora. O meglio... è penetrato di soppiatto, col favore della notte, senza alcun preavviso».

«Cosa voleva?»

«Prima che potesse proferir verbo, gli ho piantato un coltello nella pancia».

Dunque fra' Pedro aveva detto il vero, pensò Ignazio. Suo figlio era *davvero* colpevole di omicidio.

«Sono stato costretto», precisò Uberto, quasi avesse intuito i pensieri del padre. «Oltre a me, entro le mura domestiche c'erano mia madre, mia moglie e mia figlia. Trovandomi di fronte a uno sconosciuto, per di più armato di pugnale, non ho esitato un istante. Se sono qui a raccontarlo lo devo a Dio, che mi ha dato un sonno leggero».

«Quindi ti sei difeso», si rasserenò il mercante, intravedendo una scappatoia da quella situazione. «Non hai commesso alcun crimine».

Il prigioniero scrollò le spalle. «Se pensi di poter far cambiare idea al giudice, ti avverto che è un'impresa vana».

«Perché mai?».

Uberto si avvicinò ancora di più, lasciando trapelare dallo sguardo, per la prima volta, un bagliore di paura. «L'uomo penetrato in casa nostra aveva il volto coperto da una maschera di ceramica», sussurrò. «E, che san Michele ci protegga, brandiva un pugnale a forma di croce».

Ignazio fece un passo indietro, folgorato dal ricordo di un individuo ammantato di nero, col viso nascosto da una maschera più rossa delle fiamme dell'inferno. Per un attimo lo vide avanzare nel buio, in sella a un destriero dalla criniera d'ebano, con le dita strette su un pugnale simile al crocifisso del martirio di Gesù Cristo.

«No...», gemette. «Non può essere...».

«Era uno di loro», incalzò Uberto.

«Dominus è morto...», proferì a bassa voce il mercante. «La Saint-Vehme non mi dà più la caccia».

«Ne sei sicuro?»

«Sono trascorsi molti anni. Se i Veggenti fossero ancora interessati a me, l'avrei saputo».

Uberto sbirciò alla destra del padre per sincerarsi che il chierico continuasse a mantenersi a debita distanza, quindi fissò Ignazio con aria risoluta. «Io so quel che ho visto», dichiarò con un fremito. «Quel maledetto era uno di loro».

Ignazio si sforzò di opporsi allo sconcerto. Dei molti pericoli che aveva affrontato in vita sua, la Saint-Vehme era di gran lunga il più spaventoso. Sotto quel nome si raccoglieva una congrega di sicari mascherati, altrimenti detti Veggenti, sparpagliati per tutta l'ecumene e in grado di agire con la furtività di un'orda di spettri. Nemmeno i coronati erano in grado di fermarli, augurandosi alla stregua di chiunque altro di non trovare mai, ai battenti delle proprie dimore, un messaggio affisso col pugnale cruciforme. Giacché era attraverso quel genere di avvertimenti che la Saint-Vehme preannunciava il proprio arrivo. «Loro non agiscono come l'uomo che hai ucciso», dissentì, aggrappandosi a quell'unica certezza. «Prima di palesarsi alle vittime prescelte, usano avvisarle».

«In tal caso l'avvertimento mi è stato dato con due giorni di ritardo», replicò Uberto, «da un drappello di armigeri che recavano i colori di sua maestà. Dopo aver fatto irruzione nella nostra dimora, quei porci mi hanno accusato di aver assassinato un messaggero di re Ferdinando e...». Si portò una mano sul volto per nascondere i segni dell'angoscia. «E ti giuro che è una menzogna!», seguitò in uno slancio di rabbia. «Quell'uomo aveva tutt'altro che l'aspetto di un messaggero... Portava un coltello, una maschera e...».

«Cos'altro ti hanno detto gli armigeri?», chiese Ignazio, imponendogli di mantenersi lucido.

«C'era anche Sibilla con me», specificò Uberto, «quando gli sgherri, proferite le loro accuse, hanno mostrato un documento che decretava la revoca dei nostri beni. Dopodiché mi hanno caricato a forza su un carro e portato al cospetto di fra' Pedro González».

«Quel bastardo!», non poté trattenersi il mercante.
Uberto lo fissò in tralice. «L'hai incontrato?».
Ignazio annuì. «È stato lui a comunicarmi la faccenda dell'esproprio, e pure a dirmi dov'eri tenuto prigioniero».
«Risiede a Mansilla da settimane», gli rivelò il figlio, incapace di ricacciare in gola l'angoscia. «È sceso in questa cripta molte volte, per parlarmi».
«Per dirti cosa, di grazia?»
«Che ti stava aspettando».

8

Nonostante avesse appena riesumato dalla memoria gli orrori della Saint-Vehme, Ignazio non riuscì a reprimere l'astio nei confronti di fra' Pedro. «Se solo un demone mi bisbigliasse all'orecchio i suoi piani...», ruminò tra i denti.

«Nulla ha lasciato trapelare, il domenicano», lo deluse Uberto, «se non il fatto di essere ossessionato da te. Le domande che mi ha rivolto vertevano per la maggior parte sul tuo operato presso la Corte dei Miracoli. Credo sia incuriosito dalla tua sapienza, dalla natura del tuo intelletto... e dalla misura in cui quest'ultimo attinga dal sapere antico dei pagani».

«In sostanza», rimuginò il mercante, «sta cercando un appiglio per accusarmi di eresia».

«Per renderti suo schiavo», lo corresse Uberto.

Ignazio rifletté un istante su quelle parole. Suo figlio era forse la persona più acuta che conosceva. Iniziato alle arti del Trivio in un monastero benedettino alle foci del fiume Padus, Uberto aveva conservato la mente fulgida di un fanciullo che si accosta ai fenomeni del visibile e dell'invisibile senza alcun preconcetto. Con la pecca però di lasciarsi fuorviare dalle emozioni. «Se fra' Pedro volesse piegarmi al suo volere», obiettò, «gli basterebbe minacciare di trascinarti davanti a un boia».

«Non sarebbe abbastanza», insistette il prigioniero, fermo nelle proprie convinzioni. «Conversando con lui ho percepito la sua ostinazione, il suo puntiglio... Credimi, padre. Quel serpente è intenzionato a spezzarti nel profondo, e non sarà pago finché non ti avrà tolto ogni cosa. La famiglia. La casa. La dignità».

«Ma per quale motivo?», rimuginò Ignazio. «Cosa vuole da me? Io non ho niente da offrirgli...».

Uberto scosse il capo. «Tu non fai che interrogarti sulle ragioni logiche», disse, mentre il suo tono tradiva sempre maggior complicità, «e così facendo eviti di soffermarti a riflettere su ciò che spesso non abbisogna di moventi e di giustificazioni logiche, ossia la natura malvagia delle persone. Ebbene, Pedro González è essenzialmente questo: un malvagio. Egli aspira ad assoggettarti come faceva re Salomone con gli spiriti dell'aria e, al di là del vantaggio che intende trarre da una simile strategia, gode al semplice pensiero di stringerti fra i suoi artigli».

«All'inferno González», si affrettò a cambiare discorso il mercante, accorgendosi che il chierico si stava avvicinando. «Adesso bisogna provvedere a te».

«No», replicò Uberto, mentre sul suo volto iniziava a dipingersi una nuova forma d'inquietudine. «Devi pensare prima alle nostre donne. Sibilla, Moira, la piccola Sancha... Assicurati che non succeda loro nulla di male».

«Non permetterò che succeda nulla di male *a nessuno*», sottolineò Ignazio, per poi iniziare a bisbigliare con tono così sommesso da costringere il figlio a leggere i movimenti delle sue labbra. «Fuori da questa chiesa ci sono solo due armigeri. Se riuscissi a...».

«A corromperli?», mormorò Uberto, per poi accennare un diniego. «Fra' Pedro ha scelto bene i suoi sgherri. Sono più fedeli dei cani. Senza contare che persino le scolte appostate sulle mura di Mansilla devono essere state allertate sul nostro conto. Stai pur certo, padre mio, che non mi lascerebbero mai uscire vivo di qui. Tu, invece, sei ancora libero di agire. Segui il mio consiglio, corri da Sibilla».

Suo malgrado, il mercante dovette ammettere che Uberto aveva ragione. Rammentava bene la circospezione delle guardie incontrate davanti alle mura dell'abitato, e pure il finto disinteresse degli sgherri davanti al portale di San Martín. Tuttavia si ribellava all'idea di lasciare suo figlio in prigione. «Non starò alle regole di quel domenicano», disse. «Non ti lascerò marcire in questo buco».

«Ho una possibilità di fuggire», gli confidò a quel punto Uberto.

Ignazio torse la bocca. «Lo dici per mandarmi via a cuor leggero».

«Lungi da me il volerti sgravare dal rimorso», dichiarò il prigioniero. «Ma conosco un modo per uscire, è la pura verità. Non appena avrò trovato il modo di forzare questa serratura...».

«In tal caso, prendi», lo interruppe il mercante, infilando attraverso le sbarre una fiala di vetro sigillata da un turacciolo di cera.

Uberto la prese prima che il chierico la notasse, facendola sparire con un gesto furtivo sotto il farsetto. «*Aqua fortis?*», domandò con un sussurro speranzoso.

«Distillata a Palermo», confermò il padre, «nelle storte di Michele Scoto».

«In tal caso», gli sorrise, «ti raggiungerò quanto prima al convento di Santa Eufemia».

Il mercante scosse il capo. «Attenderò il tuo arrivo fuori da Mansilla e fuggiremo insieme».

«No», insistette Uberto. «Potresti destare dei sospetti... Senza contare che perderesti del tempo prezioso. Se il mio piano dovesse funzionare, avrò bisogno di qualche giorno per uscire dalle fortificazioni... E credimi, sarà più facile se sarò da solo».

«In tal caso mi fido di te», sbuffò Ignazio, rassegnato. «Ma usa accortezza, e se possibile non versare altro sangue: peggiorerebbe la tua situazione agli occhi del re».

Il figlio annuì. «Ci rivedremo a santa Eufemia».

«E da lì, tutti insieme, lasceremo queste terre ingrate», gli promise poi il padre, prima di congedarsi con l'angustia nel cuore.

9

Ignazio risalì sul cavallo con l'impressione di aver lasciato una parte di sé dentro la cripta di San Martín. Pur ritenendo Uberto capace di imprese ben più ardue dell'evadere dalle segrete di una vecchia chiesa, non riusciva a placare il rimorso. Se solo fosse stato presente nel momento in cui gli eventi avevano iniziato a precipitare, si ripeteva, convinto che le cose sarebbero potute andate diversamente. Anche se, a onor del vero, la principale mancanza che si attribuiva era l'aver negato affetto al figlio e soprattutto alla moglie.

Perdonami, Sibilla!, pensò mentre lasciava la piazza già gremita di fedeli che accorrevano alla messa della seconda domenica di Quaresima. Solo ora, dopo anni trascorsi in un arcipelago di pergamene e di dotte speculazioni, il mercante capiva quanto grave fosse stato il suo peccato. E quanto poco sapesse di come sua moglie aveva vissuto in quel lungo periodo.

La vista delle mura di Mansilla lo distolse per un attimo dal suo compiangersi, spingendolo a chiedersi quale astuzia avrebbe escogitato Uberto per oltrepassare simili fortificazioni. Poi, senza indugiare con lo sguardo sulle sentinelle, diede di sprone lungo il ponte pietroso che attraversava l'Estla, ritrovandosi a galoppare su una lingua di polvere in direzione di San Miguel de Escalada.

Astorga, pensò, dando momentanea requie ai rovelli della coscienza. Ora non doveva far altro che recuperare il suo carro, i suoi averi e i suoi servi per poi ripartire alla volta di quell'abitato, nella speranza che Sibilla potesse aiutarlo più di Uberto nel far chiarezza sulla situazione.

A dispetto del resoconto del figlio, Ignazio dubitava che l'uomo penetrato nella sua dimora fosse un emissario della Saint-Vehme. Era assai più probabile che l'intruso mascherato fosse stato uno sgherro agli ordini di Pedro González e che pure quell'episodio conclusosi nel sangue fosse riconducibile al misterioso intrigo ordito dal domenicano.

Un intrigo dal quale il mercante aveva tutte le intenzioni di sfuggire.

Che gli sciacalli del re si prendessero pure i suoi benefici, meditò mentre il sole descriveva un arco su di lui, volgendo pian piano verso occidente. Che si prendessero pure la casa, le terre, le colline e persino le nuvole sopra di esse! A Ignazio non importava. Una volta riunita la sua famiglia, l'avrebbe portata lontano da fra' Pedro.

Se quell'infame sapesse!, rise tra sé, tenendo gli occhi puntati sulla strada.

Fu quindi con rinnovata speranza che, poco prima del tramonto, tornò nei pressi del monastero in cui il giorno prima aveva incontrato Sarwardo di Salamanca. Anche se i suoi pensieri non potevano essere più distanti dai discorsi affrontati con quel magister. Ora, sotto le meningi di Ignazio, albergavano unicamente la speranza di non trovare Pedro González ad attenderlo e l'urgenza di proseguire il viaggio sul suo carro.

Ed eccolo, il carro!

Il mercante ne colse la forma spigolosa tra la campagna e l'edificio sacro, proprio là dove l'aveva lasciato. Non appena si trovò nelle immediate vicinanze, tuttavia, intuì che qualcosa non andava.

Dov'erano i servi?, si domandò.

E perché non c'erano fuochi accesi nei paraggi?

«Rashad!», chiamò, pronunciando il nome del più fidato tra i suoi famigli.

Nessuno rispose.

«Rashad!», ripeté con maggiore urgenza, per poi aggiungere: «Salimbene! Gregorius! Hassan!».

Nulla.

Frenato il cavallo davanti al veicolo, Ignazio scese di sella e prese a camminare in un crescendo d'inquietudine. Il monastero di San Miguel, nel frattempo, iniziava a tingersi di scuro sotto l'imbrunire.

«Rash...», fece per chiamare di nuovo, quando all'improvviso batté la punta di un calzare contro un fagotto seminascosto tra gli sterpi, a pochi passi dalle ruote del carro.

Colto di sorpresa, il mercante si piegò sulle ginocchia per controllare in cosa si fosse imbattuto.

Ma ancor prima che le sue mani si fossero posate sopra lo strano involto, un lampo di consapevolezza gli strappò un grido dalla gola.

10

Era un corpo umano avvolto in una cappa di guarnello.

Ignazio si rialzò di scatto, tenendo gli occhi puntati sulle ciocche di capelli ricci che spuntavano fra le pieghe del tessuto. I capelli da cupido di Gregorius, il più giovane dei servi, giunto con lui dalla Sicilia.

Nello sforzo di mantenere la mente lucida, il mercante si rammentò di un altro particolare di Gregorius. Chinatosi di nuovo, scostò quindi il lembo della cappa che copriva le gambe del cadavere e, cercando di ignorare il lezzo del sangue, ispezionò i calzari di cuoio finché non ebbe recuperato da quello di destra un pugnale nascosto all'altezza della caviglia.

Dopo essersi rialzato con l'arma protesa in avanti, si portò dunque verso il retro del carro, mentre lo scuotere di crine del cavallo, l'unico rumore a turbare quel silenzio sepolcrale, gli giungeva così remoto da dargli l'idea che provenisse da un altro mondo.

La parte posteriore del veicolo gli parve la bocca dell'inferno. Sormontata da una tettoia di legno e delimitata da una tenda lacera, offrì al suo sguardo uno spazio d'ombra nel quale giacevano altri due cadaveri.

Salimbene e Hassan, constatò Ignazio, per poi proseguire verso il lato anteriore.

Là lo attendeva Rashad, riverso sulla serpa con la gola squarciata e la bocca aperta in un grido muto che, per una sorta di beffa della suggestione, gli riecheggiò con forza nella testa.

Quell'agguato era destinato a lui, ragionò in fretta mentre si guardava intorno nella speranza di scorgere tracce degli autori del massacro. Non poteva che trattarsi degli armigeri giunti al seguito di Pedro González.

No, si corresse subito dopo Ignazio. Benché fedele a fra' Pedro, l'abate Leocadio non avrebbe mai acconsentito che si consumasse un simile eccidio davanti al suo monastero. E poi per quale ragione

González avrebbe dovuto desiderare la morte di quattro semplici servi?

D'altro canto, si sforzò di riflettere il mercante, non era nemmeno plausibile che la *familia* monastica fosse rimasta all'oscuro del delitto. Le mura di San Miguel de Escalada sorgevano a meno di venti passi dal carro, e di certo uno o più monaci erano stati testimoni dell'evento.

Ignazio non aveva ancora concluso quel ragionamento che stava già camminando verso il monastero, mentre i colori del cielo venivano inghiottiti dall'imbrunire fomentando in lui il presagio di andare incontro al pericolo.

Un presagio che divenne quasi doloroso mentre superava il colonnato del portico e continuava in direzione del triplice portale che, a guisa di una triplice piaga, si apriva sulla facciata di San Miguel.

Stigmate nella pietra, gli suggerì una voce inquieta nella mente. Poi il mercante si ritrovò nella semioscurità interna della navata, fra il palpitare di poche candele.

«Leocadio!», si decise a chiamare. «Venerabile Leocadio, dove siete?».

Fra le ombre che regnavano nel presbiterio colse un movimento.

Ignazio si avvicinò, scorgendo a poco a poco il delinearsi di due sagome alte, avviluppate in mantelli, con le teste sprofondate in cappucci a punta.

Monaci?, si domandò, nient'affatto convinto.

Nel portamento di quelle due figure non c'era nulla di monacale, né tantomeno di venerando. Erano passi marziali quelli che giungevano alle sue orecchie. Passi che risuonavano a guisa di rintocchi funebri.

«Chi... siete?», mormorò il mercante, sollevando d'istinto il pugnale di Gregorius. «Dove sono i confratelli di San Miguel? Dov'è il padre abate?».

A rispondergli fu il raschiare di una lama che veniva estratta dal fodero.

Ignazio indugiò, nell'attesa che i due sconosciuti uscissero dall'ombra, così da poterne scorgere i lineamenti al bagliore dei ceri disposti lungo la navata.

Ma quando accadde, il più antico dei terrori si avvinghiò intorno alle sue gambe.

Sotto quei cappucci neri non c'erano volti umani.

C'erano maschere dai tratti demoniaci.

11

«Freddezza?», ripeté Uberto con scherzoso disappunto. «Quella di mio padre non è semplice freddezza, ma autentica atarassia!».

«Alludete al distacco dei socratici?», tentennò il chierico che gli stava parlando da oltre le sbarre.

«Dei filosofi epicurei», lo corresse il prigioniero. «E di Democrito, anche». Poi sbirciò oltre l'inferriata, usando attenzione a non toccare la serratura. «A proposito di gente noiosa... padre González è già tornato a Mansilla?»

«Be'», motteggiò il religioso, forse divagando di proposito, «non credo affatto che gli epicurei fossero gente noiosa...».

Uberto lo squadrò da capo a piedi. Quell'individuo era più alto di lui di una spanna, ma assai avanti con gli anni e talmente magro da dargli l'impressione di star ritto soltanto grazie a tendini e ossa. Una percossa alla testa sarebbe bastata, valutò. «Gaudenti fino al midollo!», lo assecondò, ammiccando con un sorriso d'intesa. «Al pari di certi fraticelli, se m'intendete...».

Ma a quel punto il chierico cercò rifugio nel suo contegno. «Siete piuttosto allegro per uno che va alla gogna», osservò.

«Non lasciatevi fuorviare», sospirò Uberto, fingendosi costernato. «Senza giocondità soccombiamo, dice il Salmista. Però, come spesso capita ai miserabili, la giocondità non basta... Ed è per questo motivo che ho chiesto di voi, m'intendete? Per accostarmi al sacramento della confessione prima che morte sovvenga».

«Proprio adesso esprimete un simile desiderio?», protestò il religioso, mentre recuperava la lanterna che aveva posato a terra. «Non c'è tempo! Non sapete che stanotte avrà luogo la fiaccolata in onore dei martiri Ruderico e Salomone?»

«Lo sospettavo, in effetti», annuì il prigioniero. «Ma solo in questo momento me ne date certezza».

Il chierico lo fissò smarrito. «Cosa intendete mai dire?»

«I discorsi che vengono fatti in sagrestia», gli spiegò sornione. «A volte risuonano fin quaggiù».

Mentre il religioso s'interrogava su quella risposta piena di sottintesi, Uberto aprì di scatto la serratura che poche ore prima aveva corroso con l'*aqua fortis* e colpì il malcapitato con un pugno così possente da mandarlo a sbattere contro una parete.

«Bene», mormorò, chinandosi sul chierico stramazzato a terra. E dopo essersi sincerato che fosse svenuto, prima lo liberò della catenella che gli cingeva la vita, poi iniziò a sfilargli di dosso la cocolla.

12

L'abisso!, pensò Ignazio, mentre una parte di sé si ribellava all'idea che i due individui mascherati fossero reali. La seduzione della paura gli incatenava lo sguardo a quell'apparizione, rendendolo incapace di capire se si trattasse di *phantasmata* generati dalla notte o di uomini in carne e ossa. Finché l'istinto non prese il sopravvento, spingendolo a dare le spalle ai due figuri e a lanciarsi di corsa verso l'uscita della navata.

Mi uccideranno!, si disse, pur continuando a fuggire fino a quando non ebbe guadagnato il portale e sceso la scalinata dinanzi alla facciata del monastero. Ma non fece in tempo a calcare le suole sull'erba che si sentì strattonare per il mantello e cadde di schiena, finendo col fissare un cielo di ardesia, vibrante di stelle. Un cielo contro il quale si stagliò all'improvviso un ovale di ceramica avvolto in un cappuccio.

Non può essere!, gridò dentro di sé. Dominus è morto! *È morto!*

Quasi a voler scardinare dalla mente del mercante quella convinzione, l'individuo mascherato si chinò su di lui ed estrasse un pugnale cruciforme. Ma proprio allora Ignazio si ricordò di impugnare un'arma altrettanto letale e, in uno slancio di disperazione, l'affondò in una spalla dell'aggressore, strappandogli un grido che racchiudeva tutta la barbarie delle lingue germaniche.

In quel momento sopraggiunse il secondo sicario.

Rialzandosi in fretta, il mercante notò che quest'ultimo brandiva una spada. Inutile farsi illusioni, valutò con amarezza: lui non era certo un guerriero. Ciò nondimeno, ad affliggerlo era soprattutto il pensiero di dover soccombere per mano di sconosciuti mossi da ignoti moventi.

«Datemi almeno una risposta!», proferì dunque, rivolto agli aggressori. «Chi siete? Perché mi attaccate?».

Il sicario che era stato ferito alla spalla si limitò a emettere una risata di sprezzo.

L'altro, invece, abbassò la spada e dichiarò con solennità: «*Curis fulminis monstra uter ossa!*».

«Cosa significa?», domandò Ignazio, sicuro di aver capito male.

«*Curis fulminis monstra uter ossa!*», ripeté l'individuo scandendo con maggior lentezza le sillabe.

Disorientato da quelle parole apparentemente prive di senso, il mercante fece per esprimere ancora il proprio sbigottimento... quando udì un battere di zoccoli e un rollare frenetico di ruote. Un carro!, arguì, mentre sollevava con prontezza il pugnale per deviare un fendente vibrato dall'infame che gli aveva appena parlato.

Il cozzare delle lame generò una scintilla che ferì il grigiore della notte, dopodiché Ignazio si ritrovò ad arretrare con una fitta di dolore al polso. Un altro colpo del genere gli avrebbe strappato l'arma di mano, considerò, mentre il rumore del carro cresceva al punto che si distinguevano persino le urla del cocchiere... Ed erano vicine! Maledettamente vicine!

Con una fiamma di speranza che gli divampava nel petto, il mercante continuò a ripiegare di fronte al sicario in procinto di sferrare un nuovo assalto. E infatti eccolo avanzare di scatto con un affondo che indusse Ignazio a cercare riparo dietro il tronco di un albero spuntato tra le ombre.

Infine il grido del cocchiere: «Álvareeez!».

A quel punto Ignazio capì di non poter indugiare. E senza accorgersi di un colpo di spada che gli lacerava il mantello all'altezza del fianco, si voltò di scatto e, gettato il pugnale, protese la mano destra appena in tempo per afferrare quella che gli veniva offerta dal conducente del carro sopraggiunto in suo soccorso.

Lo strattone gli provocò una fitta acutissima alla spalla. Ma Ignazio mantenne la presa con tutte le sue forze, restando sollevato a mezz'aria, finché anche la sua mano sinistra non ebbe trovato un appiglio sul fianco della vettura, e i piedi si furono puntellati alla bell'e meglio contro il telaio di legno per non essere schiacciati dalle ruote.

Un attimo dopo sedeva sulla serpa, col vento della notte ad accarezzargli il volto. Accanto al suo inaspettato salvatore.

«Ebbene», gli domandò Sarwardo di Salamanca, mentre con una frusta di corda spronava il suo ronzino affinché corresse più lesto, «si può sapere chi erano quei due demoni?!».

13

Simile a un serpente di fuochi fatui, la fiaccolata uscì all'ora di compieta dalla chiesa di San Martín e attraversò le vie buie di Mansilla, accompagnata da mormorii di preghiere e da fumi d'incenso. Uberto camminava tra i chierici, avvolto nella cocolla rubata al malcapitato tramortito nella cripta, tenendo la testa sprofondata nel cappuccio.

Grazie alla sua conoscenza del latino e della liturgia delle ore, seppe intonare alla perfezione il *Te lucis ante terminum* e i salmi recitati dai religiosi, così da confondersi ancor meglio tra di loro, mentre un codazzo sempre più numeroso di gente semplice si univa alla processione.

Il più era fatto, rifletté. Elusa la sorveglianza dei custodi di padre González, ora doveva solo attendere il momento propizio per passare all'ultima parte del piano. Anche se, non appena si ritrovò a camminare sotto le gabbie di tre criminali appesi vicino alle mura dell'abitato, dovette placare la concitazione ripensando a sua moglie e a sua figlia, che amava con tutto sé stesso. Era necessario raggiungerle a ogni costo, s'impose.

Osservando le sagome delle sentinelle appostate fra le merlature, seguì quindi i religiosi di San Martín sotto il grande portale che, in occasione della manifestazione religiosa, aveva ancora la saracinesca sollevata. Se non si era ingannato nell'ascoltare i discorsi dei chierici durante i giorni della sua reclusione, la meta della processione sarebbe stato un piccolo cimitero sulla riva opposta dell'Estla, vicino a un ricovero per bestie da soma, Las Mulas. E infatti, quasi a dargliene conferma, il corteo avanzò lungo il ponte di pietra, innalzando inni ai martiri cristiani morti per mano infedele, per poi raggiungere la sponda settentrionale.

Uberto tenne a freno l'irrequietezza finché la fiaccolata non ebbe imboccato una strada rurale fiancheggiata da una schiera ombrosa di ulivi. Dopodiché, attento a non farsi notare, rallentò il passo fino a restare l'ultimo della fila, gettò la torcia in un fossato d'acqua stagnante perché il bagliore non tradisse la sua presenza e si avvicinò di soppiatto al recinto di un ampio stabbio che si stagliava sotto la luce delle stelle.

Ancora un ultimo sforzo. Si fece coraggio mentre scavalcava lo steccato.

Cercando d'ignorare il lezzo di sterco, si orientò con circospezione finché non ebbe trovato una stalla dal tetto di paglia. Entrò, si accertò per prima cosa che non vi fossero custodi nei paraggi e si avvicinò all'unico cavallo presente, intento a sonnecchiare tra due muli davanti a una mangiatoia.

Era una giumenta con gli occhi nascosti dai crini.

Uberto l'accarezzò, le sussurrò parole dolci all'orecchio e, conducendola per il morso, la guidò sotto la volta del firmamento, intenzionato a raggiungere un punto del recinto in cui sembrava profilarsi un cancello.

«Chi va là?», lo fece sobbalzare una voce.

Uberto si voltò con lentezza per non innervosire il cavallo, ritrovandosi di fronte un rustico che impugnava un'accetta.

«Sono un chierico di San Martín», improvvisò dopo un attimo di esitazione. «Devo portare questa giumenta al mercato di Mansilla».

Spiazzato da una risposta tanto assurda, l'uomo non ebbe il tempo di reagire che vide il finto prete andargli incontro con l'apparente intenzione d'impartirgli una benedizione.

«*Ut pro tua clementia, sis praesul et custodia…*», iniziò Uberto, sollevando con solennità la mano destra… E non appena fu abbastanza vicino, gli rifilò un calcio all'inguine, facendolo crollare a terra con un verso strozzato.

«Amen!», concluse mentre gli assestava un altro colpo alla nuca.

14

Quando Ignazio si risvegliò non era ancora l'alba. Giaceva a terra, accanto a un fuoco che gli scaldava il viso come la carezza di un angelo. Poi percepì dolore al fianco sinistro e, rivivendo in una morsa d'angoscia i ricordi delle ultime ore, scattò in piedi.

«Cosa ci facciamo qui?», sibilò, accorgendosi di trovarsi nel bel mezzo di una rada deserta. L'unica fonte di luce proveniva da un piccolo falò racchiuso in un anello di pietre. Il carro era fermo a pochi passi di distanza, il ronzino intento a brucare.

«Eravate spossato...», rispose la voce di Sarwardo, che se ne stava rannicchiato di fronte a lui con le palpebre socchiuse. «Dovevate riposare».

«Riposare?», sentenziò con stizza il mercante, scalciando sabbia sulle fiamme per estinguerle. «Orsù, rialzatevi! Non possiamo permetterci di *riposare*!».

Il magister soffocò uno sbadiglio. «Datevi requie», tentò di placarlo. «È necessario che...».

«Ci troveranno, non capite?», insistette Ignazio. «Dobbiamo riprendere il viaggio, prima che...».

Un'altra fitta di dolore lo costrinse a piegarsi in ginocchio, riportandolo al momento in cui, mentre balzava sul carro in cerca di salvezza, si esponeva al fendente di uno dei sicari mascherati.

«Ringraziate la Provvidenza», spiegò Sarwardo, rovistando nel fagotto sul quale finora aveva tenuto appoggiata la testa. «C'è mancato poco che quel diavolo vi tagliasse in due col suo brando. Ve la siete cavata con una ferita».

Cercando conferma a quelle parole, il mercante sollevò il farsetto e trovò una fasciatura rudimentale che gli stringeva la vita sotto le costole.

«Ho provveduto come potevo», si giustificò Sarwardo, estraendo dal fagotto una fiasca di terracotta.

Ignazio la prese dalle sue mani e, abbozzato un cenno di

gratitudine, ingollò un sorso di acquavite mentre rivolgeva già la mente altrove. C'era un enigma arenato nella sua memoria. Un senso d'inesplicabile che dal risveglio gli dava il tormento. «*Curis fulminis monstra uter ossa*», mormorò pensieroso.

«Cosa avete detto?», domandò il magister di Salamanca.

«*Curis fulminis monstra uter ossa*», ripeté Ignazio, incamminandosi con passo assorto verso il carro.

«Ma... non significa nulla!», commentò Sarwardo.

«In principio lo credevo anch'io», gli rispose. «Ma ora non ne sono del tutto convinto».

«Ha a che fare con gli uomini che vi hanno assalito?», volle sapere il magister.

Il mercante annuì. «Prendete le vostre cose», disse poi, issandosi a fatica sulla serpa. «Non possiamo indugiare oltre».

«Sta bene», mormorò Sarwardo, mentre usava un ramoscello ardente pescato dal falò per accendere la lanterna appesa sopra il posto del conducente. Quindi si accomodò sulla vettura, recuperò la frusta e incitò il cavallo con una leggera sferzata.

«Dove ci troviamo?», s'informò a quel punto Ignazio, scrutando le buie sinuosità che si estendevano di fronte a lui.

«Sul Cammino», spiegò il compagno. «Contavo di spingermi verso ponente, per raggiungere Via de la Plata».

«È là che vi conduce la vostra ricerca?»

«È là che sorge Salamanca», replicò Sarwardo, elusivo.

Il mercante non aveva ancora deciso se fidarsi o meno di quell'uomo, né riusciva a comprendere per quale motivo un estraneo col quale aveva scambiato solo poche parole si fosse esposto al pericolo per soccorrerlo. Ciò di cui aveva certezza, tuttavia, era che muovendosi verso la cosiddetta Via de la Plata avrebbe raggiunto Astorga, quindi il convento in cui si rifugiava Sibilla. Una ragione sufficiente, al momento, per assecondare il buon samaritano.

«Ora volete spiegarmi cosa è successo?», richiamò la sua attenzione Sarwardo. «Non ho fatto in tempo a trarvi in salvo che avete perduto i sensi».

«Quel che mi è successo l'avete visto coi vostri occhi», rispose con vaghezza il mercante. «Voi, piuttosto», replicò. «Come si spiega il vostro intervento?»

«È presto detto», sospirò il magister. «Dopo che l'altro giorno il vostro amico domenicano è giunto a romperci le uova nel paniere, mi sono ritirato nella foresteria di San Miguel, dove ho dormito fino al mattino successivo. Indeciso se vi sareste rifatto vivo o meno, ho quindi desinato coi monaci all'ora sesta, in refettorio, dopodiché ho fatto ritorno ai miei alloggi per leggere i *Commentarii* di Adam de Perseigne fino a quando il *secretarius* di Leocadio non mi ha svegliato di soprassalto, bussando con furia al mio uscio».

«Per quale ragione?»

«Mi ha intimato di lasciare il monastero senza spiegarmene il motivo».

«E voi?»

«Be'», ridacchiò nervosamente Sarwardo. «C'era una palese nota d'inquietudine nei modi di quell'uomo. Perciò, dal momento che non mi si può certo definire un cuor di leone, sono balzato sul mio carro e mi sono allontanato senza indugio da San Miguel de Escalada».

«Dunque Leocadio sapeva... Era a conoscenza del pericolo...», rimuginò Ignazio, per poi rivolgersi di nuovo al magister. «E voi...», lo squadrò. «Cosa vi avrebbe spinto a tornare indietro giusto in tempo per soccorrermi?»

«Stavo sostando lungo il tragitto per far brucare il mio Ismaele», spiegò Sarwardo, alludendo con un cenno della frusta al suo ronzino, «quando, sul far del pomeriggio, ho visto un cavaliere dirigersi di gran carriera verso il monastero di San Miguel. Ed eravate voi, Álvarez! C'era ancora abbastanza luce perché potessi riconoscere il vostro mantello. Benché coperti dalla polvere, quei ricami sono inconfondibili! Quindi mi sono deciso a venirvi dietro con l'intento di concludere il discorso che ci era stato interrotto... Ma per la barba di san Pietro, non immaginavo sicuramente d'imbattermi in due tagliagole!».

«Non ha senso», s'insospettì il mercante. «Io stavo provenendo dalla direzione opposta a quella verso la quale ci stiamo muovendo adesso. Se è vero che intendete far ritorno a Salamanca, avreste dovuto trovarvi molto più a est, e in ogni caso non certo a ovest di San Miguel de Escalada».

«Questo perché...», confessò Sarwardo, abbassando lo sguardo, «mi ero messo in testa di seguirvi».

«Seguirmi?»

«A pranzo ho saputo da Leocadio che vi eravate diretto a Mansilla. E giacché io avrei ancora bisogno di voi...».

«Vi sembra che al momento io sia disponibile ad accollarmi incarichi?», sbottò Ignazio. «Per le pene dell'inferno! Mio figlio è imprigionato! I miei servi sono stati trucidati! La mia vita sta andando allo sfacelo! Come potete pretendere che mi metta alla ricerca dei Sette Dormienti?»

«Io non immaginavo...», accampò a sua discolpa l'uomo di Salamanca, per poi puntualizzare: «Inoltre non è ai Dormienti che sono interessato, bensì a...».

«E i monaci di San Miguel?», lo interruppe il mercante.

«Cosa c'entrano adesso i monaci?»

«Al mio ritorno da Mansilla non li ho trovati», gli rivelò. «Il monastero sembrava vuoto... eccetto i due sgherri che mi hanno aggredito».

«Non saprei proprio dirvi», fece Sarwardo, spronando il flemmatico Ismaele ad accelerare il trotto lungo la strada tenebrosa.

«E Pedro González?», continuò Ignazio. «Di lui, almeno, avete notizie?»

«Vi riferite al frate domenicano?», volle accertarsi il magister. «Non ne sono del tutto certo», aggiunse, «ma ho idea che si sia allontanato dal monastero il mattino seguente all'incontro tenuto con voi. In refettorio, all'ora di pranzo, non mi pare d'averlo visto. E nemmeno c'erano i suoi armigeri».

«Non è comunque da escludere che i due sicari fossero stati mandati da lui», disse tra sé il mercante.

«Un'accusa piuttosto grave», commentò Sarwardo.

«È un'ipotesi, non un'accusa», puntualizzò Ignazio, per poi concentrarsi su ben altro genere di riflessione. «E in ogni caso...».

«In ogni caso... che cosa?», lo spronò il magister, incuriosito da quella frase rimasta in sospeso.

Prima di rispondere, il mercante meditò a lungo con le dita affondate nella barba. «*Curis fulminis monstra uter ossa*», ruminò all'improvviso.

«Ancora quelle parole prive di significato!», sbuffò Sarwardo.

«Le ha pronunciate l'infame che ha tentato di uccidermi», ribadì

Ignazio. «Anche se, a esser franchi, non sono più sicuro che avesse davvero l'intenzione di farlo».

«Perché mai?», si meravigliò il compagno.

«Di quale utilità sarebbe sottoporre un enigma a una persona che, al di là di ogni dubbio, si è in procinto di uccidere?»

«Ordunque sarebbe un enigma! Ne siete davvero persuaso?»

«Un enigma serve a far riflettere», continuò a rimuginare il mercante. «Quindi c'è da presumere che i due individui mascherati non fossero giunti a San Miguel per prendermi la vita, ma soltanto allo scopo di spaventarmi... E soprattutto di indurmi a volgere l'attenzione su qualcosa di ben preciso...».

«Sarei propenso a lasciarmi sedurre dalle vostre congetture», osservò Sarwardo con scetticismo, «se quel *fulminis monstra et cetera* avesse per lo meno un senso compiuto... Ma, ammesso che si tratti di latino, quell'accozzaglia di vocaboli non contiene uno straccio di verbo che le dia parvenza di compiutezza e neppure un indizio che possa far pensare a un elenco di nomi o di oggetti. Allude a lance, a mostri, a fulmini, a otri e a ossa in maniera a dir poco sconclusionata... Una burla, ecco cos'è! Sempre che l'udito non vi abbia ingannato, s'intende».

«*Ful-mi-nis*», scandì Ignazio, indifferente alla critica. «Non vi pare che assomigli a un'altra parola?»

«Dite un po', Álvarez, avete esagerato con l'acquavite?»

«Ah!», continuò Ignazio, battendosi una mano sulla fronte. «Se solo avessi qualcosa su cui scrivere...».

A quel punto Sarwardo alzò gli occhi al cielo e con fare condiscendente gli passò le redini. «Badate un attimo a Ismaele», lo esortò, mentre si sporgeva goffamente sul retro del carro. «Non sia mai che un magister di Salamanca se ne vada in giro per il mondo senza la propria *tabula scriptoria*!».

Un attimo dopo, il mercante lo vide porgergli sotto la luce della lanterna uno stilo d'osso e una tavoletta di cera racchiusa in una cornice di legno.

«Proprio quel che ci voleva», lo ringraziò. E inforcato lo stilo, iniziò ad annotare senza curarsi del ballonzolare delle ruote.

15

Aiutandosi con lo stilo, Ignazio controllò sillaba dopo sillaba alla luce della lanterna per sincerarsi d'aver trascritto sulla tavoletta la frase così come l'aveva sentita pronunciare dall'uomo mascherato.

CURIS FULMINIS MONSTRA UTER OSSA

Poi, dopo aver atteso che il carro superasse un tratto di strada particolarmente accidentato, sottolineò alcune lettere.

C<u>U</u>RIS <u>FULM</u>INI<u>S</u> MONSTR<u>A</u> UTER OSSA

Sarwardo distolse per un attimo l'attenzione dal suo ronzino per sbirciare. «Vi state semplicemente sollazzando a graffire le caccole d'api[3]», motteggiò, «o contate di cavarne davvero un senso?».

Anziché ribattere, Ignazio rimescolò le lettere che aveva evidenziato e, seguendo la sua iniziale intuizione, formò una nuova parola:

FAMULUS

Quindi continuò.

C<u>U</u>RI<u>S</u> <u>FULM</u>INI<u>S</u> <u>M</u>ONS<u>TRA</u> <u>U</u>TER OSS<u>A</u>

E ottenne:

FAMULUS ASTRUM

[3] Anticamente si pensava che la cera fosse sterco d'api.

Che ben presto, sfruttate altre lettere rimaste inutilizzate, lo portò a:

FAMULUS ASTRUM TERRIS

Non ha alcun senso, meditò il mercante, pur restando fermo nella convinzione d'aver colto la natura della sfida di fronte alla quale era stato messo. Rifiutava di credere che l'uomo mascherato si fosse limitato a rivolgergli delle parole a caso, anche se le occhiate di biasimo che di tanto in tanto gli lanciava Sarwardo andavano ad accrescere la sua frustrazione.

Persuaso a fare un nuovo tentativo, iniziò a cancellare con la pressione del pollice l'ultimo vocabolo che aveva scritto, quando, ritrovandosi a osservare TERR, fu colto da un presentimento.

Cancellò quindi ASTRUM e, utilizzando le lettere libere, completò la parola rimasta mozza scrivendo TERRORIS.

Procedendo sempre con lo stesso metodo, aggiunse SANCTI, ottenendo così:

FAMULUS SANCTI TERRORIS

Servo del Santo Terrore

L'oscillare della lanterna gli diede quasi la nausea, costringendolo a staccare gli occhi dalla tavoletta. Il santo terrore, ripeté dentro di sé. Possibile?, si disse. Dall'ultima volta che aveva udito quell'espressione erano trascorsi molti anni, al punto da averla praticamente sepolta nella memoria. Insieme a ogni ricordo di sofferenza legato alla Saint-Vehme.

Forse non è così!, tentò di placare l'angoscia.

Forse la chiave dell'anagramma risiede in ben altre parole!

I suoi occhi, tuttavia, avevano già ripreso a muoversi sulle lettere, portandolo a sostituire FAMULUS con il plurale FAMULI e a utilizzare le vocali e le consonanti rimanenti per dare forma alla soluzione dell'enigma:

NOS SUMUS FAMULI SANCTI TERRORIS
Noi siamo servi del Santo Terrore

La formula attraverso la quale, come aveva ben appreso in passato, erano soliti rivelarsi gli emissari della Saint-Vehme.

Per poco Ignazio non si lasciò cadere la tavoletta di mano.

Uberto aveva ragione.

L'uomo penetrato nella sua casa e i sicari in cui si era imbattuto a San Miguel non erano semplici sgherri mascherati. Erano Veggenti! Segugi del Tribunale Segreto!

Nel veder scritto per esteso quel che in fondo già sapeva, pur tenendolo nascosto nel profondo, il mercante provò un tale turbamento che in principio non udì quel che gli stava gridando Sarwardo. Poi si voltò verso il compagno, ritrovandolo impegnato ad aizzare il ronzino con un'espressione concitata.

«Cosa diavolo sta succedendo?», chiese allora, aggrappandosi ai bordi della serpa per opporsi agli scossoni del carro.

«Dietro di noi!», rispose a denti stretti il magister di Salamanca. «Due cavalieri ci stanno inseguendo!».

16

«Forza Ismaele! Forza!», strepitava Sarwardo, facendo roteare nell'aria la frusta.

Ignazio nel frattempo si era voltato a guardare indietro, scorgendo due sagome nere, a cavallo, tra le ombre che sfuggivano all'alba. «Sono loro!», esclamò. «Non devono raggiungerci!».

Il ronzino, tuttavia, non poteva competere con i corsieri alle sue calcagna. Per non parlare del carro, molto più piccolo e instabile rispetto a quello su cui il mercante era giunto a San Miguel. Privo di copertura e mezzo sgangherato, quel catorcio sobbalzava a ogni buca minacciando di andare a pezzi, benché il magister, a onor del vero, sapesse governarlo con formidabile padronanza, mantenendo quanto più possibile il distacco dagli inseguitori.

«Possedete armi?», s'informò Ignazio.

«Mi avete preso per un masnadiere?», replicò l'uomo di Salamanca, aggrappato alle redini.

Ignazio puntò lo sguardo avanti a sé, scorgendo null'altro che una lingua di pietre e polvere affiancata da alberi. Di rifugi non c'era traccia, né tantomeno di gruppi di viandanti cui chiedere soccorso. Alle sue spalle, invece, i cavalieri guadagnavano terreno con l'implacabilità di due angeli della morte. Ormai erano così vicini che il mercante poteva distinguere le loro maschere, rivivendo l'orrore di quando, poche ore prima, se le era trovate di fronte.

«Forza! Forza!», continuava l'imperterrito Sarwardo, finendo per strattonare all'improvviso le redini verso sinistra.

Il cambiamento di direzione fu così brusco che per poco Ignazio non finì sbalzato in aria mentre il carro usciva dal sentiero e scivolava giù per un declivio ripidissimo, fra tronchi d'albero e massi di pietra che spuntavano da ogni lato. Mentre Sarwardo, a guisa di un invasato, non la smetteva d'incitare il ronzino a incedere ancora più svelto, quasi che il macilento Ismaele fosse diventato Pegaso.

«Ci schianteremo!», lo mise in guardia Ignazio, tenendosi aggrappato alla vettura come meglio poteva.

«No!», sentenziò il magister, che rimbalzava sulla serpa a ogni scossone del carro, in un incessante gemere di ruote e assi di legno.

La discesa, nel frattempo, si faceva sempre più aspra, costringendoli a passare attraverso un labirinto di rovi e di chiome fronzute finché, addolcendosi di colpo, s'interruppe davanti a una mulattiera che confinava con l'aperta campagna.

Intriso di sudore fino al midollo, Sarwardo riprese il controllo e, ben lungi dal rallentare, guidò il carro verso occidente, sotto la luce del sole che iniziava a splendere dorata.

«Di là! Di là!», gridò d'un tratto.

«Cosa diavolo state blaterando?», replicò Ignazio, intento a guardarsi alle spalle nell'ansia di veder ricomparire gli inseguitori.

«Dinanzi a voi, sulla destra!», continuò il magister col tono di un forsennato.

Ignazio esitò un istante. Aveva appena scorto i cavalieri neri spuntare a valle del declivio. Nel tempo di un amen se li sarebbero ritrovati alle calcagna.

«In nome di san Cristoforo, volete darmi retta?», insistette Sarwardo.

Il mercante si rese conto che gli stava porgendo la frusta. «Di quale utilità potrebbe mai essermi?!», domandò, afferrandola in malo modo. Poi guardò avanti a sé nella speranza di comprendere le intenzioni del compagno e notò in lontananza, sul ciglio della strada, mezza dozzina di cupole di paglia poco più grandi di una campana.

«Arnie!», spiegò Sarwardo con un bagliore di complicità negli occhi.

Ignazio non perse tempo a commentare. Sinceratosi che i due sicari fossero in procinto di raggiungerli, si sporse dalla serpa in attesa che il carro passasse vicino alle cupole, dopodiché usò la frusta per colpirle con tutta la forza che aveva.

Il frastuono delle ruote non fu sufficiente a sovrastare il ronzio delle api che uscivano dalle loro dimore.

Ignazio e Sarwardo tuttavia erano già lontani per subire le conseguenze del loro gesto. A pagarne il prezzo invece furono i cavalieri mascherati che, ritrovandosi costretti a passare attraverso un enorme sciame furioso, persero il controllo dei loro destrieri e, per non correre il rischio di finire disarcionati, dovettero voltarsi e riparare in fretta tra gli alberi.

Dopo aver assistito incredulo a quella scena, il mercante spiò l'espressione compiaciuta del magister che continuava a far filare il carro di gran carriera.

«Non so quanto vantaggio siamo riusciti a guadagnare», esclamò, rendendogli la frusta. «Ma se al momento siamo ancora vivi, mio buon Sarwardo, lo dobbiamo soltanto alla vostra follia!».

17

Fra' Pedro scostò con la punta del bastone un lembo di tessuto che copriva il volto del cadavere, torcendo il naso alla vista del brulicare d'insetti nella cavità degli occhi e della bocca. Si trattava di un ragazzo. Il più giovane dei quattro che erano stati trucidati presso il carro. Fantocci di carne, concluse il domenicano senza disturbarsi a recitare un *Miserere*. Da quanto gli era stato riferito, Álvarez usava avvalersi di servi musulmani.

Posato il bastone a terra, zoppicò sotto la luce ambrata del mattino fino al limitare della corte di San Miguel de Escalada. Gli pareva inverosimile che fosse stato consumato un delitto dinanzi a una così amena cornice di quiete. Ancor più inverosimile, tuttavia, gli risultava quel silenzio soprannaturale.

«Avete trovato i monaci?», chiese a uno degli armigeri intenti a perlustrare i dintorni.

L'interpellato, un uomo in cotta di maglia con la pelle del colore del cuoio, annuì con un sospiro. «Si sono rinserrati nella cripta, vostra grazia. Rifiutano di aprire».

Un attimo dopo fra' Pedro si stava facendo accompagnare nei sotterranei del monastero. Non l'aveva mai confessato a nessuno, ma si era sempre sentito a suo agio negli ambienti bui, lontano dal bagliore e dall'arsura del sole. Perché, a dispetto di quanto suggerivano i simboli astrali e le decorazioni policrome delle cattedrali, Dio albergava nella natura umbratile dell'anima umana.

Giunto davanti alla porta sprangata della cripta, fece cenno agli armigeri di attendere e, superati gli ultimi passi che lo separavano dall'ingresso, accostò l'orecchio al battente di legno. Dall'interno proveniva un mormorio di preghiere.

«Venerabile Leocadio!», chiamò.

Il mormorio s'interruppe.

«Sono fra' Pedro!», insistette il domenicano, bussando col palmo della mano.

«Padre... González?», gli rispose una voce esitante.

«Sì!».

«Sicuro che siete proprio voi?»

«Aprite, in nome di Dio!».

«E... la minaccia?»

«Potete uscire, vi do la mia parola!».

Seguì un attimo di silenzio, dopodiché risuonò lo scatto di un chiavistello. E finalmente, al cigolare del battente che si andava schiudendo con esasperante lentezza, spuntò il volto di Leocadio.

Fra' Pedro gli porse una mano per incoraggiarlo a uscire.

«Sia lode a Gesù Cristo...», proferì l'abate alla vista degli armigeri.

«Sia lode al Salvatore!».

«Ebbene, vorreste riferirmi cos'è successo?», non perse tempo il domenicano, mentre spiava le sagome tremebonde dei monaci che indugiavano dietro la soglia della cripta.

«Posso riferirvi ben poco», confessò Leocadio, massaggiandosi le guance smunte.

«Saprete almeno illustrarmi il motivo per cui voi e i vostri confratelli vi sareste sepolti vivi come delle monache di clausura!», lo incalzò fra' Pedro con una punta d'irritazione.

«Per via del messaggio, è ovvio».

«Quale messaggio?».

L'abate sfilò un lembo di pergamena da una manica della tonaca e glielo porse con gravità. «L'abbiamo trovato lo scorso pomeriggio», spiegò. «Era stato affisso alla porta della sagrestia... tramite un pugnale».

Con la riluttanza di un pipistrello, fra' Pedro si espose alla luce di una feritoia confinante col soffitto e lesse:

Morte a Manasse
re dei negromanti.
Sentenza emessa
dal Tribunale Segreto della Saint-Vehme.
Ordine dei Franchi-Giudici.

«E dopo aver letto questo», disse, rendendo il messaggio all'abate, «avreste deciso di nascondervi coi vostri monaci?».

Leocadio annuì.

Il domenicano trattenne una risata di biasimo. Sapeva bene quali effetti potessero suscitare le parole *negromante* e *sentenza* nei cuori dei superstiziosi. Ma lo scritto conteneva ben altro. Col nome di Manasse, il blasfemo sovrano citato nel *Libro dei Re*, si alludeva a chi, al pari di quel personaggio, aveva dedicato la vita alla magia e al culto dei falsi dèi. Anche se le parole più spaventose presenti nel testo, quelle di cui forse il pavido Leocadio e i suoi degni confratelli ignoravano il significato, erano state vergate per ultime. «E dite», proseguì l'interrogatorio, tenendo per sé le proprie intuizioni, «avete per caso notato estranei presso il monastero o assistito a fatti singolari prima del rinvenimento del messaggio?».

L'abate scosse il capo.

«Perciò», concluse fra' Pedro con tono insinuante, «non avete idea del truce destino a cui sono andati incontro i servitori del nostro re Manasse».

Le labbra di Leocadio tradirono un fremito. «Vi riferite... ai famigli di Ignazio da Toledo?»

«Quei ribaldi idolatri hanno fatto la fine che meritavano», si strinse nelle spalle González. «Ora bruciano all'inferno insieme a Iblis, Apollino e Macometto». Quindi sollevò un indice col piglio di chi sta per lanciare un anatema. «Quel che mi domando, e a cui spero voi sappiate rispondermi, è dove si sia cacciato il loro padrone».

18

Sarwardo osservò la scodella di fave lesse come se gli avessero servito una pietanza degna dei convitati di Lucullo. Ignazio, dal canto suo, dedicò l'attenzione al locale semideserto in cui sedevano. Si trattava di una taverna dal tetto di paglia, affacciata su una via secondaria del Cammino, a circa cento passi di distanza da una chiesa templare.

Benché covasse un'istintiva diffidenza nei confronti dei monaci guerrieri, il mercante si sentiva rinfrancato dall'aver trovato momentaneo riparo sotto i vessilli del Tempio, principale ordine cavalleresco istituito a difesa dei pellegrini. Anche se, appena messo piede nella bettola, si era accorto con fastidio che il suo fianco offeso attirava gli sguardi incuriositi dell'oste e degli avventori.

«Il cerusico non tarderà», tentò di tranquillizzarlo Sarwardo, indovinando i suoi pensieri. «Mangiate, nel frattempo».

Ignazio prese tra le dita il cucchiaio di legno, sforzandosi di ignorare il dolore. Durante la fuga si era acuito di molto, al punto da rendergli gravoso il semplice procedere sul carro. «Oggi vi siete fatto onore», ammise, ricordandosi d'un tratto di essere a digiuno da due giorni.

«Vorrà dire che sarete voi a provvedere al pagamento di vitto e alloggio», ironizzò il magister con un'espressione di modestia.

«Il tempo di curare la mia ferita e ripartiremo», tagliò corto il mercante, mandando giù un boccone. «Non è sicuro qui».

«Lo credete davvero? Nemmeno con la presenza dei templari?».

Ignazio abbozzò una smorfia evasiva. Non riusciva a comprendere fino a che punto il suo salvatore fosse conscio del pericolo che incombeva su di loro, o se egli nascondesse tale consapevolezza dietro i suoi modi all'apparenza superficiali. «Inoltre», sbuffò, «non ho di che coprire le spese».

«Avete lasciato i vostri denari a San Miguel de Escalada?»

«I denari, i libri, le lettere di salvacondotto...», elencò con rammarico. «Ogni cosa è rimasta sul mio carro».

«Perbacco», perseverò a motteggiare Sarwardo. «Avete bisogno di me più di quanto immaginassi!».

«Non temete», volle rassicurarlo Ignazio. «Saprò ripagarvi».

«Non sono quel genere d'uomo», replicò il magister, tornando a dedicarsi alla sua scodella. «La vostra gratitudine è un pagamento più che bastevole, ve l'assicuro».

«Dubito che sarete di egual sentimento», sospirò Ignazio, «quando vi troverete al cospetto di quei tizi che ci stanno braccando».

Per tutta risposta, Sarwardo sollevò lo sguardo dal pasto. All'improvviso non c'era più traccia di facezia in lui, né tantomeno di paura. «Alludete alle *mascae*, suppongo», bisbigliò con una punta di trasporto. «O, per meglio dire, le *talamascae*».

«Conoscete quella leggenda?», si meravigliò il mercante.

L'uomo di Salamanca annuì. «Quand'ero un giovane discepolo studiai retorica presso la biblioteca dell'abbazia di Marmoutier, lungo il corso della Loira, e in quel *mare magnum* di sapienza m'imbattei negli scritti di Gervasio di Tilbury e di Incmaro di Reims che alludono con parole oscure alle *mascae*, i demoni noti in lingua gallica col nome di *strigi* e in latino con quello di *larvae*».

Ignazio sentì crescere dentro di sé la sensazione d'indecifrabilità che provava nei confronti di Sarwardo. Anche tra i dotti, erano in pochissimi a conoscere quel genere di argomenti. E ancor meno coloro che ne mostravano aperto interesse. «Le *mascae* con cui abbiamo a che fare», si sentì in dovere di precisare, «non sono demoni ma persone in carne e ossa».

«Posso almeno sapere perché vi danno la caccia?», insistette il magister.

«Lo ignoro, ve l'ho già detto», gli rispose. «Anche se, a voler esser franco, sono sempre più convinto che quei cani non vogliano uccidermi. Non subito, per lo meno. Altrimenti non mi avrebbero certo sottoposto un enigma».

«Vi riferite per caso a quel *curis fulminis monstra uter ossa*?»

«*Nos sumus famuli Sancti Terroris*», anagrammò il mercante, per poi spiegare: «Il Santo Terrore altro non è che la Saint-Vehme, un'antica congrega di sicari usi a nascondersi dietro delle maschere. O, per meglio dire, *mascae*, come con giustezza avete osservato, giacché quella parola designa, ancor prima del finto volto dietro cui ci si può occultare, una genia di spettri appartenenti a una superstizione remotissima. I Veggenti ne sono diventati la perfetta incarnazione».

«Ne parlate come se li conosceste bene», commentò Sarwardo, intrecciando le dita sotto il mento.

«In passato mi sono scontrato con loro», gli confidò Ignazio. «Non per mia scelta, ma a causa del tradimento di un frate che ebbe l'ardire di definirsi mio amico».

«Be'», sorrise l'altro, «se siete ancora vivo per raccontarlo, significa che abbiamo qualche speranza».

«Siete troppo fiducioso, per i miei gusti».

«Questo perché ho uno scopo per cui battermi», replicò prontamente Sarwardo, mentre posava sul desco un piccolo astuccio di cuoio sigillato con dei lacci.

Ignazio distolse d'istinto lo sguardo, portando la mano destra al fianco dolente. «Il vostro amuleto, suppongo...».

Per nulla offeso da quell'atteggiamento scostante, il magister estrasse il disco di ceramica dalla custodia e, dopo aver contemplato l'immagine dei Sette Dormienti accovacciati nella caverna, lo girò per mostrare il rovescio. «Il cane», dichiarò con enfasi. «Il guardiano».

«Non è il momento», si schermì il mercante.

«Santi numi, datemi soddisfazione!», s'impuntò Sarwardo. «O avete forse di meglio da fare?».

Suo malgrado, Ignazio si ritrovò costretto a osservare l'uomo-cane raffigurato sulla faccia posteriore dell'amuleto. E com'era già successo la prima volta, fu colto da un immediato senso di familiarità. «È san Cristoforo», ammise, rammentandosi dell'aspetto di cinocefalo che le *legendae* attribuivano a quel santo.

«Cristoforo, sì», confermò il magister in uno slancio di entusiasmo. «Ma anche Anubi, Cerbero, il feroce Garmr dei norreni... Il cane primigenio, m'intendete? Il cane che in ogni versione della religione e del mito sta di guardia all'oltretomba».

«In sostanza», lo assecondò il mercante, «vorreste cercare di convincermi che il personaggio rappresentato sul vostro amuleto è il custode del regno dei morti?»

«La *caverna* dei morti», precisò Sarwardo con tono enigmatico.

«La caverna che non è una semplice caverna, bensì una gola di tenebra. La caverna che, invece di un ingresso, presenta una chiostra di denti pronti a chiudersi a guisa di una mascella famelica».

Ignazio rise tra sé, dissimulando un incipiente senso di disagio. Chi era costui che sciorinava con tanta naturalezza quel sapere visionario? E cosa sperava di ottenere mettendolo a parte di simili farneticazioni? «Se ho afferrato il senso delle vostre parole», proferì nel tentativo di farlo rinsavire, «i Dormienti sarebbero sprofondati nella loro miracolosa letargia non in una comune spelonca, bensì nel... nel...».

«Nell'inferno», completò il magister, indicando con fermezza l'immagine del cinocefalo. «E a far loro da guardia c'era un cane... anzi, *il cane degli inferi*».

«Dimenticate che Cristoforo non fu un custode, bensì un *traghettatore*. La tradizione vuole che egli abbia trasportato Cristo al di là di un fiume».

«Questo che stiamo osservando, però, non è Cristoforo. Ve l'ho detto. È molto di più. È il *Canis Major*!».

«E tutto ciò lo dedurreste da un amuleto?», obiettò il mercante, asserragliato dietro il proprio scetticismo.

«Non si tratta di un semplice amuleto», sottolineò Sarwardo, serissimo. «Questo cimelio proviene da una tomba vicino a un antico luogo di culto. Un luogo non lontano da Salamanca, che io intenderei...».

«No!», lo interruppe a quel punto Ignazio. «Le nostre strade si divideranno ad Astorga, là dove la Via de la Plata s'incontra con il Cammino. Mi avete inteso? Astorga! È là che mi aspetta mia moglie, perciò se intendete far leva sulla mia gratitudine per coinvolgermi nella vostra ricerca dissennata, tenete presente fin da subito che io...».

«Astorga, Astorga!», confermò il magister, ritrovando di colpo la sua apparente mansuetudine. «Giuro su Dio, vi porterò fin là e non oltre. Senza pretendere nulla in cambio...», e sorrise. «Eccetto che mi ascoltiate strada facendo».

Senza dar quindi al mercante il tempo di ribattere, il magister spostò l'attenzione verso un individuo segaligno che aveva appena varcato la soglia della taverna. Si trattava di un monaco anziano con indosso la veste dei templari e una bisaccia dalla quale fuoriusciva un ciuffo di ramoscelli secchi. Il suo ingresso fu accolto da diverse occhiate riverenti.

«Dev'essere il cerusico», propose, guardando il nuovo arrivato farsi avanti tra gli avventori con occhi troppo intelligenti per appartenere di nascita a quella terra di bovari.

Ancora frastornato dal tono della conversazione e sempre più ansioso di rimettersi in viaggio, Ignazio alzò subito una mano per farsi notare dal vegliardo. Ora non restava che farsi cauterizzare la ferita, poi avrebbe convinto Sarwardo a risalire sul carro.

19

Dopo due settimane di cammino, Willalme si fermò davanti alla vasta laguna che fungeva da porto per la città di Narbonne. Seguendo alla lettera le istruzioni del messaggio, aveva superato Montpellier e Béziers senza dare nell'occhio, poi si era messo alla ricerca di un imbarco diretto a Barcellona o a Gibilterra. E ora eccolo a contemplare un intrico di alberature, indeciso su quale fosse il natante cui avvicinarsi. L'unica, vaga indicazione l'aveva ricevuta da un marinaio senza dita, che l'aveva indirizzato a una nave chiamata *La Vache*.

Rive e banchine erano gremite di gente d'ogni tipo, intenta a trasportare sacchi, botti e animali in una babele d'imprecazioni e risate sguaiate. La vita nel suo stato più grezzo, pensò Willalme, che in seguito alla ritrovata pace provava quasi dolore ad assistere a quell'incessante viavai. D'altra parte non poteva evitare di ricordare che il suo destino era stato deciso in un luogo simile a quello. Quando, bambino, era stato imbarcato con l'inganno e venduto come schiavo ai saraceni.

Allungò una mano dietro le spalle per toccare l'impugnatura della scimitarra, cautamente avvolta in un panno di lino per non destare sospetti. Dopo tanti anni il contatto con quell'arma aveva ancora il potere di lenire i suoi turbamenti, quasi riuscisse a trasportarlo lontano, al pari di certi oggetti incantati descritti nelle leggende orientali.

Infine la sua attenzione fu richiamata da un capannello di uomini radunati intorno a un armatore che, con modi burberi, brandiva a mo' di scettro una di quelle verghe utilizzate per allontanare le imbarcazioni dal punto d'ormeggio.

Studiato per un po' l'individuo, Willalme attese con pazienza che terminasse il suo discorso, quindi si avvicinò, facendosi largo tra i presenti fino a quando non gli fu di fronte.

«Sto cercando *La Vache*», disse.

«*La Vache?*», ripeté l'armatore, per poi continuare con accento limosino. «Sta alla fonda sul lato opposto della laguna, vicino al mare».

«Sul lato opposto...», annuì Willalme, volgendo lo sguardo nella direzione che gli veniva indicata con la verga.

«Avrete da camminare per un bel pezzo», soggiunse l'uomo, scrutandolo come se si trovasse al cospetto di una bizzarria della natura. «Chiedete di mastro Poudot, è lui il patron della galea. E che Dio ve la mandi buona!».

«Perché mai?», replicò il pellegrino.

L'uomo sputò a terra. «Perché è un eretico», sentenziò. «E anche un maledetto ubriacone».

PARTE SECONDA
LE MASCHERE

Le lamie, volgarmente chiamate *mascae* o in lingua gallica *strigi*, sono, a detta degli studiosi della natura, delle visioni notturne che a causa dell'ispessimento degli umori turbano l'animo dei dormienti, opprimendoli con il loro peso.

Gervasio di Tilbury, *Otia imperialia*, III (*Mirabilia*), 86

20

Feudi di Astorga
10 marzo

Nella piccola ghiacciaia del convento di Santa Eufemia, *domna* Sibilla snocciolava il *Requiescat in pace* insieme a due novizie, dinanzi al corpo di una defunta. Suor Nunila era stata stroncata in tarda età da una febbre misteriosa che da qualche giorno infieriva sulle consorelle più cagionevoli, costringendo la badessa a isolarle in un ambiente adiacente alla cripta e a chiedere aiuto alle converse.

A Sibilla non dispiaceva affatto dare una mano. Essere di qualche utilità alle monache clarisse le consentiva di dimostrare riconoscenza nei loro confronti e soprattutto di non starsene a rimuginare sulle traversie che si erano abbattute sulla sua casa.

Perciò, dopo una breve pausa, sfiorò la mano della giovane seduta alla sua sinistra per impedirle di addormentarsi e, sforzando la voce ormai arrochita, ricominciò a pregare. La veglia iniziava a protrarsi ben oltre la notte, al punto che lei stessa, un attimo prima, si era riscoperta con la testa ciondoloni, a mormorare frasi sconnesse.

Inammissibile, pensò, mentre soffermava lo sguardo sulla sagoma avvolta nel sudario. Se solo fosse stato permesso anche alle monache di recitare l'officio divino, non ci sarebbe stato bisogno di attendere l'arrivo di un sacerdote maschio. E in quel momento suor Nunila avrebbe già potuto dormire il suo sonno eterno nel ventre della terra, anziché giacere su un catafalco a guisa di una carcassa esposta sul banco del beccaio.

Per lo meno aveva cominciato a piovere, tentò di consolarsi Sibilla. Il pianto degli angeli stava stemperando l'arsura precoce di quei giorni, portando nella ghiacciaia abbastanza refrigerio da rallentare il processo di corruzione della carne. Un processo mai troppo lento, valutò con rammarico mentre si portava davanti al naso un gomitolo di paglia al cui interno erano contenuti dei fiori essiccati. Un dono della sua nipotina, che al momento dormiva in un'ala protetta del convento, insieme alla madre.

Intenerita da quel pensiero, Sibilla quasi non si accorse del comparire di una monaca sulla soglia.

«Domna Sibilla», le si avvicinò la nuova arrivata con un bisbiglio. «Suor Ximena mi manda a chiamarvi».

«E suor Nunila?», fece la donna, indirizzando un'occhiata piena di apprensione alle novizie mezze assopite. Se per una qualsiasi ragione la defunta fosse rimasta senza la protezione delle preghiere, la sua anima sarebbe potuta cadere in balia degli spiriti maligni.

«Non datevi cura di nulla», disse la monaca. «Prenderò io il vostro posto».

Un attimo dopo Sibilla stava uscendo dalla ghiacciaia per ritrovarsi davanti a un orto sovrastato dal cielo grigio. Il contatto con l'aria aperta per poco non la stordì, dandole un immediato senso di purezza enfatizzato dal cadere della pioggia sul suo volto. Benché fosse ormai mattino inoltrato, la terra umida restituiva il profumo delle erbe officinali come se fosse notte.

Al di là dell'orto, a circa una ventina di passi di distanza, si estendevano il vecchio colonnato del chiostro e una serie di edifici modesti addossati al convento. Proprio da uno di quelli stava uscendo una figura interamente vestita di nero, eccetto per il velo bianco che le avvolgeva il capo.

Vedendola camminare nella sua direzione, Sibilla le andò incontro. «Venerabile madre», la salutò con rispetto appena le fu di fronte.

Prima di ribattere, suor Ximena la indusse a cercare riparo sotto la chioma di un grande sicomoro che si ergeva al limitare dell'orto. Appariva preoccupata, più di quanto non lo fosse sembrata negli ultimi giorni. Al punto che Sibilla temette che vi fossero stati degli altri decessi.

«Ci sono dei visitatori», rivelò invece la religiosa.

«Il sacerdote?», domandò con un sospiro la donna, credendo si trattasse del religioso giunto da Astorga per recitare finalmente il rito dei morti.

La badessa scosse il capo. «Sono per voi».

«Per me?», si meravigliò.

«Due pellegrini», spiegò suor Ximena. «Uno di loro afferma di essere vostro marito».

21

Ritto davanti al carro sgangherato, Ignazio attendeva sotto la pioggia con lo sguardo fisso sul portale del convento. Durante la notte aveva patito la febbre a causa della ferita cauterizzata dal cerusico, annaspando in un dormiveglia pieno di caverne, figure demoniache e uomini con la testa di cane. E ora sentiva le membra come se fossero in procinto di disfarsi, mentre la testa gli dava continui capogiri. Cercando di mantenere il proprio contegno, rivolse un'occhiata fugace in direzione di Sarwardo, che lo attendeva seduto sulla serpa, dopodiché scrollò l'acqua dalla falda del cappuccio e riprese a contemplare l'edificio.

Grigia e silente, la facciata di Santa Eufemia si ergeva ai piedi di un rilievo di pietra giallastra sul quale si stagliavano le mura di Astorga. Tutt'intorno non c'erano che alberi stentati e cespugli verdastri fra i cui rami, di tanto in tanto, si levava uno starnazzare simile a risate di scherno.

Santa pazienza!, rimuginò Ignazio. Era passata più di un'ora da quando la monaca guardiana si era eclissata rivolgendogli la preghiera di attendere. Un'ora trascorsa con il mantello zuppo, i calzari affondati nel fango e il cuore gonfio di apprensione. Per quanto ci avesse riflettuto, non riusciva a immaginare come Sibilla avesse affrontato quei giorni di tragedia e si arrovellava all'idea che potesse esserle accaduto qualcosa di male.

Incapace di aspettare oltre, fece quindi per afferrare l'anello del battente con l'intenzione di bussare di nuovo quando sentì risuonare delle voci femminili dall'interno.

Un attimo dopo il portale si aprì, lasciando passare una donna avvolta in abiti monacali che, a dispetto della loro semplicità, non riuscivano a nascondere l'eleganza del suo portamento.

Ignazio abbassò il viso, sentendo i suoi due anni di lontananza gravargli tutto in una volta sulla coscienza. E quando infine riuscì a sollevare lo sguardo, si ritrovò a fissare lineamenti olivastri e occhi del colore dell'ambra. Occhi infossati a causa di una grande stanchezza.

«Mia adorata». Si avvicinò per prenderle le mani. «Se solo penso a cosa devi aver passato...».

Sibilla si ritrasse.

«Lo so, è colpa mia», continuò lui, giudicando quell'atteggiamento più che comprensibile. «Sono stato lontano più di quanto avrei voluto, ma ora che sono tornato...».

Lo schiaffo lo colse così all'improvviso che lo fece arretrare con una smorfia di stupore.

«Cosa credevi?», sentenziò lei in un crescendo di orgoglio. «Che mi avresti trovata in lacrime? Pronta ad aggrapparmi alle tue vesti? A ringraziare il cielo per avermi reso mio marito? Ebbene no, Ignazio da Toledo! Sono finiti i giorni della debolezza. Finiti al pari della fiducia che troppo a lungo ho riposto in te».

Il mercante la fissò quasi con ammirazione. Se lo meritava, si disse. Non c'era punizione più giusta per le sue colpe. D'altro canto sapeva di avere a disposizione pochissimo tempo. Entro breve i segugi della Saint-Vehme l'avrebbero raggiunto, sempre che non fossero già pronti a piombargli alle spalle, e allora ogni proposito di mettersi in salvo sarebbe stato vano. «È necessario che tu mi ascolti...», cercò di spiegare. «E che mi aiuti a capire».

«Non lo farò», replicò lei, ripiegando sotto l'arco del portale per rifugiarsi dalla pioggia.

«Ci sono dettagli della vicenda che ignoro», insistette lui. «Da quando ho parlato con Uberto...».

«Uberto», ripeté Sibilla, volgendo un'occhiata astiosa verso il carro. «Perché non è con te?»

«L'ho incontrato a Mansilla. Era in prigione».

«So bene dove si trova nostro figlio», lo interruppe. «Quel che mi riempie di sconcerto è che tu ti sia limitato a parlargli, lasciandolo in balia del più triste dei destini».

«È stato lui a chiedermelo», rispose Ignazio. «Gli ho offerto il mio aiuto, devi credermi, ma lui ha ribattuto che non ne aveva bisogno. Voleva che ti raggiungessi il prima possibile».

«Quindi l'hai lasciato agli sgherri di padre González», concluse Sibilla, secca. «Il sangue del tuo sangue».

Per un attimo il mercante ebbe l'impressione che la vista gli si annebbiasse mentre le sue mani andavano in cerca di un appoggio inesistente. Poi la vertigine svanì, lasciandolo in preda a un leggero senso di spossatezza. «Uberto...», trovò la forza di dire. «Uberto è uscito da situazioni ben più complicate».

«L'hai tradito. Hai tradito tutti noi».

«Dammi la possibilità di rimediare...», continuò Ignazio, tentando di riprendersi in fretta. La febbre, pensava nel frattempo. La febbre e la ferita dovevano averlo indebolito più di quanto si aspettasse. «Posso farlo, capisci? Posso salvare tutta la nostra famiglia!».

«Se sono salva lo devo solo a me stessa», gli rinfacciò Sibilla. «E lo stesso vale per Moira e per Sancha. Sono stata io a prendermi cura di loro dopo che tuo figlio si è sacrificato per proteggerci».

«Tu non ti rendi conto del pericolo...», la incalzò lui con una nota di gravità. «L'uomo penetrato nella nostra dimora doveva essere un emissario dei Veggenti, capisci?»

«Uberto mi ha messa al corrente dei suoi sospetti», dichiarò lei, lasciandolo ancora una volta senza possibilità di replicare. «Ebbene, quale leggerezza avresti commesso per inimicarti ancora una volta quegli scellerati?»

«Mi hai preso per uno sprovveduto?», s'innervosì Ignazio. «Dopo la morte di Dominus e di Vivïen de Narbonne, io non ho avuto più nulla a che fare con i Veggenti!».

Al sentir pronunciare quei nomi, Sibilla represse un istintivo fremito. «Allora», proseguì nello sforzo di dissimulare le proprie emozioni, «com'è possibile che uno di loro si sia rivoltato contro di noi?»

«Credo faccia parte del complotto ordito da González», le confidò il mercante. «In qualche modo quell'infame dev'essere riuscito a stringere un'alleanza con la Saint-Vehme, anche se al momento ne ignoro il motivo».

Sibilla lo scrutò in tralice. «Mi stai nascondendo qualcosa».

«Ti giuro che non è così», si difese. «Ero al corrente del fatto che fra' Pedro nutrisse astio nei miei confronti, ma non lo immaginavo certo così pericoloso».

«L'hai incontrato?», volle sapere lei.

Ignazio annuì.

«E non ti ha rivelato nulla?»

«Nulla», le rispose, «eccetto la confisca dei benefici».

«Non si tratta di una confisca», precisò Sibilla, «ma di una revoca *ad interim*».

«Cosa significa?», si meravigliò lui.

«Che i beni concessi a tuo padre ti spetterebbero di diritto, a dispetto delle tue origini plebee. Però ti vengono negati in virtù del dubbio che tu ne sia effettivamente degno».

«Degno?»

«Così si legge nel documento consegnato dagli uomini di González».

Ignazio abbozzò un gesto d'incredulità. La pioggia continuava a cadere su di lui con sempre maggior impeto, mentre Sibilla restava a fissarlo sotto l'arco del portale, con le braccia conserte, quasi provasse soddisfazione nel vederlo in quello stato. Eppure, si disse, lo stava mettendo al corrente della situazione, e ciò rappresentava per lui un seppur piccolo progresso. «Non ho mai sentito parlare di provvedimenti del genere», commentò.

«Questo perché non è un provvedimento di natura secolare, bensì ecclesiastico».

Il mercante contrastò un'improvvisa fitta alle tempie. «Mi si accusa forse di eresia?», esclamò in uno slancio di sdegno. «È così?».

Sibilla annuì. «Il documento allude a un processo spirituale al quale tu saresti stato sottoposto due anni or sono, a Palermo, davanti a una commissione composta da un prete germanico e da alcuni monaci di Monreale».

«Non si è trattato di un processo, bensì di una farsa», rettificò lui. «Volevano incolparmi di crimini che non avevo commesso».

«Da quel che si legge nella pergamena parrebbe invece una faccenda assai grave», lo informò lei. «Sembra che tu abbia cercato la protezione dell'astrologus di Federico di Svevia per sottrarti alle conseguenze delle accuse di eresia».

Lui emise una risata nervosa. «E mi sarei rifugiato in seno alla stessa corte che mi avrebbe mosso delle accuse?», obiettò. «Suvvia, non ti rendi conto che si tratta di calunnie?»

«Non è certo me che devi convincere», rispose con freddezza Sibilla, «ma sua maestà re Ferdinando».

«Passando per fra' Pedro González?», stette al gioco Ignazio.

«Non vedo altra soluzione», fece lei.

«Mi sarebbe più facile passare per la cruna di un ago...», mormorò lui, mentre la spossatezza metteva sempre più a dura prova i suoi sensi e il suo intelletto.

Sibilla tuttavia parve non accorgersi delle condizioni precarie in cui versava. «Quindi», lo spronò, «come intenderesti provvedere?».

Ignazio si portò una mano alla fronte, cercando di afferrare i pensieri che si sfilacciavano come alghe rapite dalla corrente. «Ho un piano...», snocciolò, disorientato dallo scroscio dell'acqua che pareva trasformarsi in una gragnola di percosse. «Sono giunto fino a San Miguel con un piano... Un piano meditato a lungo... E se mi permetterai di...».

Poi le forze vennero meno, facendolo finire con le ginocchia nel fango.

«È stato ferito!», risuonò alle sue spalle la voce di Sarwardo. «Ha bisogno di riposare».

«Non c'è... tempo...», farfugliò Ignazio, mentre intravedeva delle sagome avvolte di nero dal portale del convento. Posò i palmi a terra nel tentativo di rimettersi in piedi, ma se riuscì a rialzarsi fu solo grazie a delle mani che lo afferrarono da sotto le ascelle per trascinarlo al coperto.

Poi percepì delle voci femminili.

«Oh, questa non ci voleva!».

«E adesso dove lo portiamo?»

«Non certo nel nostro *dormitorium*!».

«Anche nella cripta non si può! Là ci sono le consorelle malate...».

Infine risuonarono le parole di Sibilla: «Mettetelo pure accanto a suor Nunila! Credete a me, consorelle, andrà più che bene».

22

Uberto smontò di sella e condusse la giumenta fra gli alberi, in cerca di un riparo dalla pioggia. Benché fosse ormai vicino ad Astorga, diluviava così forte che gli era impossibile tenere gli occhi aperti sulla strada.

Trovò un rovere dalla chioma fronzuta, legò il cavallo al tronco e, non disponendo né di una pietra focaia né di legna asciutta per poter accendere un fuoco, strinse le braccia al petto e si accoccolò contro le radici. Come gli animali feriti nelle scene di caccia degli arazzi, si sorprese a pensare. Animali come quelli rappresentati nelle storie di sant'Uberto, il martire da cui lui aveva preso il nome.

E fu proprio con quelle immagini impresse nella mente – il santo con l'arco e un cervo offeso da una freccia – che a poco a poco si assopì, ritrovandosi a sognare una macchia ombrosa popolata di esseri selvatici, metà uomini metà bestie, con i volti nascosti da maschere. Anche se il particolare più spaventoso dell'incubo era un pianto d'infante che risuonava remoto tra gli alberi. Il pianto di sua figlia, iniziò a pensare con angoscia Uberto, mentre gli uomini mascherati lo braccavano più implacabili di belve e lui, fuggendo, si riscopriva a correre a quattro zampe, con la pelle coperta di pelliccia...

Finché il pianto divenne così stridulo da riportarlo alla veglia, il fiato corto, a fissare una beccaccia tra i rami del rovere.

La luce era calata e la pioggia cadeva con minore intensità, accarezzando le fronde con la delicatezza di un suonatore di ribeca.

Cercando di fugare l'angoscia dell'incubo, Uberto si rialzò in piedi, fregò le braccia per scaldarsi e controllò che la giumenta fosse ancora assicurata all'albero.

Infine tese l'orecchio.

Il verso della beccaccia e il picchiettio della pioggia non erano gli unici suoni a fargli compagnia. Da un punto vicino del sottobosco provenivano anche delle voci umane.

Intenzionato a scoprire di chi si trattasse, Uberto procedette di soppiatto verso la loro fonte, approfittando dei cespugli di felce per mantenere celata la propria presenza. Come se in lui fosse rimasto l'istinto selvatico del sogno, un muto imperativo a non far rumore e a tenersi pronto alla fuga.

Voci maschili, valutò mentre iniziava a scorgere tra le fronde verdeggianti la struttura di un pergolato di paglia e legno sorretto da dei pali.

Sempre più curioso, Uberto continuò ad avvicinarsi. Ora percepiva anche un profumo di selvaggina arrosto che gli aprì una voragine nello stomaco. Il suo ultimo pasto, se così lo si poteva definire, era stato una radice di pastinaca cavata dalla terra il giorno prima, e a quel pensiero la fame gli morse le viscere quasi con violenza.

Giunto a una decina di passi dal bivacco, notò quindi che il pergolato consisteva nel prolungamento di un tetto che si sporgeva a mo' di veranda davanti alla facciata di una bettola, offrendo riparo a un lungo tavolo intorno al quale sedeva una combriccola di armigeri.

Ma non fu la vista di spade e cotte di maglia a mettere il gelo nel sangue di Uberto. Fu il volto del frate domenicano che sedeva a capotavola.

«Gozzovigliare come porci in tempo di Quaresima», li rimbrottava Pedro González, mentre piluccava la mollica da un tozzo di pane. «Non sapete far altro?»

«Gli uomini hanno bisogno di sollazzo», replicò a sua difesa il soldato seduto alla sua destra.

«Sollazzo!», ripeté il religioso, disgustato alla vista dei commensali intenti a spolpare ossa. «È proprio vero, gente da poco si accontenta di piaceri da poco».

L'armigero lo scrutò in tralice. «Sono buoni cristiani».

«Cani ammaestrati, ecco cosa sono», replicò fra' Pedro. «Molti di loro non saprebbero elencare le differenze tra la fede in Cristo e quella dei maomettani. Per non parlare del loro sangue impuro, affatto diverso da quello del mezz'arabo cui stiamo dando la caccia».

«Mi pareva d'avervi consigliato», sospirò a quel punto il soldato, «che il ribaldo andava rinchiuso in una prigione più sicura della cripta di una chiesa...».

«Non lui!», s'infiammò il domenicano, battendo un pugno sul tavolo. «Mi riferisco a quell'altro. Il padre!».

«Il negromante!», ridacchiò qualcuno dal lato opposto della tavolata.

Quasi rinfrancato dal suono di quella parola, fra' Pedro fece cenno d'avvicinarsi a un rustico che attendeva nelle vicinanze con una brocca tra le mani. «Astorga», dichiarò poi, guardando il suo boccale di peltro che veniva riempito d'acqua. «Se i nostri informatori dicono il vero, il resto della famiglia di quell'idolatra ha trovato rifugio presso le clarisse di Astorga». E lanciò un'occhiata rapace fra gli alberi che circondavano la locanda. «Scommetto che è là che si sta dirigendo».

Uberto si ritirò d'istinto in mezzo ai cespugli.

Era peggio di quanto avesse immaginato! Molto peggio!

Nello sforzo di tenere a freno l'affollarsi dei pensieri, ripiegò in fretta verso la giumenta e, senza nemmeno accorgersi che il cielo andava rischiarandosi, balzò in sella e ritrovò il sentiero che qualche ora prima aveva abbandonato.

Ora si sentiva davvero l'animale braccato nel sogno.

E per quanto la strada dietro di lui fosse sgombra, avvertiva alle proprie spalle il fiato dell'inferno.

23

Ignazio si risvegliò su una lastra di pietra fredda, circondato dal buio e da un sentore di corruzione che gli ricordò una cripta funeraria. Massaggiatosi le palpebre, tastò prima di tutto il fianco, per verificare che la ferita non si fosse riaperta, e poi i bordi dello strano piano sul quale giaceva, rendendosi conto con trasalimento che si trattava di un catafalco.

Una risatina sarcastica lo fece sobbalzare.

«Chi va là?», domandò, mettendosi a sedere.

«Ovviamente», gli rispose una sagoma seduta tra due candele, «l'unico buon diavolo che si è degnato di vegliare su di voi».

«Potevate risparmiarvi il disturbo», bofonchiò il mercante, riconoscendo la voce di Sarwardo.

«Sono stato tentato, in effetti», replicò il magister, sempre beffardo. «Se non altro per assistere alle esequie di colei che fino a un attimo fa riposava *mortalibus reliquiis* accanto a voi».

Ignazio sentì una vampata di collera salirgli dallo stomaco. Poi giunse l'amarezza. «Mi avrebbero abbandonato accanto a un cadavere?».

Nell'ombra della ghiacciaia risuonò un sospiro. «Non c'era altro posto. O, per lo meno, così afferma vostra moglie. Persona deliziosa, per inciso. Forse di carattere un po' troppo spigoloso, se mi è concesso esprimere un'opinione, ma d'indubbia autorità. Controllava le monache a bacchetta, quasi fosse lei a comandare sul convento».

«Dov'è?», fece il mercante, ritrovando d'un tratto il senso d'urgenza che l'aveva portato da Sibilla.

«Ve l'ho detto, alla recita delle esequie», rispose Sarwardo. «La incontrerete più tardi».

Ignazio scese dal catafalco. «Non c'è tempo», esclamò, mentre tentava di reggersi in piedi. «Devo… Devo avvertirla!».

«E riprendere il viaggio con lei? Di notte? Nel vostro stato febbricitante?».

Prima che il magister avesse finito di rivolgergli quelle domande, il mercante si era accasciato sul pavimento. «È già notte?», mormorò in un amalgama di meraviglia e spossatezza.

«Manca poco ai vespri», gli confermò il compagno.

«E gli sgherri mascherati?».

La sagoma ombrosa di Sarwardo scosse il capo.

Ignazio si aggrappò alla lastra di pietra, sforzandosi di assumere una posizione eretta. «Impossibile che non ci abbiano seguiti», commentò. «Staranno senz'altro aspettando il momento propizio per attaccare».

«Il convento è ben sorvegliato», tentò di rassicurarlo il magister.

«Da quattro monache armate di scope e di stoviglie?», rise. «Non dite fesserie, amico mio. Dobbiamo per lo meno allertare la badessa».

«Ci ho già pensato io».

«Parlando delle *mascae*? Della Saint-Vehme?»

«Mi sono limitato a raccontare che siamo braccati da un gruppo di predoni», chiarì Sarwardo, sgusciando dal sudario d'ombra. «La reverenda madre ha ordinato alle consorelle di sigillare ogni ingresso e posterla che collega il cenobio con l'esterno».

«Non basterà».

«In ogni caso siete troppo debole per agire d'impulso. Dovete aspettare, non c'è scelta».

Ignazio scrutò il volto pallido dell'uomo di Salamanca. Al chiarore dei ceri, i suoi occhi furbi e contemplativi sembravano malcelare una qualche sorta di minaccia. «Vi esprimete come se la morte non vi spaventasse», osservò.

«Può darsi che abbia semplicemente più fede di voi», ribatté Sarwardo.

«In Dio?»

«Nel destino», precisò il magister, alzando il mento. «Al pari di chiunque sa di essere votato a un'impresa, sono persuaso che l'Altissimo non mi chiamerà a sé finché non avrò trovato il guardiano dei Dormienti».

«Ci mancava quel maledetto cane...», sbuffò Ignazio.

«È molto di più di un cane», si stizzì d'un tratto Sarwardo. «È la stella di Adone».

Il mercante si aggrappò con maggior forza alla lastra. Adonai, ripeté dentro di sé. Era la parola incisa sul rovescio dell'amuleto.

Una parola che aveva già intravisto senza mai interrogarsi sul suo significato, né sul perché un nome così pieno di mistero comparisse accanto alla figura di un cinocefalo. «Siete più pazzo di quanto credessi», tagliò corto, mentre la premura di raggiungere Sibilla si faceva ormai incontenibile.

«Voi invece siete un mentitore», lo accusò Sarwardo, ferito nell'orgoglio.

«E in cosa mai vi avrei mentito?», cadde dalle nuvole Ignazio.

«Sul motivo che vi avrebbe spinto a scegliere San Miguel de Escalada come luogo del nostro incontro. Non c'entrano affatto le ragioni di segretezza».

«Ah, no?»

«Avete scelto quel monastero perché sorge vicino alla casa in cui dimora la vostra famiglia. La *vostra* casa».

Ignazio si augurò che la scarsa illuminazione bastasse a nascondere la sorpresa affiorata sul suo volto. «E da cosa l'avreste dedotto?»

«Dalle parole che avete rivolto a vostra moglie prima di stramazzare a terra come un povero ubriaco».

«Fosse anche vero», si difese, «una cosa non esclude l'altra».

«Invece sì», insistette Sarwardo, «dal momento che, un attimo prima di cadere in deliquio, avete accennato a un piano di fuga. Ebbene, siate sincero! Voi non intendevate assecondare le mie richieste fin dall'inizio, prima ancora dell'agguato della Saint-Vehme. Dico bene? Avevate *progettato* il vostro viaggio in Hispania per fuggire dalla Sicilia».

«La questione è assai più complicata», si limitò a ribattere il mercante. «Inoltre, amico mio, non sono affari vostri».

«Invece sì, *amico mio*, dal momento che mi sono allontanato dallo studium di Salamanca con l'unico intento di incontrarvi di persona, e che vi ho anche messo al corrente del mio segreto più prezioso... Senza contare, e ve lo rammento senza alcuna vanteria, che vi ho salvato la pelle!».

Per tutta risposta, Ignazio arrancò fino al suo cospetto e gli batté una mano sulla spalla. «Troverò il modo di sdebitarmi, ve l'ho detto». E tenendosi aggrappato a lui, accostò la bocca al suo orecchio. «E ora, mio buon Sarwardo, sempre che non traiate piacere dal guardarmi strisciare, aiutatemi a uscire da questo buco e a raggiungere mia moglie».

24

Suor Ximena camminava avanti e indietro per la sagrestia, facendo tremare le fiammelle dei ceri al suo passaggio. Sibilla la osservava in disparte, incapace di nascondere la preoccupazione. La recita delle esequie risuonava remota, una risacca di mormorii tra le arcate.

«Predoni», rimuginò la badessa. «Il compagno di vostro marito ha accennato a dei semplici predoni».

«Deve trattarsi di qualcos'altro», ribadì Sibilla. «Qualcosa di più pericoloso».

«Il Tribunale Segreto di cui mi avete accennato?», chiese la badessa con una punta d'incredulità. «Gli uomini mascherati? Gli spettri?»

«Vi prego di aver fiducia nelle mie parole come io l'ho avuta in quelle di mio figlio».

Suor Ximena le si parò di fronte e la scrutò con sospetto. «Avreste potuto avvisarmi quando siete venuta a bussare al mio uscio», sentenziò. «Perché farne menzione soltanto ora?».

Sibilla abbassò gli occhi. «Reputavo non ce ne fosse bisogno».

«O temevate forse che vi avrei cacciata?».

Sì, rispose dentro di sé la donna. Aveva avuto paura di vedersi chiudere in faccia il portale del convento di Santa Eufemia e di trovarsi costretta a vagare senza cibo né protezione lungo le vie del Cammino, con Uberto confinato in una segreta per un'ingiusta accusa di omicidio. Del resto, chi mai l'avrebbe soccorsa se si fosse messa a parlare di sicari inviati da un tribunale segreto? «Non temevo per me, ma per mia nipote e mia nuora», disse in sua difesa, assumendo d'un tratto un piglio di sfida. «Cosa avreste fatto voi, al mio posto?».

La badessa rimase in silenzio per un attimo, a osservarla, mentre le preghiere in memoria della defunta continuavano a risuonare dalla navata vicina. «Vi reputavo mia amica», l'ammonì. «E da un'amica ci si aspetta sincerità».

«Da mio marito ho appreso a trattare il prossimo con diffidenza», si difese Sibilla con amarezza.

«Non conosco vostro marito», commentò suor Ximena, «ma conoscevo molto bene suo padre. Ramiro Álvarez, un uomo retto. Fu grazie a una sua importante donazione che l'ordine delle clarisse riuscì a fondare questo convento, immagino lo sappiate».

Sibilla annuì. Lo sapeva bene, ed era stato proprio in nome di quella riconoscenza che aveva contato di ottenere l'ospitalità delle monache.

«Ma», proseguì la religiosa, «vi avrei accolta anche se foste stata la più miserabile fra le reiette», e le puntò l'indice contro, «perché sono stata educata alla carità... Carità che voi avete ripagato con la menzogna».

«Vi chiedo perdono», non trovò altro da dire la donna.

«Chiedetelo alle consorelle che stanno seguendo la messa per suor Nunila, ignare della minaccia che incombe su di loro».

Sibilla tuttavia non era affatto pentita. Che suor Ximena la redarguisse pure, lei era persuasa d'aver agito nell'unico modo possibile. Ed era altresì convinta che il solo responsabile di quella situazione fosse Ignazio. Col suo arrivo improvviso doveva aver attirato su di sé la furia vendicativa dei Veggenti, portando quei sicari fino alle mura di Santa Eufemia. «Avete fatto sprangare ogni ingresso», soggiunse per placare l'inquietudine della badessa. «Con l'aiuto di Dio, non accadrà nulla di grave».

«Con l'aiuto di Dio», ripeté suor Ximena, lasciando trapelare una nota di pessimismo. «Se però fossi stata informata in anticipo, avrei invocato i soccorsi delle milizie di Astorga».

Cogliendo in quell'ultima considerazione la volontà di chiudere il discorso, Sibilla spostò l'attenzione verso una grata che consentiva di spiare quel che accadeva nei pressi del coro, dov'era in corso la messa. Meglio unirsi alle consorelle, rifletté, prima che l'assenza eccessivamente prolungata della badessa alimentasse qualche malanimo.

Ma prima che la donna potesse esprimere il proprio pensiero, sentì suor Ximena schiarirsi la voce.

«Ho esaminato il documento che mi avete sottoposto», dichiarò la religiosa, di sorpresa. «Raggiungetemi dopo le esequie, nel mio studio. Ho delle rivelazioni da farvi».

25

«Vi devo avvertire», mormorò Sarwardo, «che ci è stata concessa ben poca libertà di movimento in questo sacro asilo».

Sempre appoggiato alla sua spalla, Ignazio annuì con una smorfia dolente. Erano appena usciti dalla ghiacciaia e stavano camminando sotto un arazzo di stelle, ai margini di un orto officinale odoroso di timo e rosmarino. Tutt'intorno si estendevano le sagome di edifici bassi con i tetti di paglia, sui quali dominava la mole nera del convento.

«Se tentassimo di entrare attraverso il chiostro?», suggerì il mercante.

«È un cenobio femminile», gli rammentò il magister. «Non ci permetterebbero mai di passare».

Ignazio bofonchiò tra sé. Sarwardo non aveva torto. Era già una concessione che la badessa avesse acconsentito a ospitare due uomini entro i suoi confini, figurarsi accoglierli nella propria chiesa durante le ore notturne...

Fermo tuttavia nel proposito di incontrare Sibilla, il mercante spostò l'attenzione su un caseggiato che si ergeva vicino a un recinto per animali. Benché fosse tra i più modesti nei dintorni, era l'unico ad avere le finestrelle illuminate e un pennacchio di fumo grigio-azzurro che fuoriusciva dal camino.

«Quella dev'essere la foresteria», suppose, lasciando intendere di voler procedere in quella direzione.

Sarwardo l'accontentò, adeguandosi all'andatura del suo passo mentre lo aiutava a reggersi in piedi. Davvero un buon samaritano, rimuginò Ignazio, infischiandosene per un attimo del fatto che quell'uomo gli fosse rimasto accanto nella speranza di conseguire i propri fini. La priorità, al momento, era trovare Sibilla e convincerla ad ascoltarlo prima che accadesse l'irreparabile.

A quel pensiero, il mercante si guardò intorno nel timore di scorgere nel buio le sagome dei sicari mascherati. Benché la sola idea lo facesse rabbrividire, era certo che quei due scellerati l'avessero seguito fino a Santa Eufemia. O, ancor peggio, che fossero già penetrati all'interno del convento.

Fra le ombre dell'orto, d'altro canto, gli parve che lui e Sarwardo fossero gli unici a camminare sotto il sorriso sghembo della luna.

«Un ultimo sforzo», gli pervenne la voce del compagno.

A quelle parole, Ignazio si accorse che i suoi passi si facevano sempre più strascicati. «Lasciatemi», disse, imponendosi di coprire da solo l'ultimo tratto che lo separava dalla foresteria.

Raggiunta la soglia, si appoggiò allo stipite e picchiò un palmo sul battente. «Moira!», chiamò, ignorando le occhiate interrogative di Sarwardo. «Sono io, Ignazio!».

Giacché nessuno veniva ad aprire, il mercante continuò a bussare con maggior veemenza, posando di tanto in tanto l'orecchio sull'uscio per cercare di cogliere rumori all'interno.

«Forse ci siamo ingannati», intervenne d'un tratto il magister. «Magari questa non è la foresteria, e dietro quella porta non c'è nessuno...».

Ignazio scosse il capo. La luce alle finestre e il fumo del camino dicevano il contrario. C'era qualcuno, là dentro! Perciò insistette a chiamare e a battere, finché una voce femminile dall'interno non gli diede risposta.

«Mastro Ignazio...?», si udì mormorare, mentre lo sportello dello spioncino si apriva.

Il mercante scrutò attraverso il pertugio, cogliendo due iridi di giada che vibravano al barbaglio di una candela. «Sono io, sì».

«E... Uberto?», continuò la donna con un fremito di speranza.

«Fammi entrare», evitò di risponderle. «Devo parlare con Sibilla, e tu sei l'unica persona che può aiutarmi a farla ragionare».

26

La porta si aprì, mettendo Ignazio di fronte a una giovane donna con i capelli neri raccolti dietro la nuca. Il viso era grazioso, ingioiellato da due grandi occhi di cerbiatta che rivelavano un temperamento quasi selvatico. Il mercante aveva sempre ritenuto che fosse stata proprio quell'indole a far innamorare suo figlio. Attese che Moira scrutasse prima lui e poi Sarwardo al barlume della candela, quindi, ottenuto un cenno d'invito, la seguì con il compagno all'interno della foresteria.

L'ambiente era spartano, chiuso tra pareti di pietra il cui unico ornamento era il focolare del camino. Il vampeggiare del fuoco era appena sufficiente a fugare le ombre verso gli angoli delle vecchie travi del soffitto e oltre l'arco di un usciolo opposto all'ingresso, probabilmente collegato alla camera da letto.

Moira posò il lume su un desco al centro della stanza e fece cenno agli uomini di sedere. «Ebbene?», ruppe il silenzio. «Dov'è mio marito?»

«Come ho già spiegato a Sibilla», rispose Ignazio mentre prendeva posto, «Uberto ha rifiutato il mio aiuto. Sostiene d'essere in grado di evadere da solo».

«E voi gli avete creduto?», replicò lei in uno slancio di aggressività. «Sapete bene com'è fatto vostro figlio. Se vi parlato a quel modo è stato solo per evitarvi di correre dei rischi».

Il mercante scosse il capo. «Se l'ha fatto è stato perché mi occupassi di incombenze assai più importanti», spiegò nel tentativo di rabbonirla. «Ovvero provvedere a te, a Sibilla e soprattutto alla bambina».

Un lampo di perplessità balenò sul volto di Moira.

«Non so cosa ti abbia riferito mia moglie», insistette Ignazio, accorgendosi d'un tratto di avere la gola riarsa, «ma da quando ho rimesso piede in Hispania mi sono imbattuto in nient'altro che sciagure...». E soffocò un colpo di tosse. «Fino a tre giorni fa ero all'oscuro dell'espropriazione dei miei beni e pure che degli uomini mascherati minacciassero la nostra famiglia».

Senza attenuare i suoi modi circospetti, la giovane donna si allontanò un istante per poi ritornare al tavolo con una brocca d'acqua. Riempì un bicchiere di legno e lo porse al mercante. «E da me cosa vorreste?».

Ignazio bevve con avidità. «Comprensione», rispose poi. «Non per le mie mancanze, che sono molte, ma per quel che temo potrebbe accadere se non saremo lesti ad agire».

Moira rimase in piedi, a studiarlo. Le braccia conserte parevano un suggello inviolabile della sua diffidenza. «Pretendete molto per essere poco più di uno sconosciuto», dichiarò con una durezza alla quale cercò subito di correre ai ripari: «Io vi rispetto, mastro Ignazio, s'intende. Siete il padre di mio marito, mi avete accolto nella vostra casa, dato protezione e sostentamento... Ma, in tutta sincerità, non vi conosco affatto. Non ho *mai* avuto l'occasione di sapere quale genere di persona siate. Perciò mi scuserete se affermo che la mia fiducia va a Uberto e a Sibilla, e non a un *pater familias* che si ripresenta dopo anni di silenzio», e si voltò verso Sarwardo, «in compagnia di un individuo di cui ignoro persino il nome».

«Se son qui a parlarti è nell'interesse delle persone che amiamo entrambi», sottolineò Ignazio. «Quindi ti domando: è fra queste mura che si ritirerà Sibilla una volta conclusa la messa di *requiem*?»

«Sì», confermò lei. «Dorme con me e con Sancha».

Il mercante la guardò girarsi verso l'usciolo, intenerendosi al pensiero della nipotina che dormiva nella stanza accanto. «Sibilla ha travisato le mie intenzioni», le confessò in tutta sincerità. «M'incolpa della sciagura abbattutasi su di noi, forse a ragione. Ma ti giuro che posso rimediare. Non desidero altro! Però prima devo farmi un'idea precisa di cosa sia successo in mia assenza... Ed essere ascoltato».

«Se è solo questo che chiedete...», fece Moira, sedendosi di fronte a lui.

«Per cominciare», prese sicurezza Ignazio, «parlami di quello che è successo *prima* della catastrofe».

«A cosa vi riferite?»

«Ho il sospetto che la revoca dei benefici e l'arresto di Uberto facciano parte di un unico piano volto a colpire me. È probabile quindi che nei giorni precedenti a siffatti accadimenti si sia verificato un evento all'apparenza di scarsa rilevanza, che però avrebbe innescato il concatenarsi delle sciagure».

Un'ombra d'incertezza attraversò gli occhi della nuora. «Alludete a qualcosa che sarebbe avvenuto presso la nostra dimora?».

Ignazio annuì.

«Nulla d'insolito, che mi rammenti».

«Ne sei sicura?», insistette lui. «Un diverbio con qualcuno, una lite o una seppur insignificante provocazione? L'arrivo di un forestiero smarritosi per caso lungo il cammino?»

«Nulla...», continuò a rimuginare lei, «eccetto una visita dell'abate di San Miguel de Escalada».

«Leocadio?», sobbalzò il mercante.

«Si è presentato una mattina», specificò Moira, «in compagnia del suo elemosiniere. Erano i primi giorni dell'anno. Lo ricordo bene, poiché soffiava un vento così freddo che aveva fatto ghiacciare i panni stesi».

«Leocadio...», ripeté con sprezzo il mercante, senza curarsi di Sarwardo che cercava di sussurrargli qualcosa all'orecchio. «E si sarebbe intrattenuto in qualche conversazione?»

«Non con me», precisò Moira, «ma con Sibilla. Ignoro di cosa abbiano parlato, anche se posso assicurarvi che l'abate se n'è andato in modo pacifico subito dopo aver ricevuto la limosina».

«E tuttavia... Perché disturbarsi di persona per riscuotere una semplice questua?»

«Non ne ho idea», proseguì la donna. «Ma ora che mi ci fate pensare, questo evento risale solo due giorni prima dell'agguato dell'intruso con la maschera».

«Gli eventi sono collegati, non c'è dubbio», fece Ignazio.

«E se invece si fosse trattato di una coincidenza?», propose all'improvviso Sarwardo.

«Leocadio mi ha già tradito una volta», sentenziò il mercante. «È stato lui ad avvertire fra' Pedro González del mio arrivo. Senza contare che al momento della mia aggressione lui e i suoi confratelli sembravano aver opportunamente preso le distanze dal monastero di San Miguel».

«In effetti...», non poté dargli torto il magister, «è stato per suo ordine che mi sono allontanato per tempo da quel luogo».

«Leocadio *sa*», continuò Ignazio, battendo un pugno sul desco. «E a questo punto inizio a sospettare che quel lupo travestito da pecora sia l'anello di congiunzione tra fra' Pedro e la Saint-Vehme. Anche se ignoro il movente che potrebbe averlo spinto a...».

Un pianto improvviso risuonò dalla stanza attigua.

«Sancha», disse Moira, scattando in piedi. «Dev'essersi svegliata».

Il mercante la afferrò per un polso. «Vado a controllare io».

Rendendosi conto d'aver trasmesso il proprio senso d'allarme alla nuora, addolcì all'istante l'espressione del viso. «Lascia a questo nonno disennato il piacere di rimboccare le coperte alla sua unica nipote...», mormorò, mentre si rialzava con lentezza dallo scranno.

27

Dopo aver presenziato alle esequie di suor Nunila, Sibilla si era incamminata per un ambulacro diretto alla residenza privata della badessa, senza attendere che il sacerdote si accomiatasse dalle consorelle. Per tutta la durata della cerimonia aveva avuto la mente altrove. Non solo per via delle anticipazioni fatte da suor Ximena, ma anche per lo stato in cui versava suo marito. A detta dello strano magister giunto insieme a lui, Ignazio era sopravvissuto per miracolo a un agguato e ora combatteva contro una febbre cagionata da una ferita forse medicata male.

Sibilla non aveva certo provato piacere nel trattarlo con asprezza ma, a dispetto dei propri sentimenti, sapeva di essersi comportata nel modo più giusto. O almeno così continuava a ripetersi. Del resto, quell'uomo era sempre stato un'incognita per lei. Da quando, giovanissima, l'aveva conosciuto a Toledo presso lo *Studium traductorum*, le era parso d'imbattersi in un autentico enigma vivente. Prima di rendersi conto che Ignazio possedeva un'anima scissa a metà, quasi vi albergassero dentro due opposte nature, si era già irrimediabilmente persa nei suoi occhi verde smeraldo.

Ora tuttavia non era più tempo di abbandonarsi alle emozioni. Aveva altre persone di cui prendersi cura.

Giunta dinanzi all'abitazione della badessa, si fermò sotto l'arco d'entrata nell'attesa che Ximena la raggiungesse. L'edificio consisteva in un semplice alzato di pietra, di un unico piano, attiguo al ben più capiente dormitorium. Più in là si scorgevano le ombre dell'orto, del chiostro e della foresteria, sotto il dominio silenzioso della notte.

«A quanto pare, non vi siete attardata», la fece sobbalzare una voce.

Sibilla guardò avanti a sé e scorse una figura nera uscire dall'ambulacro che lei stessa aveva percorso. Era suor Ximena. A giudicare dal suo tono di biasimo, la monaca non aveva ancora smaltito i dissapori scaturiti dalla precedente conversazione.

«Mi hanno fatto da sprone le vostre parole d'urgenza», rispose per le rime Sibilla, mentre la guardava avvicinarsi.

«Entrate», le ordinò la religiosa, infilando senza indugio una grossa chiave di ferro nella serratura. «Nessuno ci deve udire».

Prima di obbedirle, la donna si guardò alle spalle con la sensazione d'aver percepito dei passi sull'erba. Probabilmente una volpe o un animale notturno, suppose, non avendo scorto anima viva.

Un attimo dopo si ritrovò in un vano assai angusto, entro il quale ogni mobile e suppellettile, per buona parte scaffali di libri, era stato collocato secondo le regole di un ordine maniacale. Aveva visitato quell'ambiente soltanto in un'altra occasione, rammentò Sibilla mentre suor Ximena si serviva di una lampada a olio e di un attizzatoio per accendere le fiamme del focolare. La circostanza risaliva a circa due mesi prima, quando aveva supplicato asilo per sé e per le proprie congiunte presso quel convento.

«Il documento che vi è stato consegnato dagli uomini di González», la richiamò all'attenzione la badessa. «Come vi anticipavo poc'anzi, nei giorni scorsi ho avuto modo di esaminarlo approfonditamente».

«Non vi sarò mai grata abbastanza», replicò Sibilla con sincera ammirazione.

Ximena si schermì dietro un gesto stizzoso. «Se l'ho fatto», dichiarò, «è stato per onorare la memoria di Ramiro Álvarez. Che voi mi abbiate chiesto di far chiarezza sulla confisca dell'heredad di uno dei maggiori benefattori del mio cenobio, l'ho interpretato come un segno di Dio».

«Non ho mai sentito parlare con tanta stima di mio suocero», ammise Sibilla. «Secondo Ignazio, suo padre fu un semplice *escribano* privo di ambizioni».

«Ramiro Álvarez aveva un segreto», ribatté la badessa con un bagliore improvviso negli occhi. «Ed è proprio per questo segreto che egli, pur essendo di sangue plebeo e per di più di origini mozarabe, ottenne come beneficium la terra su cui sorge la vostra amata dimora».

«Quale segreto?», sobbalzò la donna.

Ximena armeggiò ancora un istante con l'attizzatoio. Quindi, vedendo che la fiamma attecchiva, si scostò dal focolare e raggiunse un leggio di ciliegio sul quale riposavano alcune pergamene.

«Perché possiate capire», disse, «è necessario tornare indietro a più di cinquant'anni or sono, ai tempi di re Alfonso IX di León».

«Perché León?», obiettò Sibilla. «Ero persuasa che Ramiro avesse sempre servito presso la corte castigliana».

La badessa scosse il capo. «Iniziò a farlo solo in un tempo successivo», spiegò, «cioè quando Alfonso IX prese in sposa la primogenita del sovrano di Castiglia».

«Alludete alla nobile Berengaria?».

Ximena annuì. «Da quel matrimonio nacque Ferdinando III, il nostro attuale sovrano, che in virtù della sua discendenza da entrambi i casati ha ereditato tutte e due le corone».

«Però all'epoca di Ramiro i due regni erano retti da monarchi diversi», replicò la donna. «Com'è possibile che, spostandosi da una corte all'altra, egli non si sia attirato contro delle accuse di tradimento o, ancor peggio, il sospetto di essere una spia?»

«Ciò avvenne grazie alla mediazione di Berengaria. Dopo aver sposato Alfonso IX, fu lei ad allontanare Ramiro dalla curia regis di León. Allo scopo di proteggerlo».

Nonostante nutrisse un'autentica venerazione nei confronti della badessa, che oltre a essere la guida spirituale di una comunità di clarisse godeva della fama di dotta amanuense e compilatrice, Sibilla faticò non poco a prendere per vera la storia che le veniva raccontata. «In virtù di quale arte o sortilegio», non poté esimersi dal commentare, «una *domina* coronata si sarebbe interessata alle sorti di un plebeo?»

«Ve l'ho detto», ribadì Ximena, «vostro suocero non era affatto un semplice plebeo. Lo dimostrano i benefici che gli furono concessi da Alfonso IX di León. O conoscete forse altri *pecheros* toccati da una simile fortuna?».

Sibilla osservò a disagio la reverenda madre, accorgendosi d'un tratto che, così vestita di nero contro il vampeggiare delle fiamme, le rammentava certe megere dei bassifondi che proferivano vaticini in cambio di un soldo di biglione. "Come fate a sapere tante cose?", fu sul punto di domandarle. Ma si morse la lingua, reputando più saggio, al momento, limitarsi ad ascoltare. «Nel documento che mi è stato consegnato», replicò soltanto, «non si fa riferimento a nulla di quanto accennate».

«Ed è stata proprio questa omissione a fomentare i miei sospetti», dichiarò con prontezza Ximena.

«Vi sarei grata se vi esprimeste con maggior trasparenza».

Per tutta risposta, la badessa pescò un rotolo di pergamena dal leggio e lo srotolò con l'abilità di un banditore di piazza. Sibilla riconobbe all'istante la revoca dei benefici di Ignazio.

«In parole povere, amica mia», riprese con un sorriso insinuante suor Ximena, «ammettere per iscritto, su un atto ufficiale, l'esistenza di un legame così profondo tra re Alfonso IX di León, sua moglie Berengaria e mastro Ramiro Álvarez avrebbe significato rivangare una questione di cui ben pochi, a oggi, sono al corrente».

«Per la santa Vergine...», mormorò Sibilla. «Alludete al...».

«Al segreto di vostro suocero», annuì candidamente la reverenda madre. «Un segreto che riguardava *molto* da vicino il padre del nostro attuale sovrano».

28

Ignazio varcò l'uscio che collegava l'ambiente del focolare alla camera da letto, ritrovandosi in un'alcova rischiarata da una lucerna collocata in una nicchia. Sotto una piccola finestra priva di ante, in un viluppo di ombre e coperte, giaceva una bambina che non aveva ancora compiuto quattro anni.

Accertatosi che non ci fossero altre presenze nella stanza, il mercante abbassò la guardia, sentendosi finalmente libero di dedicarsi alla nipote. E fu proprio in quel momento, il primo da quando aveva messo piede in Hispania, che si rese davvero conto di quanto tempo avesse trascorso lontano da casa. Di quanto tempo avesse *perso*.

Sotto il palpitare della fiammella, Sancha appariva molto diversa dallo scricciolo in fasce di cui Ignazio serbava memoria. Era sbocciata come un fiore e se ne stava lì, a dormire, col suo bel visetto incorniciato da capelli foltissimi. Nessun segno di paura si scorgeva in lei. A giudicare dal respiro e dal modo in cui si teneva aggrappata alle coltri doveva solo essersi agitata nel sonno.

Che il suo angelo custode la protegga dagli incubi, pregò Ignazio mentre si chinava per baciarle la fronte. Poi, colto dall'improvviso desiderio d'instaurare un legame con quella creatura, si domandò quale fosse il suono della sua voce e, chinandosi al suo cospetto, fu tentato di svegliarla per udirlo.

Ma rimase a contemplarla in silenzio.

Se Sancha avesse aperto gli occhi, si sarebbe trovata di fronte un estraneo.

Oh, Sibilla, quanto hai ragione!, pensò il mercante con crescente amarezza. Adesso sì che capiva il dispiacere di sua moglie, testimone delle sue mancanze non solo verso la famiglia, ma anche verso sé stesso. E ora eccolo, lo stolto, a muoversi come un ladro al cospetto della nipotina per timore di spaventarla.

Rammentatosi infine di Moira e di Sarwardo, che lo attendevano nella stanza accanto, fugò la tristezza e posò le mani sulle ginocchia per rialzarsi... quando notò con la coda dell'occhio un movimento di ombre proveniente dalla finestra.

Senz'altro un gufo o una civetta, si disse mentre alzava lo sguardo. Un attimo dopo, tuttavia, fu travolto da un'ondata di raccapriccio.

Aggrappate al davanzale c'erano due mani più bianche della luna e, dietro di esse, una testa incappucciata intenta a spiarlo.

Per un istante Ignazio rimase a fissare quell'immagine uscita dalla notte, incapace di articolare un grido d'allarme. Poi udì un violentissimo tonfo risuonare per la casa.

Il battente d'ingresso!

Ritrovata in un lampo la lucidità, prese in braccio la bambina prima che una mano dell'intruso penetrasse per ghermirla e, assicuratosi che la finestra fosse troppo angusta perché un uomo adulto ci potesse passare attraverso, ritornò in fretta dai suoi compagni.

29

Sibilla premette le dita sulle tempie nello sforzo di mantenersi lucida. La lunga veglia e le molte emozioni vissute nelle ultime ore iniziavano a mettere a dura prova il suo discernimento, per non parlare dello stupore. Quando, settimane addietro, aveva sottoposto a suor Ximena l'atto di revoca dei benefici degli Álvarez si era aspettata che, grazie alla sua esperienza di donna di lettere, la religiosa scovasse un qualche cavillo, vizio di forma o pretesto burocratico su cui far leva per appellarsi alla clemenza del re. Nulla di più inaspettato poteva giungere alle sue orecchie del sentir parlare di un segreto riguardante il defunto suocero. Anche se, rifletté d'un tratto, i risvolti inaspettati non erano per forza forieri di eventi malevoli. «Se l'atto di revoca non tiene conto dei fatti di cui mi avete appena accennato», domandò in uno slancio di speranza, «non potrebbe considerarsi nullo?»

«L'atto è inoppugnabile», la deluse la badessa, mostrandole il sigillo impresso con la cera in calce al testo. «È un'autentica *carta rodata*, vedete? Con tanto di *signum* regio controfirmato dagli ufficiali di cancelleria, inclusi il maggiordomo e l'alfiere di sua maestà Ferdinando III. Soltanto un folle ne metterebbe in dubbio la validità». Riposto quindi il vello sul leggio, le indirizzò un sorriso complice. «Ciò non esclude d'altro canto che venire a conoscenza del segreto di Ramiro Álvarez possa garantirvi un qualche vantaggio».

«Ossia?»

«Potrebbe consentire alla vostra famiglia di rientrare nelle grazie del re».

«Alludete a una sorta di negoziazione?».

Suor Ximena annuì.

E Sibilla si adombrò. Pescare nel torbido era una prerogativa di suo marito. Lei aveva sempre preferito muoversi alla luce del sole, e prendere le distanze da situazioni ambigue, complotti e mosse azzardate. «Lungi da me il voler passare per irriconoscente», replicò senza nascondere una punta di biasimo, «ma posso contare sul fatto che l'espediente di cui parlate sia del tutto... legittimo?»

«Nulla di criminoso», volle rasserenarla la badessa. «Benché non vi neghi che se intenderete trovare il bandolo della matassa vi servirà una buona dose di ardimento».

Sibilla aveva colto del sarcasmo in quelle parole, ma anche dell'entusiasmo, quasi che la religiosa provasse invidia nei confronti di un'amica che si accingeva a imbarcarsi in un'avventura. «Il coraggio non mi difetta», rispose a tono. «Quindi rompete gli indugi e mettetemi al corrente del segreto di Ramiro».

«Oh», sospirò a quel punto Ximena, «io ne so poco o nulla».

«Ma come!», protestò la donna. «Se finora ne avete parlato come se foste informata di ogni particolare!».

«Vi ho semplicemente rivelato ciò di cui venni a conoscenza quando ero una giovane monaca», chiarì la badessa. «Ai tempi in cui ero una amanuense presso la cerchia della regina Berengaria».

Sibilla la fissò con incredulità.

«Quella nobile donna», spiegò suor Ximena, «ha ereditato l'amore per la letteratura e per la musica dalla nonna, la duchessa Eleonora di Aquitania, al punto che fin da giovane aveva preso l'abitudine di circondarsi di poeti di mirabile talento e di amanunensi che, radunati in un amenissimo claustro adibito a *scriptorium*, copiavano su pergamena gli innumerevoli poemi che ella riceveva dalla Francia, insieme ai componimenti in versi di Raimon Vidal, di Giraut de Bornelh e persino del giullare Martim Codax. E tuttavia», soggiunse, «non erano solo musici e trovatori a frequentare quel claustro. A volte, in gran segreto, si presentava anche Ramiro Álvarez».

«Ramiro era in... in confidenza con Berengaria?».

La badessa, che nel rievocare ricordi tanto gioiosi aveva addolcito l'espressione del viso, si lasciò sfuggire una risatina maliziosa. «Nulla di peccaminoso, sia ben inteso... Quell'uomo apprezzava l'eleganza della parola scritta. Fu questo, in principio, a creare un legame tra i due. Poi si venne a sapere che Ramiro incontrava la regina per sottoporle le pagine della sua *Cronaca*».

«Una cronaca?»

«Le gesta di re Alfonso», confermò la religiosa. «Eventi dei quali, per una piccola parte, Ramiro era stato personale testimone, mentre il grosso derivava da notizie che egli aveva appreso dalle voci di palazzo».

Ximena fissò per un attimo Sibilla, quasi per vedere quale effetto facessero su di lei simili rivelazioni. Infine aggiunse: «Vostro suocero non desiderava essere ricordato come un semplice notarius. Sotto la sua calma apparente alimentava il fuoco di una grande ambizione, ma al tempo stesso temeva che i suoi scritti potessero attirargli qualche inimicizia... E voi, mia cara, non immaginate quanti danni possa provocare una semplice antipatia sorta in seno a una curia regis...».

«Sarebbe dunque questo il segreto di Ramiro? Una cronaca?», domandò la donna, immaginando che il suocero avesse riportato nero su bianco qualche scomoda verità sul padre dell'attuale sovrano o su un *hidalgo* di temperamento suscettibile.

Ma la badessa scosse il capo. «Doveva essere di ben altro genere il documento che egli nascose con l'aiuto di Berengaria».

«Ossia?»

«Lo ignoro», le rispose Ximena. «Posso solo riportarvi ciò di cui fui testimone, che a onor del vero è assai poco ma forse bastevole ai vostri scopi. Ebbene, come vi ho accennato, a quei tempi ero giovane, e anche sciocca. Una notte mi ero attardata nello scriptorium per dedicarmi in segreto alla lettura di alcune *cantigas* di contenuto licenzioso... quando all'improvviso udii un bisbigliare di voci che proveniva da un ambulacro vicino e, temendo una punizione, mi nascosi dietro un *armarium*». Fece una breve pausa, manifestando quasi ancora vergogna per quella piccola trasgressione, poi continuò: «Si trattava di due persone: Berengaria e Ramiro. Di primo acchito mi domandai cosa li avesse spinti ad appartarsi in modo tanto sconveniente, poi udii le loro parole... e allora capii che non si trattava di quel che avevo immaginato. Stavano discutendo della pericolosità di un certo documento e della necessità di occultarlo in un luogo sicuro prima che cadesse sotto gli occhi sbagliati e cagionasse alla corona di León gravi dissapori con la Santa Sede».

Bevendosi ogni sillaba di quello strabiliante resoconto, Sibilla intanto rifletteva tra sé su quanto poco avesse conosciuto suo suocero. E su quanto poco l'avesse conosciuto persino Ignazio, che ne aveva sempre parlato con vaghezza e compatimento. «Addirittura la Santa Sede?», ripeté, per spronare la religiosa a proseguire il racconto.

Ximena annuì. «Quel che ho udito distintamente, e che non scorderò mai finché non incontrerò Colei che ogni piacere distrugge e ogni compagnia separa», disse, «è stata la supplica di Ramiro rivolta a Berengaria affinché ella lo aiutasse a nascondere quel documento. Non per suo personale interesse, ma per quello di Alfonso IX di León e dei suoi eredi».

«E a tal riguardo come si pronunciò Berengaria?», la incalzò Sibilla.

Ma proprio mentre la badessa era sul punto di risponderle, un grido di terrore lacerò la notte, facendo sobbalzare le due donne per lo spavento.

«La foresteria!», esclamò un attimo dopo Ximena, dirigendosi verso l'uscita. «Proveniva dalla foresteria!».

30

Mentre il grido di Moira risuonava tra le mura della foresteria, Ignazio vide il battente d'ingresso spalancarsi con uno schianto. Oltre la soglia, contro il blu intenso della notte, si stagliò l'immagine di un individuo avviluppato in un mantello nero, con un'enorme spada in pugno. I lineamenti coperti da una maschera perlacea sprofondata in un cappuccio.

Fu allora che il mercante udì un pianto d'infante, e si ricordò d'un tratto di avere la nipotina tra le braccia. Fece appena in tempo ad affidarla alla madre che l'intruso varcò l'ingresso col brando sollevato.

«Tutti indietro!», esclamò Ignazio, scambiando un'occhiata d'intesa con Sarwardo.

Quest'ultimo, il più vicino all'entrata, fu ben contento di obbedire, arretrando insieme ai compagni col volto madido di sudore.

Il mercante riprese quindi a osservare l'angelo della morte. Incedeva senza fretta, il dannato, con un portamento quasi solenne. Doveva trattarsi di uno dei due sicari in cui si era imbattuto a San Miguel de Escalada. Ma non quello pugnalato alla spalla, a giudicare da come teneva ritta la schiena.

«Indietro!», ribadì Ignazio, per poi assicurarsi di avere Moira e Sancha al proprio fianco. Il viso della prima era congestionato dall'orrore, la piccola invece strepitava a più non posso. Lui attese che arretrassero un altro po', in modo da potersi mettere davanti a loro per far da scudo col proprio corpo.

Intanto l'uomo in nero era giunto al centro della stanza, riempiendo l'ambiente con la sua stazza da guerriero vestito da spettro.

Ancora un attimo e si sarebbe trovato accanto al focolare, constatò il mercante nello sforzo di mantenersi lucido. «Ebbene, cosa vuole da me il Santo Terrore?», domandò con tono di sfida. «Avete forse da sottopormi altri *anagrammata*?».

Per tutta risposta, l'infame continuò a mettere un passo davanti all'altro in un frusciare di tessuto mentre, al baluginare del fuoco, la sua maschera pareva assumere un ghigno deforme.

Un ghigno al quale Ignazio, di sorpresa, sorrise di rimando. E compiendo un gesto premeditato con grande minuzia, affondò le dita in un sacchetto di cuoio che portava sotto il mantello, prese dal suo interno una manciata di polvere nera e la scagliò dentro la bocca del camino.

In un crepitio tanto violento quanto improvviso, una vampata scarlatta uscì immediatamente dal focolare, investendo in pieno l'uomo mascherato. Che perse la spada e si ritrovò scaraventato contro una parete.

Facendo appello alle poche energie che gli restavano in corpo, il mercante ne approfittò subito per balzare in avanti, attraversò la cortina di fumo che andava formandosi in seguito alla deflagrazione e raccolse l'arma dal pavimento.

«Ebbene, messer diavolo», sentenziò infine, puntando la lama contro il petto del nemico, «avete gradito lo zolfo?».

31

«Per la santa messa!», esclamò suor Ximena, arrestandosi di colpo sotto il cielo stellato.

Sibilla si fermò al suo fianco, ansante e con l'orlo della sottana sollevato dal vento. Per un attimo, mentre correvano tra le siepi dell'orto verso la foresteria, avevano visto l'ingresso dell'edificio illuminarsi d'un bagliore scarlatto, al quale era seguita un'impressionante emissione di fumo.

«Un incendio?», mormorò la donna in preda all'angoscia.

«Non scorgo fiamme», replicò la compagna, voltandosi di scatto alla propria sinistra.

In quello stesso istante videro una giovane serva provenire da quella direzione con una lanterna in mano. Assai minuta, aveva gli occhi e la bocca spalancati in un'espressione di smarrimento.

«Fatima!», la chiamò a sé Ximena, per poi afferrarla per un braccio. «Svelta, corri alla torre e di' di suonare le campane!». Prima di lasciarla andare, tuttavia, parve avere un ripensamento e le sussurrò qualcosa all'orecchio. «Ora va', spicciati!».

Sibilla nel frattempo aveva ripreso a muoversi verso la foresteria, terrorizzata al pensiero che potesse essere accaduto qualcosa di brutto a Moira e alla sua adorata nipotina. Ancora una decina di passi, si diceva, e sarebbe stata accanto a loro.

Ma quando era ormai prossima all'abitazione, la donna distinse fra le volute di fumo che fuoriuscivano dall'ingresso una figura ammantata di nero.

«Toglietevi di mezzo!», esclamò d'istinto, vedendo che lo sconosciuto si parava davanti alla soglia per impedirle d'entrare. Poi si rese conto che quell'individuo indossava una maschera, e in un lampo d'orrore sentì svanire dentro di sé tutta la sua foga.

«Chi è costui?», strepitò una voce alle sue spalle.

Sibilla si voltò con un sobbalzo, incrociando gli occhi inquieti di suor Ximena.

«Andate via!», le disse. «Cercate soccorsi!».

La badessa non fece in tempo a pronunciarsi che l'uomo mascherato sguainò un pugnale e avanzò di scatto verso di loro. Agendo con egual prontezza, Ximena spostò di lato la compagna per fronteggiare lo spettro dal viso di ceramica. «Non oserete toccarla!», sentenziò con un ardimento che avrebbe fatto onore a un cavaliere crociato.

Un attimo dopo, con un grido di raccapriccio, Sibilla la vide accasciarsi sul manto erboso con un coltello conficcato nel ventre.

Con un'indifferenza degna di Lucifero, il sicario s'inginocchiò sulla vittima per estrarre la lama e poi pulirla passandola sul velo monacale. Non trapelavano emozioni dalle sue movenze, quasi che sotto la maschera e il mantello nero albergasse uno spirito più arido del vento del deserto. Uno spirito cui non importava nulla, se non obbedire all'imperativo di uccidere.

Fuggi!, s'impose d'un tratto Sibilla. Fuggi finché sei tempo, finché il beccaio è chino sulla vittima! Poi fissò l'ingresso della foresteria, e allora sentì il volto infiammarsi per la rabbia. Vigliacca!, si disse. Come puoi pensare di andartene senza Moira e Sancha?

Ma non era la sua voce a risuonarle nella testa, bensì quella dell'impavida suor Ximena. Per un attimo Sibilla ebbe addirittura l'impressione di sentire lo spirito di quella formidabile donna bruciarle nel petto, e fu con rinnovato coraggio che si avvicinò al demone mascherato. «Che tu sia maledetto!», sibilò, dando sfogo all'astio. «Vattene! Vattene dalla mia vita e da quella della mia famiglia!».

L'assassino la scrutò attraverso la sua faccia di ceramica, dando quasi l'impressione d'aver gradito quella dimostrazione di odio. Quindi si rialzò in piedi e prese a camminare verso di lei proprio nel momento in cui la campana del convento iniziava a battere i rintocchi d'allarme.

A quel punto Sibilla si trovò di nuovo sola, senza alcuno spirito a infonderle ardore. Non le restò che guardarsi intorno, nella tenebra, in cerca di un oggetto qualsiasi da usare per difendersi. Ma non riuscendo a distinguere altro che un secchio dimenticato vicino al pozzo dell'orto si vide persa.

Un attimo dopo, però, rise.
E fu una risata folle, la sua, quasi un grido di giubilo che esplose alla vista di un secondo individuo spuntato di sorpresa fra le ombre degli alberi per piombare alle spalle dell'uomo mascherato.

32

In principio Uberto credette che avrebbe avuto la meglio.

Piombato alle spalle dell'uomo con la maschera, lo afferrò di sorpresa per il collo e lo trascinò lontano da Sibilla nel tentativo di strangolarlo. Un attimo dopo, tuttavia, il rivale piegò il busto in avanti con una tale irruenza che se lo scrollò di dosso, scaraventandolo a terra.

Uberto cercò subito di rimettersi in piedi ma, in un lampo di dolore, sentì la punta di un calzare affondargli nel fianco, ritrovandosi a ruzzolare sull'erba finché un secondo calcio non lo colpì tra le scapole. «Cane!», grugnì trafelato, per poi gemere sotto un'altra percossa.

Era ormai allo stremo delle forze quando uno schianto di legni rotti gli giunse alle orecchie e l'aggressore crollò improvvisamente in ginocchio. Dietro di lui si ergeva Sibilla con un secchio sfasciato tra le mani.

Madre e figlio non ebbero il tempo di riprendere fiato che il nemico si rialzò con l'intento di aggredire la donna. Uberto provò subito ad aggrapparsi al suo mantello per trattenerlo, ma ricevette una gomitata che lo fece finire al suolo.

«Fermi!», sentenziò una voce.

Uberto guardò avanti a sé, credendo per un attimo di assistere a una visione per via delle percosse ricevute.

Dagli sbuffi sulfurei che fuoriuscivano dalla foresteria stava spuntando un individuo mascherato con una spada puntata alla schiena. A brandirla era Ignazio, seguito da un uomo in vesti fratesche e da una donna con una bambina tra le braccia.

Nel riconoscerle, Uberto non fu in grado di frenare la commozione. «Padre, mettile al sicuro!», gridò senza pensare a sé stesso. «Cosa aspetti? Portale subito via di qui!».

«Fermi!», ripeté il mercante, quasi non avesse udito la supplica del figlio. E dopo che ebbe costretto l'ostaggio a uscire allo scoperto, lo colpì di piatto a una caviglia facendolo stramazzare in ginocchio per poi sollevare la lama come se intendesse decapitarlo. «Ebbene», dichiarò, «lo volete vivo o morto?».

La domanda era rivolta a colui che aveva tentato di sopraffare Uberto. Anziché rispondere, lo scellerato approfittò del fatto che Sibilla si trovasse ancora nelle sue vicinanze per ghermirle un braccio e trarla a sé.

«Presumo lo rivogliate vivo, il vostro compare», continuò Ignazio, mantenendo l'impassibilità di chi sta definendo i termini di un baratto. «Sempre che non ci teniate a restare solo contro noi tutti, è ovvio. Nella qual evenienza, mi pare lampante, voi avreste di sicuro la peggio».

Uberto osservò con sgomento sua madre. Spaventata, piena d'ira e di sdegno, Sibilla si dibatteva come un pesce nella rete, mentre l'infame che la tratteneva continuava invece a restare immobile, quasi attendesse il responso di un nume della notte.

«Non erano forse campane d'allarme quelle che hanno suonato poc'anzi?», rincarò la dose Ignazio, perseverando a tenere la spada sollevata. «Di certo, entro breve interverranno gli armigeri di Astorga».

«Molto prima di quanto si possa immaginare», gli diede manforte Uberto, rimettendosi in piedi a fatica. «Degli armigeri sono *già* in arrivo. Li ho visti coi miei occhi lungo la strada. E al loro sopraggiungere non c'è da dubitare che ogni torto commesso in questo convento verrà punito col sangue».

Per la prima volta, i movimenti dell'uomo mascherato tradirono nervosismo.

Il mercante spostò quindi lo sguardo sul corpo di suor Ximena. «È stata trucidata una monaca», disse per sottolineare la gravità della situazione.

«Una badessa!», precisò Sibilla, senza smettere di agitarsi.

Lo sgherro la trasse a sé con maggior furia, puntandole il pugnale sotto il mento.

A quella scena Ignazio non poté più trattenere la collera. «Ridatemi mia moglie e giuro che voi due bastardi la farete franca!», sibilò. «Oppure...». E senza mostrare alcuna remora posò lo sguardo sulla testa incappucciata dell'uomo inginocchiato al suo cospetto e, preso un profondo respiro, vibrò il colpo.

Il pugnale si allontanò all'istante dal collo di Sibilla.

E il mercante fermò la lama a una spanna da quello del suo ostaggio. «Lasciatela andare!», esclamò, mentre per dar prova di lealtà invitava il prigioniero a rialzarsi in piedi.

Uberto a quel punto tese la mano alla madre e, non cogliendo nel sicario alcun segno di resistenza, la afferrò per trarla in salvo.

Non riusciva a crederci. Avevano strappato una preda dalle grinfie dei Veggenti!

Una volta che furono fianco a fianco, i due sicari rimasero a fissare i loro nemici quasi per ribadire una silente promessa. Infine, al pari di ombre ansiose di tornare nel grembo della loro madre, si dileguarono veloci nella notte.

33

Ignazio piantò la spada a terra e si precipitò ad abbracciare Sibilla. «Sei in salvo!», la rassicurò per mitigare i tremiti di rabbia e di paura che la pervadevano. «Siamo tutti in salvo... Tutti!».

«Non ancora», precisò Uberto, che pur essendosi avvicinato a sua moglie e a sua figlia non staccava gli occhi dalla direzione presa dai due sicari.

«C'entrano gli armigeri cui alludevi?», volle sapere il mercante.

Il giovane annuì. «Li ho visti sulla strada per Astorga», rivelò. «Sono agli ordini di González».

«In tal caso non possiamo indugiare oltre», ribatté Ignazio, inquieto. «Dobbiamo andarcene adesso».

«Aspetta», fece Sibilla, staccandosi improvvisamente da lui.

Sotto lo sguardo attonito del marito, la donna raggiunse il corpo di suor Ximena disteso sull'erba e, dopo essersi messa in ginocchio, fece il segno della croce. «Vi devo la vita, amica mia», sussurrò, accarezzandole il viso. «Ma se solo aveste potuto parlare di più...».

«Madre, non c'è tempo!», cercò di riportarla alla realtà Uberto.

Sibilla lo ignorò. «I nostri ultimi averi...», disse senza smettere di fissare la defunta. «Tutto quel che abbiamo portato con noi in questo sacro luogo...».

«Dovremo lasciare tutto qui», dichiarò Ignazio, rivolgendo un'occhiata d'intesa a Sarwardo.

«Il mio carro è pronto a partire», capì al volo il magister. «Attende negli stallaggi».

«Non possiamo avventurarci là fuori!», intervenne a quel punto Moira, mentre la bambina, quasi a sottolineare la sua angoscia, aveva ricominciato a piangere. E rivolta a Uberto, aggiunse: «Quei due scellerati ci staranno aspettando! Di certo, alla prima occasione ne approfitteranno per...».

«C'è una grotta in cui nasconderci», la interruppe Sibilla, rimettendosi in piedi con piglio risoluto. «La badessa me ne ha parlato settimane fa. È qui vicino, poco fuori le mura del convento. Nessuno ci troverà».

«Per il momento potrebbe andar bene», confermò Ignazio.

«Sempre che si rompano gli indugi...», sottolineò Sarwardo.

In quel momento, tuttavia, Sibilla si voltò verso un gruppo di monache appena uscite dal dormitorium. Le grida, la campana e il fumo dovevano averle attirate allo scoperto, facendole probabilmente temere che fosse divampato un incendio. Alcune stavano già accorrendo con le lanterne in pugno verso il cadavere della badessa.

Tra queste ultime la donna riconobbe la giovane serva che aveva parlato poco prima con la povera Ximena. Fatima, rammentò a sé stessa mentre la guardava portarsi le mani alla bocca per reprimere un grido davanti al corpo senza vita della sua padrona.

Un attimo dopo la vide posare gli occhi gonfi di lacrime proprio su di lei e correrle incontro.

«Si è sacrificata per me...», mormorò Sibilla non appena l'ebbe vicina. «Mi rincresce così tanto...».

Prima di ribattere, Fatima si asciugò il viso e indurì l'espressione. «Mi ha affidato un compito», le rivelò a bassa voce. «Per voi».

«Un... compito?»

«Dopo avermi ordinato di far suonare la campana, mi ha richiamata indietro per chiedermi di recuperare una cosa». Così dicendo, la serva infilò le dita sotto la fusciacca di tela che portava legata intorno alla vita ed estrasse una chiave con una gemma incastonata al centro della testa. «Vi servirà».

«Non capisco», fece Sibilla, sbigottita.

Per un istante l'attenzione di Fatima si spostò sulle monache in preda alla disperazione davanti al corpo della badessa, infine tornò alla donna. «L'ha fatta nascondere a Santa María la Real, che il re fece erigere per le sue figlie quando ancora León e Castiglia appartenevano a due corone diverse, e lei, la regina, che sapeva di poter fare affidamento su...».

«Aspetta, aspetta!», esclamò Sibilla, afferrandola per le spalle. «In nome degli angeli, di cosa stai parlando?»

«Del segreto di Ramiro».

«Quindi...», fremette la donna, «suor Ximena ti avrebbe rivelato quel che stava per confidarmi!».

«Io non lo so quel che stava per confidarvi», si divincolò la serva. «Mi ha soltanto ordinato di...».

«Cosa sta succedendo?», s'intromise una voce.

Sibilla si voltò di scatto, accorgendosi che Ignazio le si era avvicinato con aria circospetta. «Nulla d'importante», disse mentre faceva sparire la chiave in una tasca. Quindi accennò di sfuggita a Fatima. «Ma se vogliamo esser certi di trovare l'accesso alla grotta», dichiarò, «lei dovrà venire con noi».

«Io veramente...», tentò di ribattere la serva.

«Che le piaccia oppure no», soggiunse Sibilla, afferrandola per un braccio.

34

Quando Pedro González mise piede nel convento di Santa Eufemia, trovò una piccola comunità di monache in subbuglio. Il sole non era ancora sorto e una lieve foschia velava la distesa dell'orto, posandosi eterea sul corpo della madre badessa. Probabilmente a causa del loro turbamento, le consorelle si erano limitate a coprirlo con un telo.

Omettendo di giustificare la ragione del suo arrivo in quel luogo, il domenicano ascoltò i resoconti sconclusionati della sagrestana e della *magistra* delle novizie, poi dedicò un rapido esame al cadavere e diede disposizione che venisse spostato in un luogo più idoneo; dopodiché si avviò con un armigero verso uno stabile a ridosso del dormitorium.

«Era questa l'abitazione della reverenda madre?», chiese conferma una volta entrato.

«Così ci è stato riferito», rispose il soldato, per poi aggiungere con una punta di sfrontatezza: «Non sarebbe più saggio perquisire la foresteria?»

«Attendetemi sulla soglia, Martín», lo rimbeccò fra' Pedro, mentre recuperava una candela per rischiarare le pareti.

Le testimonianze delle monache chiamavano in causa sette persone fuggite a bordo di un carro, tre uomini, tre donne e una bambina. Il domenicano aveva subito compreso che si trattava della famiglia Álvarez, alla quale dovevano essersi uniti il padre e il figlio insieme a due gregari, tra cui una giovane serva fuggita dal convento. Le consorelle, d'altro canto, affermavano di ignorare gli eventi che avevano portato alla morte della badessa. Le sole informazioni utili che erano state capaci di fornire riguardavano l'ordine della reverenda madre di rinserrare ogni ingresso del convento e quello impartito nel cuore della notte, poco prima del suo eccidio, di suonare la campana d'allarme.

Suor Ximena era consapevole della minaccia imminente. Ecco a cosa non riusciva a smettere di pensare il domenicano. Ed ecco il motivo che lo aveva spinto a ispezionare, prima di ogni altro ambiente del claustro, l'alloggio di quella venerabile donna.

Muovendo la candela lungo le pareti della stanza principale, portò alla luce scaffali di libri e oggetti di vario genere disposti in un ordine che suscitò il suo compiacimento. Per esperienza sapeva che le persone metodiche erano le più facili da comprendere. Per farsi un'idea di chi fosse suor Ximena, iniziò quindi a passare al setaccio i volumi che scorrevano davanti ai suoi occhi, imbattendosi con una nota di disappunto in due sfere d'interesse a dir poco contrastanti. Da un lato c'erano testi di carattere sacro tra cui le *observantiae* di san Francesco d'Assisi e la grande Regola benedettina. Dall'altro una quantità di raccolte di poesie profane, per la maggior parte in lingua francese.

Sfidando la sua naturale avversione per quel genere di letteratura, il religioso soffermò lo sguardo su un componimento in prosa dalle pagine decorate con superbe miniature, e lesse:

> Galeotto si rivolse alla regina: «Vi prego di accordargli il vostro amore, affinché voi possiate accettarlo per sempre come vostro cavaliere e diventare la sua fiera dama per tutti i giorni della vostra vita».
>
> Ginevra: «A queste condizioni accetto, egli apparterrà a me così come io apparterrò a lui».
>
> Galeotto: «Molte grazie, mia signora. Donategli dunque un bacio al mio cospetto, affinché sia preludio di un amore sincero».[4]

Incapace di trattenere il disgusto, González si voltò di scatto verso la bocca del camino e gettò il libro tra le braci, provocando un improvviso rinfocolarsi delle fiamme che illuminarono un angolo dell'ambiente fino a quel momento rimasto in penombra.

E notò il leggio.

Colto da un presagio, si avvicinò per controllare le carte disposte sopra di esso. Erano impilate alla rinfusa, come se la badessa non avesse ancora terminato di consultarle. Ma quel che lo colpì fin da

[4] Tratto dall'anonimo *Lancelot du lac* (inizio XIII secolo).

subito fu un foglio di cartapecora dal tenue color ocra sigillato con una *roda*, abbandonato in bella mostra.

Un'occhiata gli bastò a riconoscerlo.

Era l'atto di revoca dei beni degli Álvarez.

Di male in peggio!, rimuginò il domenicano mentre arrotolava il documento e lo infilava in una tasca della cappa. Quindi la badessa era in combutta con quei dannati mozarabi!

Un attimo dopo si stava già dedicando alle altre pergamene affastellate sul ripiano. Non contenevano, grazie al cielo, nauseanti componimenti di tema amoroso, bensì una cronaca vergata in latino. In preda al desiderio di cogliere il nesso tra quel testo e il beneficium di Ignazio da Toledo, fra' Pedro le scorse a una a una finché la sua attenzione non cadde su un riferimento a *Adefonsi regis Legionis*. Allora si aggrappò ai bordi del leggio, quasi temesse che una forza superiore potesse negargli quell'improvvisa rivelazione.

Che Dio lo fulminasse se s'ingannava! Quelle carte contenevano un resoconto delle gesta di re Alfonso IX di León!

Non l'opera completa, tuttavia. Sembrava che la badessa ne avesse estrapolato solo poche pagine riguardanti un monastero femminile sito nella pianura di Burgos. Un monastero legato per qualche oscura ragione alla moglie del monarca, la nobile Berengaria di Castiglia...

Fra' Pedro subodorava una vaga minaccia in quelle parole, un riferimento implicito che continuava a sfuggirgli pur essendo presente in ogni frase, come se chi le avesse scritte si stesse prendendo gioco di lui. E già il religioso iniziava a essere roso da un'ira silenziosa quando, all'improvviso, notò un altro nome.

L'autore della cronaca.

«Martín!», esclamò a quel punto, facendo sobbalzare l'armigero in attesa sulla soglia.

«Vostra grazia!», rispose quest'ultimo, precipitandosi al suo cospetto.

«Svelto, richiamate subito la sagrestana!», ordinò fra' Pedro, mentre vedeva delinearsi nella propria mente un terribile sospetto. «Ditele che voglio sapere di più sulla serva fuggita con gli Álvarez. Quella sfacciata che, per sua ammissione, prima d'andarsene, avrebbe rubato qualcosa dalla sagrestia!».

35

La grotta si rivelò profonda abbastanza da far entrare il carro.

Ritiratosi nella parte più interna, Ignazio sedette su un masso e iniziò a preparare un fuoco per dare conforto a Sancha, che gli stava accanto in braccio alla madre, mentre Uberto verificava la disponibilità delle loro provviste e Sarwardo si prendeva cura di Ismaele. Sibilla, dal canto suo, si era appartata per confabulare con Fatima.

Benché avesse accettato la presenza di quella serva, il mercante non riusciva a capire perché sua moglie se la fosse portata appresso, giacché, a conti fatti, non era stata d'aiuto a trovare il rifugio, né tantomeno pareva entusiasta d'aver abbandonato il convento di Santa Eufemia. Quel che più lo indisponeva, tuttavia, era l'atteggiamento schivo di Sibilla.

Un sillabare divertito lo riportò alla nipotina, che aveva iniziato a fissarlo in un misto di diffidenza e curiosità. Facendo finta di nulla, Ignazio fregò due pietre di selce sopra un mucchio di ramoscelli secchi al fine di produrre qualche scintilla. Poi, dopo aver soffiato per alimentare una fiammella, prese un pizzico della polvere nera che teneva celata sotto il mantello e con un gesto enfatico la gettò sul falò, provocando un guizzo azzurrognolo.

Lo stupore che si disegnò sul volto di Sancha lo ripagò delle sofferenze degli ultimi giorni.

«Davvero un mirabile prodigio», commentò Sarwardo, avvicinandosi al falò. «Confesso d'aver dubitato dei miei stessi occhi quando ve ne siete servito per mettere fuori gioco il nostro avversario».

«È polvere pirica», rivelò il mercante con una stretta di spalle. «Una mistura di zolfo e salnitro di cui Michele Scoto è venuto a conoscenza viaggiando in Oriente».

«Insieme a molti altri segreti, suppongo».

Ignazio eluse la sua implicita domanda indirizzando un sorriso alla nipotina. «Non posso più approfittare della vostra benevolenza», disse infine, gettando una manciata di foglie secche sul fuoco.

L'uomo di Salamanca abbozzò un gesto d'indifferenza. «Se mi sono imbarcato in questa avventura», replicò, «non è stato certo per esaudire una vostra richiesta, né a causa di un'imposizione che non venisse dalla mia personale volontà».

«Una volontà che però dovrà piegarsi all'evidenza di fatti», insistette il mercante. «Se resterete in mia compagnia vi esporrete ancora al pericolo, e io non intendo farmi carico di una simile responsabilità. Perciò mettete da parte le vostre smanie, a prescindere da quanto grandi esse siano, e tornate il più in fretta possibile da dove siete venuto. Per quel che mi riguarda, farò sì che la mia famiglia esca indenne da quest'incubo».

«A giudicare da come vi esprimete, pare abbiate già trovato il modo di risolvere la situazione».

Il mercante posò lo sguardo sulle fiamme. «La mia vita non è stata affatto semplice», disse. «Dopo aver affrontato peripezie d'ogni sorta e visitato terre remote, ho imparato a tenere sempre aperta una via di fuga».

«Immagino vi riferiate al piano di cui vi ho sentito far cenno a vostra moglie», arguì Sarwardo.

Ignazio annuì. «Ancor prima di mettermi in viaggio per l'Hispania», spiegò, «prevedevo che mi sarei imbattuto in qualche avversità. Il recente accorpamento del trono di León e quello di Castiglia sotto un'unica corona, per non parlare delle guerre della reconquista che infuriano davanti alle mura di Cordova, dipingevano uno scenario fin troppo incerto perché potessi decidere di lasciare la corte di Sicilia senza prendere precauzioni. E benché non mi aspettassi di ritrovarmi privato dell'heredad di mio padre, con la Saint-Vehme alle costole, posso ora aggrapparmi a una speranza di salvezza».

«In tal caso vi resterò accanto», fece il magister, assai rinfrancato.

«Stolto», mormorò con amarezza il mercante. «La salvezza di cui parlo non è per me».

«Padre, a cosa stai alludendo?».

Ignazio staccò le sue iridi verdi dalle fiamme, accorgendosi che Uberto li aveva raggiunti. Attese quindi che sedesse accanto alla moglie e alla figlioletta, dopodiché aggiunse: «Tu guiderai la nostra famiglia fino a Santiago de Compostela».

Il giovane lo fissò incredulo. «Sei forse uscito di senno?»

«È tutto già stabilito», seguitò il mercante con fare sempre più risoluto. «Vi metterete in cammino fingendovi dei comuni pellegrini, così da non suscitare sospetti. Una volta giunti a La Coruña, il porto di Santiago, troverete un vecchio amico e un imbarco sicuro».

«Ah sì?», continuò Uberto, tutt'altro che condiscendente. «Verso quale destinazione?»

«Un luogo privo di minacce».

«Dubito che Palermo lo sia davvero», commentò il figlio, cogliendo subito il sottinteso. Poi osservò il padre con maggior intensità. «E tu, nel frattempo, a quali misteriose occupazioni ti dedicheresti?»

«Se è vero che i Veggenti cercano me», dichiarò Ignazio, incupendo il cipiglio, «mi adopererò affinché smettano di seguirvi».

«Come facesti quand'ero appena nato...», mormorò Uberto, per poi scattare in piedi con i pugni serrati. «No! Non permetterò che tu ti esponga di nuovo come accadde ai tempi di Dominus».

«È l'unico modo», sospirò il mercante.

«Afferma il vero», intervenne Sibilla.

La donna era appena comparsa alla luce del fuoco, e fissava il marito con la freddezza che si dedica a un inquisito. «Tuo padre afferma il vero», ripeté, rivolta al figlio. «Per quanto doloroso, è giusto che egli ripari ai propri torti».

«Madre...», fece per obiettare Uberto.

Sibilla alzò una mano. L'angoscia provata durante la notte era svanita, lasciando riemergere la durezza del giorno precedente. «Abbiamo appena perso un'amica, nonché una preziosa alleata», sentenziò. «Ma se dovessimo subire un nuovo agguato, e uno o più di noi fosse esposto a un rischio mortale, non è detto che basti il sacrificio di una singola persona per farci scampare al pericolo. Potremmo morire tutti quanti».

«Tu non puoi permettere che...», obiettò Uberto.

«Compresa tua figlia», lo zittì la madre.

Ignazio era perfettamente d'accordo con Sibilla, anche se non riusciva a capacitarsi della crudezza con cui la moglie si era appena espressa. Possibile, pensò, che fosse cambiata a tal punto? Che anche quella metamorfosi fosse colpa sua? Rimase a fissarla in silenzio, pungolato da un rimorso che pareva un demone dalle mille facce, infine accarezzò una guancia della piccola Sancha e si levò in piedi.

«Di' qualcosa!», lo spronò Uberto. «Possibile? Tanta sapienza e non proferisci nemmeno un fiato?»

«Ho già parlato, dovrete andare a La Coruña!», si limitò a ribadire il mercante, dirigendosi verso l'uscita della caverna. «Troverete una nave e un amico!».

Poi appoggiò una mano ai bordi della cavità e rimase a guardare verso l'esterno, come una vedetta in attesa del nemico.

36

Mangiarono legumi secchi intorno al fuoco, silenziosi come topi pronti a fuggire alla minima avvisaglia di pericolo. Infine, senza curarsi se fosse notte o giorno, si coricarono l'uno dopo l'altro nell'oscurità della grotta, sopraffatti dallo spavento e dalla spossatezza.

Soltanto Ignazio rimase vigile, gli occhi puntati sulle fiamme e la mente affollata di pensieri. La ferita al fianco gli doleva ancora, ma la febbre era finalmente calata con gran giovamento per la lucidità, fedele compagna delle veglie notturne. Veglie che avevano consumato l'anima del mercante durante la permanenza sull'isola del Vulcano, costringendolo a vagare dopo ogni tramonto fra reminiscenze di paesaggi esotici e la lettura di pergamene del colore del deserto finché il dormiveglia, o più di rado il sopore, non gli concedevano di trovare requie dalle meditazioni.

Ora però né l'uno né l'altro parevano prossime a fargli visita.

La gioia per aver ritrovato i suoi cari e la consapevolezza di poterli perdere da un momento all'altro erano troppo grandi. Ed eccolo quindi, Ignazio da Toledo, a porsi domande sull'amara sorte incorsa ai suoi servi, sui piani degli uomini mascherati e sul coinvolgimento di Pedro González e dell'abate Leocadio. Eccolo riscoprirsi una pedina ignara della disposizione dei pezzi sulla scacchiera. Una di quelle pedine d'avorio tanto care a Michele Scoto, che con una freddezza assai maggiore della sua non avrebbe certo esitato a sacrificare chiunque pur di salvare sé stesso.

Ma come poteva, lui, permettere che succedesse qualcosa di orribile alla piccola Sancha? Accettare che il sangue del suo sangue e la donna che amava potessero soffrire per causa sua?

Premette le dita sulle palpebre, aggrappandosi per l'ennesima volta all'unica soluzione possibile. L'unica in grado di placare il ribollire della sua coscienza. E mentre annuiva tra sé riprese a guardare il falò, accorgendosi d'un tratto che oltre le fiamme c'era una figura intenta a osservarlo.

Sibilla.

La guardò sedersi al suo cospetto senza proferir verbo, sfiorato dal ricordo del loro primo incontro. Anche in quell'occasione si erano fissati in silenzio attraverso le lingue dorate di un fuoco. Era accaduto sulle mura di Toledo, in una notte striata d'ebano e di cobalto. Soltanto l'indomani lui era riuscito a scoprire chi fosse quella giovane misteriosa, e l'aveva cercata.

Per un attimo gli parve che non fosse trascorso nemmeno un giorno da quel momento, poi si specchiò nel volto seminascosto nell'ombra e sentì sopra di sé il peso del rimorso.

Farò ciò che chiedi, pensò senza aprire bocca.

Poi si alzò in piedi, la baciò sussurrandole addio e se ne andò prima che l'alba sorgesse.

37

Sotto una canicola a dir poco inclemente per la stagione primaverile, *La Vache* attraccò con la goffaggine di un elefante al porto di Málaga.

Mentre la nave concludeva le manovre di ormeggio, Willalme rimase con schiena e gomiti appoggiati all'impavesata di dritta, a fissare oziosamente un gruppo di marinai intenti a giocare a dadi, finché una cantilena proveniente dalla terraferma non lo indusse a guardare verso una fusta tirata a secco sulla rena. E là, con gran stupore, vide un *muezzìn* appollaiato sulla coffa dell'albero di maestra. Portato dal vento oltre la barriera degli scogli, l'*Allāhu akbar* si fondeva coi versi dei gabbiani, quasi a voler magnificare il rigoglio di palme, aranci e oleandri che ammantavano, una ventina di braccia sopra la rada, le mura della città.

Mura dall'aspetto impenetrabile, valutò Willalme mentre scorreva lo sguardo sulle guglie dell'*alcázar*, sulle torri di vedetta – le *atalayas* – e sui minareti che affioravano come eleganti colli di cicogna fra le merlature della cinta. Quella visione d'Oriente lo colse così impreparato che, d'un tratto, una parte di sé fece ritorno ai giorni tempestosi in cui aveva vissuto su una nave di pirati musulmani. Una reminiscenza alla quale egli oppose il ricordo della donna e del bambino che aveva abbandonato nelle paludi della Camargue.

«Una quiete ingannevole, la vostra», lo fece sobbalzare una voce.

Willalme si voltò di scatto, ritrovandosi di fronte a mastro Poudot. Con la sua corporatura segaligna e il colorito rubizzo di chi non disdegnava la compagnia di fratello vino, il patron della galea gli era giunto alle spalle con la furtività di un gatto.

«Era mia intenzione avvertirvi che, a causa dello scarico delle merci, *La Vache* resterà alla fonda per un giorno intero», cambiò discorso l'uomo di mare, strascicando ogni parola col suo accento limosino. «Il tempo sufficiente per chi voglia sbrigare affari a terra o... porgere omaggio ai bordelli di Málaga».

A dispetto del modo affabile con cui gli si era rivolto, Willalme sapeva bene che Poudot, al pari di buona parte della ciurma, aveva paura di lui. Quel tipo di paura istintiva che si risvegliava dinanzi a un viaggiatore di poche parole. «E se invece volessi inviare un messaggio», disse d'un tratto, staccando i gomiti dall'impavesata, «sapreste indicarmi a chi rivolgermi?».

Due ore dopo stava camminando per i dedali della medina, la scimitarra appesa alla schiena e la bisaccia da viandante a tracolla. Benché città araba, Málaga tollerava i forestieri sbarcati dalle navi cristiane a patto che si tenessero lontani dalle moschee, dal palazzo del governo e dagli *hammām*. Ciò nonostante, Willalme aveva provveduto a nascondere i suoi lunghi capelli biondi sotto un turbante per non suscitare curiosità nei molti passanti dai tratti moreschi che incrociava lungo la strada.

Lasciatosi alle spalle un quartiere di vasai, imboccò, come indicato da Poudot, un vicolo di edifici di terracotta e proseguì sotto la luce abbacinante del meriggio finché non raggiunse una torretta con la facciata bianca, decorata da piatti di colore turchese. Sulla sommità, di poco sotto la gronda, correva una successione di finestrelle, sul ciglio di alcune delle quali tubavano dei piccioni.

Willalme indugiò davanti all'ingresso a ferro di cavallo, nell'attesa che un vecchio seduto nell'anticamera ombrosa, davanti a uno scrittoio, gli facesse cenno di entrare.

«Cosa ti porta fin qui, franco?», chiese quest'ultimo, scrutandolo senza alcuna diffidenza.

Meditando su quanto fosse saggio rivelare e quanto, invece, fosse meglio tener debitamente nascosto, Willalme avanzò fino al tavolo da lavoro dello scriba. Albergava una frescura innaturale in quell'ambiente, al punto che dovette stringersi le braccia al petto per reprimere un brivido a fior di pelle. Le dita nero inchiostro del vegliardo, nel frattempo, stavano già inforcando una penna d'oca, seguendo movimenti plasmati da una vita di consuetudine.

«Ho necessità d'inviare un messaggio», rispose Willalme, per poi maturare un dubbio improvviso. «Sempre che sia possibile farlo giungere senza impedimento alcuno fino a Santiago de Compostela».

Il vecchio annuì. «Il destinatario?»

«Un uomo… Anzi, un bibliotecario», rivelò di getto. «Un bibliotecario di nome Asclepius».

38

Ignazio camminò per un lasso di tempo che gli parve infinito, mentre la volta del cielo si tingeva pian piano d'azzurro e il sentiero scivolava per un declivio insieme alla sua tristezza. Gravato nel corpo e nello spirito, raccolse un vecchio bastone da terra per aiutare i propri passi, come nei racconti dei geomanti magrebini, costretti a vagare nel deserto. E forse, rise tra sé, al pari di quei personaggi avrebbe fatto bene a interrogare i numi per capire quale direzione prendere, nell'auspicio di scoprire il modo di aver la meglio sui suoi nemici. Ma la verità era che non gli importava più.

Sperando soltanto che il suo sacrificio potesse riscattare le vite dei suoi cari, continuò a camminare senza meta fra balze dall'aspetto aspro finché, giunto nei pressi di alcune grandi pietre verticali poste al centro di una rada, udì il rollio di un carro crescere alle proprie spalle.

Cogliendo un che di familiare e al contempo di tedioso in quello stridere di legni, Ignazio sedette all'ombra nell'attesa di trovarsi di fronte alle froge di Ismaele.

«Ebbene», ammonì il conducente non appena il veicolo si fu arrestato, «cosa ci fate qui?»

«Non vi pare ovvio?», rispose Sarwardo con tono complice.

«E i miei cari?», continuò il mercante senza alcuna allegria. «In nome di quale ribalderia li avete privati dell'unico veicolo su cui potessero spostarsi?»

«Questo catorcio è fin troppo noto alle *mascae*. Per il bene della vostra famiglia, mi sono allontanato subito dopo essermi accorto che non c'eravate più».

«In altre parole, mi avete seguito».

«Be'», tentò di sdrammatizzare il magister, «ho pensato che da qualche parte avreste dovuto pur andare, perciò…». E aprì le mani per lasciar spazio a un enfatico sottinteso.

Il mercante lo fissò di sbieco. «Sappiate che detesto le frasi lasciate a metà».

«Se per voi una direzione vale l'altra», si decise a chiarire Sarwardo, «perché non prendere la stessa in cui sono diretto io?»

«Salamanca?»

«Non esattamente».

«Levatevi dalla faccia quel sorriso sornione!», s'inalberò Ignazio. «Se credete di approfittarvi delle mie disgrazie per coinvolgermi nella vostra ricerca...».

«E perché no?», non si diede per vinto Sarwardo. «Avete forse alternative valide? Almeno non sareste solo ad affrontare il pericolo, per non parlare del fatto che strada facendo potremmo elaborare una strategia per sconfiggere le *mascae*».

«O perire nel tentativo», gli fece presente Ignazio.

Il magister reagì a quell'obiezione col gesto di chi scaccia una mosca. «Vedetela in questo modo, amico mio», soggiunse, mentre batteva un palmo sulla serpa per invitarlo a sedere accanto a lui, «se non altro non sarete costretto a viaggiare a piedi».

PARTE TERZA
LA TOMBA

Dopo questa grande Nave [...] viene un uomo dalla testa canina, di quella specie che nella lingua dei Persi prende il nome di Sax, in greco Cinocefalo e in latino Sincipite [...]. Con la mano destra regge uno scettro e con la sinistra una chiave.

Albumasar, *Liber introductorius in astrologiam*

39

Castiglia, Via de la Plata
13 marzo

«Oggi siete più meditabondo del solito», osservò Sarwardo.

Ignazio gli sedeva accanto, impegnato a condurre il carro verso sud. «È che non son capace a darmi requie», spiegò, assestando un lieve colpo di redini a Ismaele. Davanti ai suoi occhi il basolato dell'antica *Via lapidata*, o come la chiamavano gli arabi *Balath*, la "strada di pietra", serpeggiava fra le colline giallastre sulle cui creste affioravano muraglioni di castelli e scheletri di mulini a vento. «Abbiamo lasciato il convento di Santa Eufemia due giorni or sono», continuò, «e ancora nessun segno dei nostri inseguitori».

«E non siete contento?», motteggiò Sarwardo. «Dopo la batosta subita l'ultima volta, si staranno chiedendo se non sia saggio rinunciare all'impresa».

«Non burlatevi delle mie ansie», lo esortò Ignazio. «Inizio a temere che quei diavoli, anziché darmi la caccia, abbiano deciso di seguire la mia famiglia».

«È assai più probabile che siano stati catturati dagli uomini di Pedro González», gli fece notare il compagno. «Del resto, non è stato proprio vostro figlio a vedere gli armigeri del domenicano sul cammino per Astorga?»

«Dubito che la Saint-Vehme possa trovare in González un nemico», sospirò il mercante, inconsolabile.

«Ah, giusto! Per un attimo mi ero scordato dei vostri sospetti».

«Sono sempre più persuaso che fra' Pedro e i Veggenti agiscano in combutta», seguitò Ignazio. «Ma se avessi valutato male la questione… Se separarmi dai miei cari non fosse valso a nulla…». E abbassò lo sguardo per nascondere l'angoscia.

Pur manifestando il desiderio di essergli di conforto, Sarwardo non riuscì a trattenere i suoi modi canzonatori. «In altre parole», celiò, «state dicendo che se da un momento all'altro subissimo un agguato delle *mascae* sarebbe per voi di grande consolazione?»

«Una parte di me se lo augura», replicò secco. «Per lo meno avrei conferma che la mia famiglia è stata lasciata in pace e sta procedendo senza intoppi alla volta di Santiago».

«A proposito di famiglia... Reputate che domna Sibilla abbia apprezzato il vostro sacrificio?»

«Nominate ancora mia moglie», sbuffò il mercante, «e vi spingerò giù dal carro».

«Ma il carro è mio!», protestò il magister.

«Non finché sarò io a condurlo», ribatté Ignazio, cogliendo un improvviso sorriso di compiacimento affiorare sul volto di Sarwardo. Si rese conto allora che quest'ultimo, con le sue battute infelici, era riuscito a distrarlo per un attimo dalle preoccupazioni. Il compagno di viaggio più singolare che avesse mai avuto, valutò tra sé mentre rilassava il cipiglio. «Ebbene», cambiò discorso con tono più conciliante, «quanto manca alla vostra destinazione?».

Prima di rispondere, il magister si guardò intorno per poi soffermare l'attenzione sulle mura merlate di una città che s'intravedeva alle loro spalle. «Zamora è ormai lontana», si espresse con voce assorta, «perciò per Salamanca mancherà all'incirca una mezza giornata. Tuttavia non ci fermeremo là».

«Non intendete recarvi al vostro studium?», si meravigliò Ignazio.

A quelle parole, l'espressione di Sarwardo assunse la massima serietà. «Ve l'ho spiegato un'infinità di volte, la mia meta è un'altra».

«Giacché per metter giudizio non è mai troppo tardi», commentò Ignazio, stringendosi nelle spalle, «speravo aveste cambiato idea».

«Al contrario, sono determinato più che mai a trovare la caverna dei Sette».

«E pure scoprire il segreto del sonno immortale?».

Il magister gli rivolse un'occhiata da diavoletto tentatore. «Siate sincero, non vi incuriosisce nemmeno un po'?»

«Dormire per secoli? E a quale pro, di grazia? Non ci attende già un sonno eterno dopo la morte?»

«Ne abbiamo già discusso, non si tratta di una futile letargia paragonabile a quella dei trapassati che aspettano il paradiso nel seno di Abramo! Durante il loro sonno, i Sette...».

«Avrebbero ascoltato il canto degli angeli e partecipato della loro sapienza», lo interruppe Ignazio mentre annuiva con aria esasperata. «E tuttavia, ammesso e non concesso che questa leggenda abbia un fondamento, vi siete mai fermato a riflettere se una così elevata forma di sapienza possa trovare adeguata dimora nell'intelletto di un essere mortale?»

«Temete possa condurre alla follia?», si accigliò di colpo Sarwardo.

«Temo possa estinguere ciò che ci rende umani», chiarì il mercante, mentre rivolgeva l'attenzione verso un gruppetto di edifici dal tetto di paglia a circa duecento passi avanti a loro.

«Non intenderete fermarvi!», s'indispettì il magister, vedendolo strattonare le briglie.

«Là ci sarà senz'altro un pozzo», ribatté Ignazio, «e il vostro cavallo ha sete».

Poco dopo il mercante stava tenendo compagnia a Ismaele in un capanno di legno e paglia, nell'attesa che Sarwardo tornasse dalla taverna accanto con del cibo diverso dai legumi secchi di cui si erano nutriti fino ad allora. Non che Ignazio si aspettasse granché. Quel luogo era troppo misero per offrire certe amenità ai pellegrini. Era già molto, a suo parere, aver trovato un ricovero per bestie da soma.

Sfilato il morso al ronzino, gli accarezzò la criniera, controllò lo stato degli zoccoli e lo guardò immergere il muso in una greppia di biada. Cose semplici alle quali lui non era più avvezzo, rifletté tristemente. Due anni trascorsi presso la corte di Sicilia l'avevano rammollito, facendogli dimenticare quanto fosse prezioso il tempo dedicato ai lavori manuali. E quanto diventassero lievi i pensieri mentre si svolgevano le pratiche più umili.

Rammollito e pure insuperbito, confessò a sé stesso con una punta di vergogna. Lisciò quel che restava del suo bel mantello da pavone, rievocando alla memoria le interminabili giornate trascorse insieme a Michele Scoto e alla sua cerchia di sapienti sui terrazzi di Palermo, sempre attorniato da servitori pronti a soddisfare ogni minimo capriccio. Un cenno della mano, una parola, ed eccoli accorrere con vassoi di frutta e vino pregiato, o all'occorrenza inchiostro e pergamena.

Non stupirti amico mio, rise tra sé il mercante. Non stupirti davvero se Sibilla ha stentato a riconoscere suo marito nel damerino borioso tornato dal mare. Sollevò quindi il secchio dal quale un attimo prima aveva fatto abbeverare Ismaele, pronto a riportarlo al pozzo, quando un nitrito bizzoso lo indusse a gettare un'occhiata attraverso una fessura che consentiva di scorgere il recinto dietro il capanno.

E sobbalzò per lo sgomento.

A circa una decina di passi di distanza, sotto una tettoia d'incannucciata, si vedeva un individuo alto, con un mantello nero, intento a prendersi cura di due cavalli.

Posato il secchio a terra, si avvicinò al pertugio per spiarlo.

Il cappuccio del mantello era calato sulle spalle, lasciando scoperto un viso giovane, biondo di capelli, con un accenno di barba. Un ritratto assai gradevole se all'uomo non fosse mancato l'orecchio destro.

Tuttavia quel che aveva immediatamente sconvolto Ignazio era ben altro genere di particolari: per vestiario e per statura, lo sconosciuto somigliava ai due sicari della Saint-Vehme.

Persuaso d'aver intuito giusto, il mercante attese che il biondo si voltasse per osservare il resto del suo abbigliamento. E nel momento in cui la sua pazienza fu premiata, poté scorgere un torace fasciato da un giaco di cuoio rivettato e una cintura dalla grossa fibbia, accanto alla quale era inguainato un pugnale dall'elsa a croce.

«Ecco, vi ho trovato!», esclamò una voce alle sue spalle.

Per un attimo Ignazio sentì il gelo della morte toccargli il cuore. Poi si voltò, ritrovandosi di fronte Sarwardo, giulivo più che mai, con un cesto stracolmo di formaggio e pane tra le mani.

«Zitto», sussurrò mentre si precipitava a tappargli la bocca.

«Ma...», fu sul punto di obiettare il magister.

«Per l'amor di Dio...», continuò il mercante, invitandolo ad arretrare. «Avete notato qualche forestiero dal mantello nero? Fate solo un cenno, svelto».

L'uomo di Salamanca scosse il capo.

«Allora correte subito al carro e non fermatevi a parlare con anima viva», gli ordinò Ignazio, raccogliendo il morso del ronzino. «Io vi verrò dietro con Ismaele. Se ci teniamo alle nostre vite, dobbiamo *assolutamente* andarcene!».

40

Sibilla esaminò la chiave alla luce di una candela. La gemma incastonata nell'impugnatura era un piccolo rubino, lucente abbastanza da indurre la donna a tenerlo nascosto tra i palmi delle mani per non suscitare la bramosia delle persone sedute ai tavoli accanto.

Si trovava in un ospitale del borgo di Ponferrada, a occidente di Astorga, lungo la strada per Santiago. Le poche monete di cui disponeva, ben celate in una tasca cucita nel rovescio della fusciacca, le avevano consentito di pagare un pasto caldo e un letto di paglia per sé e i suoi familiari. Un lusso forse eccessivo, dal momento che in seguito avrebbero potuto contare soltanto sulla carità dei monasteri lungo il cammino, ma dopo tre giorni di marcia e altrettante notti trascorse all'addiaccio, con una bambina piccola di cui prendersi costantemente cura, concedersi un po' di ristoro era stata una necessità.

Ignorando le occhiate curiose di Uberto, che le sedeva di fronte insieme a Moira e a Sancha, Sibilla continuò a studiare l'oggetto, passando dalla testa alla parte sul lato opposto dello stelo. Il pettine era minuscolo, dotato di intagli e denti lavorati con grande maestria. Qualunque fosse la serratura che era destinato ad aprire, doveva essere troppo piccola per appartenere a una porta.

Lo sguardo di Sibilla si spostò poi su Fatima, che aveva preso posto accanto a lei. «Ebbene», la interrogò, «per quale ragione suor Ximena ti avrebbe chiesto di prendere questa chiave dalla sagrestia e di consegnarla a me?»

«Ma mia signora...», tentennò la serva. «Ve l'ho già detto!».

«Voglio che sentano anche loro», chiarì la donna, alludendo al figlio e alla nuora.

Fatima tradì un'ombra di esitazione. Del gruppo, era certamente la più scontenta. Non solo non riusciva a fugare il cordoglio nei confronti della badessa, ma si era pure vista costretta di punto in bianco a intraprendere quel viaggio insieme a degli sconosciuti. «Questa chiave», si decise a parlare, «vi consentirà di accedere al segreto di Ramiro Álvarez».

Uberto fissò la madre con un lampo di sconcerto. «Non starà accennando a...».

Sibilla annuì. «Tuo nonno».

«E quale segreto avrebbe mai custodito?», continuò lui.

«Uno così grande», spiegò la donna, «che lo legava all'ultimo re di León e a sua moglie Berengaria di Castiglia».

«Mio padre non me ne ha mai fatto menzione».

«È probabile che nemmeno Ignazio ne sia al corrente».

Uberto scrutò la madre con disapprovazione. «E immagino che tu», disse, «ti sia ben guardata dal rivelarglielo».

«Non c'è stato tempo per farlo», si difese Sibilla. «Inoltre, sai bene cosa pensa Ignazio riguardo a suo padre. L'ha sempre reputato un uomo imbelle, privo di particolari virtù e di ambizioni. Convincerlo del contrario, rendendogli noto che in verità Ramiro fu il custode di un mistero che forse potrebbe rovesciare le sorti della nostra famiglia, avrebbe soltanto complicato la situazione».

«Cosa intendi quando affermi che le nostre sorti potrebbero cambiare?»

«Molti anni or sono, tuo nonno nascose qualcosa d'importante per il re di León e per la sua nobile moglie. Qualcosa che doveva sfuggire agli occhi della Santa Sede. Fu per quel servigio che egli ricevette in dono i possedimenti su cui sorge la nostra dimora. Pertanto, se si riuscisse a venire a capo di un simile mistero...».

«Te ne serviresti per riavere indietro la nostra casa?»

«Sì, la nostra casa», confermò Sibilla, stringendo con forza le dita intorno alla chiave. «La nostra vita! Il nostro orgoglio! O forse sei contento d'essere ridotto a un diseredato in cammino verso una meta che nemmeno conosce?».

Uberto scambiò un'occhiata perplessa con Moira, infine tornò a guardare la madre. «Condivido le tue parole e la tua frustrazione, e nutro le tue stesse speranze di recuperare ciò che era nostro», dichiarò. «Ma sono sempre più persuaso che avresti dovuto parlarne con Ignazio. Se solo l'avessi coinvolto...».

«Rischiando di trovarci ancora alle costole la Saint-Vehme?», replicò la donna, scuotendo con forza il capo. Per la prima volta una lacrima le scese su una gota, ma lei la asciugò con rabbia.

«Non so molto altro», continuò Fatima, vedendo le iridi della donna posarsi di nuovo su di lei. «La badessa mi ha semplicemente ordinato di portarvi quella chiave».

«Una chiave destinata ad aprire cosa?», la incitò Sibilla. «Orsù, di' a mio figlio quel che hai già confidato a me nella grotta!».

«Serve ad aprire un forziere», rivelò a quel punto la serva. «Un forziere nascosto in un monastero presso Burgos. Questo è tutto quel che mi ha detto suor Ximena, prima che lei venisse...». E si coprì il volto per il dispiacere.

«Quale convento?», volle sapere Uberto.

Fatima, però, aveva iniziato a singhiozzare. «Santa...», balbettò sommessa. «Santa María la Real».

«Il claustro di monache cistercensi fondato dal re di Castiglia per la sua nobile figlia», spiegò Sibilla, proseguendo il discorso. «Il luogo perfetto in cui Berengaria potesse chiedere a Ramiro di nascondere un segreto».

«E la venerabile suor Ximena», obiettò Uberto, aggrottando la fronte in un modo che per un attimo lo fece assomigliare a suo padre, «come faceva a sapere tutto questo? Come poteva possedere la chiave che ora stringi in pugno?»

«Parte della verità la conobbe in gioventù, quando lavorava come amanuense nella cerchia di Berengaria», rispose la donna. «In quanto al resto, suppongo sia stato lo stesso Ramiro a metterla al corrente, molti anni dopo. Come ben sai, tuo nonno aveva un buon rapporto con le clarisse di Santa Eufemia».

«In tal caso», replicò suo figlio, «mi recherò io stesso a Santa María la Real per far chiarezza sulla faccenda. Non prima tuttavia di avervi accompagnate sane e salve fino a Santiago».

«No», esclamò con fermezza Sibilla. «Il piano che ho in mente è molto diverso».

41

«Siete proprio sicuro che fosse uno di loro?», domandò Sarwardo.

«Non metterei una mano sul fuoco», rispose Ignazio mentre conduceva il carro in preda all'angustia, «ma dubito d'essermi ingannato».

Tornati in fretta e furia sulla strada maestra, avevano ripreso il viaggio verso meridione. Il sole era ancora alto e l'aria quasi afosa, satura dal ronzare d'insetti che si raccoglievano in nuvolette intorno alle orecchie e alla coda di Ismaele. Dopo aver passato le redini al compagno, il mercante prese a guardare ai bordi del sentiero in cerca di una biforcazione secondaria dove poter far perdere le loro tracce.

«Ragionate», lo esortò il magister. «Un mantello nero e un giaco da armigero non bastano a far di un tale qualsiasi uno dei vostri inseguitori».

«Dimenticate il pugnale a forma di croce», replicò Ignazio. «L'ho visto distintamente. E poi, quanti uomini in arme potranno mai aggirarsi nei dintorni?»

«Più di quanti ne immaginiate, amico mio. Stiamo transitando ai confini di un territorio di guerra, rammentatelo, senza contare che Salamanca è assai famosa per i suoi fabbri e per le sue spade».

«Quello che ho scorto a far da guardia ai cavalli non era né un soldato regolare né un *caballero*», precisò il mercante, pensando nel frattempo, con una punta d'orgoglio, che il miglior acciaio temprato proveniva da Toledo.

«E da cosa lo dedurreste, di grazia?»

«*In primis* non recava alcuna insegna di eserciti o di casate nobiliari», lo accontentò Ignazio. «E poi mancava di un orecchio».

«Una volta», ridacchiò Sarwardo, «conobbi un poveretto che aveva perso l'intero padiglione destro a causa del morso di un cavallo».

«Suvvia, sapete bene a cosa mi riferisco».

«A un marchio d'infamia, è ovvio».

Il mercante annuì. «Naso, orecchie e mani mozze sono segni distintivi dei fuorilegge messi al bando».

«Un motivo in più per darvi torto», soggiunse Sarwardo. «Non avevate detto che le *mascae* appartengono a famiglie di nobile stirpe?»

«Il Tribunale Segreto della Saint-Vehme è composto da persone di potere», confermò Ignazio. «Nulla però vieta che i Franchi-Conti e i Franchi-Giudici affidino il lavoro sporco a sgherri della peggior risma».

«È affascinante il modo in cui riuscite a rivoltare la frittata per assicurarvi d'aver sempre l'ultima parola».

Il mercante colse una nota di risentimento in quell'affermazione, ma scelse di non ribattere. Al pari di molti uomini d'intelletto, Sarwardo era permaloso e andava trattato come tale. E poi Ignazio non era affatto in vena di usare le maniere gentili. Ora che aveva avuto conferma della presenza dei Veggenti sul proprio cammino, temeva per sé e allo stesso tempo gioiva per i suoi cari. Di sicuro non sarebbe stato facile, per Sibilla e gli altri, raggiungere Santiago senza un soldo bucato nelle tasche. Ma per lo meno sarebbero rimasti *vivi*.

Dopo aver atteso invano che il magister riprendesse il discorso, tornò a studiare la strada finché non distinse ai piedi di una collina una carrareccia che si biforcava dalla Via de la Plata per sparire dietro una distesa di alberi da frutto. «Svoltate là», dichiarò d'un tratto, persuaso che una volta al riparo tra quelle chiome sarebbero stati invisibili persino agli occhi del più accorto tra gli inseguitori.

«Per nulla al mondo!», protestò Sarwardo. «Quel sentiero volge a ponente e noi invece andiamo nella direzione opposta!».

«Non è tempo di far gli schizzinosi. Ben presto i due segugi della Saint-Vehme si rimetteranno in cammino e, coi loro corsieri, non tarderanno a raggiungerci».

Il magister scosse il capo. «C'è un sentiero migliore poco più avanti, ne sono sicuro».

Ignazio lo guardò aizzare il cavallo con la faccia congestionata dalla tensione. «Possibile che non abbiate paura?», sbottò, combattendo con la tentazione di strappargli le redini di mano. «Dobbiamo nasconderci! Se dovessero trovarci ora, soli e indifesi...».

«Abbiate fede! So bene quel che faccio!».

«Davvero? A me pare che a guidarvi non sia altro che la vostra dannata testardaggine!».

«Manca poco, ve lo giuro! Ancora un attimo e svolteremo alla nostra sinistra».

«Per arrivare dove, esattamente?»

«A una tomba!».

Ignazio sobbalzò per sconcerto. «Come sarebbe a dire, una tomba?»

«Una tomba, una tomba!», ripeté Sarwardo. «La tomba da cui proviene l'amuleto che vi ho mostrato».

«E a chi mai apparterrebbero le spoglie che giacciono in questa tomba?»

«Oh», rise a quel punto il magister, per poi aggiungere con tono enigmatico: «Questo fa parte del mistero».

42

«Sei forse uscita di senno?», inveì Uberto.

Sibilla alzò una mano per imporgli di esprimersi con moderazione. Si guardò quindi intorno per sincerarsi che nessun avventore dell'ospitale si fosse voltato verso di loro e ripeté: «Andrò io, è la scelta migliore».

«Non consentirò mai che tu ti esponga a un simile pericolo».

«A quale pericolo alludi?», tentò di minimizzare. «In fin dei conti si tratta soltanto di raggiungere Santa María la Real».

«Hai almeno idea del viaggio che dovresti intraprendere?», ribatté Uberto. «Quel monastero si trova a Burgos, nella direzione opposta a quella in cui stiamo procedendo».

Sibilla si mantenne inamovibile. «So badare a me stessa», dichiarò. «L'ho fatto per anni, mentre tuo padre era in esilio e tu venivi cresciuto dai monaci in una terra lontana, presso le foci del fiume Padus. L'hai forse dimenticato?»

«Per nulla, ma lascia che sia io a intraprendere la ricerca di cui parli», la implorò il figlio.

Sibilla scosse il capo. «Tu dovrai condurre tua moglie e tua figlia fino a Santiago. Non puoi abbandonarle».

«Non intendo abbandonare nemmeno te», replicò Uberto.

«Non andrò sola», sdrammatizzò lei con un mezzo sorriso. «Fatima verrà con me».

«Veramente io...», sobbalzò la serva.

«Preferiresti tornare ad Astorga?», la fulminò con lo sguardo Sibilla. «Dubito fortemente che riceveresti una calorosa accoglienza. Come minimo siamo stati tutti accusati della morte di suor Ximena, te compresa».

«Una ragione in più per restare uniti», ne approfittò Uberto, abbassando la voce con circospezione. «Se fossimo ricercati per omicidio la via migliore sarebbe proprio la fuga, come stabilito da mio padre».

Al sentir nominare Ignazio, Sibilla indurì subito l'espressione. «Al contrario», s'impuntò, «separati daremo molto meno nell'occhio».

Il figlio sbuffò esasperato. «Ammesso che tu abbia ragione», tornò quindi alla carica, «cosa ti aspetti di trovare a Santa María la Real? Quale segreto potrebbe mai essere così importante da poterci riscattare agli occhi del re?»

«Ti saprò rispondere quando l'avrò scoperto», rispose Sibilla, evasiva.

«E se si trattasse di qualcosa che non esiste più? Se la chiave in tuo possesso aprisse un contenitore vuoto? Ti scongiuro, madre, rifletti con la dovuta cautela prima di prendere una decisione».

«Ma io ho già riflettuto, e già deciso», s'impose lei, dichiarando chiusa la questione. «Trascorreremo la notte in questo ospitale, dopodiché, al sorgere del sole, andremo ognuno per la sua strada».

A quelle parole, Uberto scattò in piedi con un tale slancio di collera che spaventò Sancha, facendola scoppiare in lacrime. «Se questo è il tuo proposito bacia tua nipote», sentenziò. «E prega Dio, nella sua infinita clemenza, affinché non sia l'ultima volta che ti viene concesso».

43

Santiago de Compostela
15 marzo

In cima alla vetusta torre addossata alle mura della città, il vecchio si tolse dal naso i vetri ottici e si portò a una bifora per guardare la tempesta che veniva dal mare. Nonostante fosse pieno giorno, l'aria era diventata improvvisamente fredda e il cielo si stava oscurando, mostrando nembi così grigi da metter quasi paura. Lui tuttavia contemplò lo spettacolo con impassibilità, respirando l'odore di salsedine misto a quello di pioggia imminente. All'alba della sua ottantasettesima primavera poteva ben dire d'aver visto fortunali d'ogni genere e d'essere pure scampato ad alcuni di essi, a bordo della nave che in un tempo ormai lontanissimo l'aveva portato dalle coste berbere alla terra in cui riposavano le ossa dell'apostolo Giacomo il Maggiore.

Soltanto una cosa, reputava, avrebbe ancora avuto il potere di stupirlo. Una cosa vista una volta sola, da ragazzo, e per la quale ogni santo giorno, portandosi alla finestra, il vecchio pregava perché Iddio gliene facesse di nuovo dono: l'ala di un angelo sopra una nuvola. Non l'aveva mai rivelato a nessuno in vita propria, per timore d'essere deriso, eppure era convinto che quella visione non fosse stata ingannevole. L'ala di un angelo. Maestosa. Smagliante. Vestita d'arcano.

Infastidito da una sferzata d'aria particolarmente rigida, si strinse nella *djellaba*[5] e riparò all'interno del proprio studiolo. Accanto al compasso di metallo cui erano fissate le sue preziose lenti da vista provenienti da Venezia, l'attendeva il *Liber de gemmis* di Marbodo di Rennes. Un'opera nuova, almeno per lui. Nonostante l'autore

[5] Tunica tipica del Nord Africa.

fosse morto all'epoca in cui *El Cid* aveva conquistato Toledo, ne veniva a conoscenza soltanto ora.

Ma non fece in tempo a sedersi allo scrittoio che sentì una voce chiamarlo dall'esterno.

«Mastro Asclepius! Mastro Asclepius!».

Ruminando tra sé, il vecchio fece ritorno alla finestra e guardò dabbasso. «Chi postula?», domandò, mentre si stropicciava le palpebre per distinguere meglio alle radici della torre la figura vestita color corda.

«Sono io, Juan!».

«Juan?», ripeté Asclepius, riconoscendo la zazzera di capelli rossi che coronava la testa del giovanotto intento a gridare una ventina di braccia sotto di lui. «Per san Giacomo, cosa sei venuto a fare?».

Anziché rispondere, Juan sollevò un involto che teneva tra le mani.

«Ah!», fece il vecchio, rammentandosi delle commissioni che gli aveva affidato il giorno prima. «Svelto!», vociò, rivolgendogli un gesto d'invito. «Sali!».

«Vado di fretta», replicò il giovane. «Calate la cesta!».

«Quale festa?», equivocò Asclepius con un'espressione confusa.

«La cesta!», gridò Juan, accostando un palmo alla bocca. «La cesta!».

«Se parlassi come si deve anziché grugnire...», bofonchiò il vecchio per non dargli soddisfazione. La verità era che stava diventando sordo come una campana, e ormai era tardi per pentirsi di quando, molti anni prima, sentendo incombere la senilità, aveva pregato il Signore di conservargli l'intelletto e la vista, dimenticandosi dell'udito e delle ginocchia.

Raccolse quindi dal pavimento un cesto di vimini legato a una corda, vi mise all'interno qualche moneta e lo calò pian piano dalla finestra. «Attento alle uova!», si raccomandò nel frattempo.

«E all'acquavite, mio virtuoso stilita!», ironizzò Juan con tono complice.

Non appena il contenitore ebbe toccato terra, Asclepius attese che l'impertinente prendesse il denaro e riponesse al suo posto il fagotto, dopodiché iniziò a sollevarlo con cautela.

«C'è anche un messaggio!», lo avvertì a quel punto il giovane.

«Chi dici che si è azzardato a farmi oltraggio?», si accigliò.

«Un messaggio!», si sgolò Juan, tra il divertito e l'irritato. «L'hanno ricevuto stamane i monaci della Cattedrale! Viene da Málaga!».

Il vecchio fece di tutto per cogliere quelle ultime parole. Ma il vento, ingrossatosi a dismisura, le aveva rapite come farfalle. Si limitò quindi ad abbozzare un cenno d'assenso col capo, e quando ebbe issato la cesta fino al davanzale rivolse un saluto a Juan. «Corri a casa», gli consigliò, «prima che arrivi il fortunale!».

Un attimo dopo era chino sul fagotto.

Come da indicazioni, il giovane gli aveva procurato uova, pane, segale e una fiasca contenente del distillato di vinacce proveniente dalle colline della Galizia. Era persino riuscito a trovare, che Dio lo benedisse, una radice di *reubarbarum* per placare i suoi bruciori di stomaco.

Riposto tutto su uno sgabello, concentrò l'attenzione sull'ultimo oggetto rimasto in fondo all'involto.

Un piccolo rotolo di pergamena.

Curioso di scoprire di cosa si trattasse, Asclepius lo prese tra le dita e raggiunse lo scrittoio per recuperare gli occhiali. Dopodiché, con l'ausilio delle lenti, iniziò a leggere.

Il messaggio era chiaramente indirizzato a lui. Nella prima riga, con scrittura assai elegante, si faceva menzione del suo nome e del luogo in cui viveva.

Passando alla riga successiva si accigliò.

E a quella dopo ancora non poté trattenere un'esclamazione incredula.

«Willalme de Béziers...», snocciolò, rivolgendo d'istinto lo sguardo alla finestra.

Ora conosceva la natura della *vera* tempesta che sarebbe giunta dal mare.

44

Dopo essersi lasciati alle spalle la *Via lapidata*, Ignazio e Sarwardo avevano proseguito verso occidente, allontanandosi sempre più dai feudi di Salamanca fino a entrare nei possedimenti di Segovia.

Era tardo pomeriggio quando varcarono le porte della città, trovandosi a condurre il carro sotto le rovine di un maestoso acquedotto romano. Alzando il viso, il mercante ne ammirò il duplice ordine di archi e gli altissimi pilastri che correvano, a guisa di steli di granito, fino all'*alcázar* sito a monte dell'abitato. Un attimo dopo spostò l'attenzione sulle facciate di case, botteghe e taverne che a poco a poco facevano la loro comparsa lungo la via principale. Molte di esse erano decorate con rilievi arabescati più intricati di labirinti.

Ignazio continuava a ignorare dove lo stesse conducendo Sarwardo e pure quale genere d'aiuto pretendesse da lui quell'eccentrico individuo. Sapeva soltanto che i Veggenti, per qualche oscuro motivo, parevano aver deciso di seguirlo senza dare segni della loro presenza. La qual cosa lo esortò a riflettere su quanto più spaventosa fosse una minaccia invisibile rispetto a quelle percepibili a occhio nudo.

Poi una risata infantile lo indusse a voltarsi verso il ciglio della strada, dove una bambina dai tratti moreschi si stava attardando a rincorrersi con un cane mentre la madre la chiamava dall'uscio di una dimora. E allora avvertì un pungolo al cuore.

Dio, pensò, fa' che la mia famiglia sia salva.

Era dalla fanciullezza che non si rivolgeva più a Dio. Di preciso, da quando aveva atteso invano che suo fratello Leandro uscisse dai meandri di una tomba sotterranea in cui si erano intrufolati per gioco. E ora eccolo a pregare come un contadino superstizioso. Eccolo a supplicare un'entità così perfetta da non poter familiarizzare con la disperazione umana o, ancor peggio, da concepirla un male necessario per l'equilibrio del Creato.

«Il tempio di San Millán!», disse Sarwardo, interrompendo il suo rimuginare.

Ignazio guardò quindi avanti a sé, scorgendo una chiesa affiancata da un porticato più oscuro di una grotta. L'imponenza e la struttura, di un bel granito ocra, non si distanziavano da quelle dei monasteri siciliani e normanni, al pari di molti altri claustri disseminati lungo il Cammino di Santiago. Trapelava però, dall'edificio al suo cospetto, la genialità dei tagliatori di pietra che avevano ricoperto con una strabiliante quantità di sculture i capitelli, le mensole e persino le formelle incastonate nel sottotetto. Sirene, chimere, centauri e un tripudio di mostri esotici si alternavano senza soluzione di continuità a figure umane di ogni tipo, rustici, musici e pellegrini col bordone, quasi che il mondo tutto, sia reale che immaginario, avesse voluto trovare dimora in quel libro di pietra.

La meraviglia, però, non ebbe il tempo di far breccia nella mente del mercante che un presagio prese il sopravvento.

«È questa, dunque, la nostra meta?», domandò, volgendosi verso il compagno.

«Al contrario», rispose quest'ultimo, enigmatico, mentre strattonava le redini per far rallentare Ismaele, «questo è il luogo in cui tutto avrà inizio».

45

Fermarono il carro in una corte retrostante la chiesa, presso uno stabbio a fianco del corpo semicircolare dell'abside. Con l'aria di chi conosceva molto bene quel luogo, Sarwardo scese dalla serpa e fece cenno a Ignazio di seguirlo verso un piccolo edificio che sorgeva nelle vicinanze. Ormai era calata la sera e le fantasmagoriche sculture di San Millán iniziavano ad assumere sembianze sinistre, quasi rivelassero di colpo una natura malvagia insita nella pietra.

Ciò nonostante il mercante fu lieto di mettere i piedi a terra. A forza di star seduto su una trappola traballante sentiva la schiena a pezzi e, non appena poté allungare le gambe per muovere i passi sull'erba, tirò un sospiro di sollievo.

La corte era rischiarata da una mezza dozzina di fiaccole fissate a dei pali conficcati nel suolo, ai margini di un vialetto che proveniva dal sagrato e conduceva all'edificio indicato da Sarwardo. Messosi al seguito del compagno, Ignazio si accorse ben presto che si trattava di un'abitazione. Probabilmente la casa del parroco o di un suo sottoposto, valutò. Non si stupì, pertanto, quando un attimo dopo vide comparire sull'uscio un uomo avvolto in una tonaca.

«Guai a voi, gente raminga!», tuonò senza alcun preavviso il prete. «Spostate quel carro prima che le feci del vostro cavallo insozzino la corte!».

«Per i chiodi della Croce, padre Fulgenzio!», gli andò incontro Sarwardo. «Non sarebbe certo la prima volta che spalate via dall'erba lo sterco del mio Ismaele».

«Oh, magister, siete voi!», cambiò immediatamente tono il religioso. «Chiedo venia, con l'oscurità non vi avevo riconosciuto». Si affrettò quindi a raggiungerlo, lo abbracciò e posò lo sguardo su Ignazio.

Alla luce delle fiaccole, il mercante distinse due pupille umide e sporgenti che gli rammentarono certi rospi acquattati nel terriccio in attesa della preda.

«Costui è il mio compagno d'avventura», dichiarò Sarwardo per fugare la diffidenza che andava affiorando sul volto del prete.

«*Quel* compagno?», volle sincerarsi Fulgenzio con un fremito di stupore. «Il sapiente che attendevate dalla Sicilia?».

Il magister annuì.

«E sarebbe vostro desiderio mostrargli quella cosa… proprio adesso?», continuò il religioso con una punta di ritrosia.

Sarwardo gli rivolse un altro cenno d'assenso.

«Non potremmo aspettare domattina? Ormai è calata la notte. Una notte senza luna, per giunta!».

«Andiamo di fretta».

«Ma il parroco non c'è», insistette Fulgenzio, ancor più restio ad accontentarlo. «Sarei costretto a lasciare incustodita la canonica e…».

«Vale quanto ho detto un attimo fa sulla merda di Ismaele», lo tacitò Sarwardo, infondendo alla propria voce un'asprezza che Ignazio finora non aveva mai udito. «Non sarebbe la prima volta che lo fate».

A quel punto il prete abbassò il capo. «In tal caso vi pregherei di attendere un momento», mormorò remissivo. «Vado a procurarmi un lume… e una pala».

Poco dopo stavano camminando lungo un viottolo che si allontanava dalla chiesa. Nei dintorni si scorgevano sagome di edifici e chiome di vecchi ulivi appena visibili contro il cielo bluastro. Fulgenzio faceva strada sorreggendo una lanterna con la mano sinistra, mentre con la destra trascinava una vanga che produceva rumori striduli ogni qual volta l'arnese cozzava contro una pietra. Dietro di lui venivano Sarwardo, anch'egli munito di lanterna, e Ignazio che aveva dovuto invece accontentarsi di una fiaccola.

Ben presto il percorso s'inasprì, continuando lungo un sentiero in discesa, a fianco di un muretto di pietre mezze sconnesse, finché non divenne così malagevole da costringere il mercante a procedere con cautela per non scivolare in avanti. Con grande invidia nei confronti del prete che, dal canto suo, avanzava con l'agilità di una capra di montagna.

«Manca poco», fece Sarwardo, sollevando il lume con l'aria di chi cercava elementi familiari nel paesaggio.

«A che cosa?», replicò Ignazio. «Alla tomba di cui mi avete accennato?»

«Non sia mai che vi rovini la sorpresa», motteggiò il magister.

«Di sorprese sono saturo», disse il mercante mentre scavalcava una grossa radice apparsa all'improvviso sotto i suoi piedi. Attese quindi che si dileguasse il verso di una civetta appollaiata fra i rami e continuò: «Un'anticipazione di quanto ci aspetta potrebbe giovare al ragionamento che porterà alla soluzione dell'enigma, non credete?».

Sarwardo scosse il capo. «Non ci sono parole in grado di descrivere quel che intendo mostrarvi».

«È la sacrosanta verità», confermò Fulgenzio, arrestandosi davanti a una cancellata che segnava il termine del cammino.

Ormai impaziente di scoprire con quale genere di mistero si sarebbe dovuto confrontare, Ignazio mosse gli ultimi passi verso l'inferriata coperta di ruggine e, sbirciando attraverso di essa, distinse quel che l'odore di terra antica e la desolazione circostante gli avevano già suggerito.

Un cimitero.

46

Sibilla si fermò sotto il palpitare delle torce che facevano da guardia all'ingresso della giudecca. Esausta, affamata, con nient'altro che un mantello di tela a proteggerla dal respiro della notte, fissò in un misto di speranza e avvilimento l'arco ombroso di un androne accanto alla sinagoga.

«Mia signora», sussurrò Fatima al suo fianco, «cosa ci facciamo qui? M'inganno o avevate detto che sarebbe stato saggio tenerci al largo da Astorga?»

«È così infatti», le rispose la donna, «ma non abbiamo scelta».

La serva represse un gemito. «Qualsiasi scelta sarebbe stata certo più assennata del recarsi dopo compieta al quartiere ebraico!».

Sibilla rimase con gli occhi puntati sull'androne, ripetendo a sé stessa che stava agendo nell'unico modo possibile. L'unico modo che le avrebbe consentito di risolvere i suoi problemi più immediati.

«Dammi il tuo stiletto», ordinò a Fatima.

«Così mi spaventate!».

«Dammelo!». E le mostrò il palmo.

Sempre più sconcertata, la serva cercò tra le pieghe della sua fusciacca ed estrasse una lama poco più lunga di un dito.

Sibilla gliela strappò di mano, la esaminò al baluginare della fiamma e con un lampo di follia negli occhi si guardò intorno per assicurarsi che non ci fosse nessuno a spiarle. Quindi recuperò da una tasca la chiave col rubino e conficcò la punta dello stiletto nella parte superiore, per cavare la gemma.

L'operazione non si rivelò affatto semplice come aveva immaginato. La pietra era stata incastonata nella testa d'ottone con una tale maestria che la vera difficoltà non consisteva tanto nel rimuoverla dalla propria sede quanto nel riuscire a farlo senza scheggiarla. A tal fine, Sibilla raccolse una pietra dal selciato e iniziò a picchiettarla con cautela sull'impugnatura della lama, quasi manovrasse uno scalpello. E così continuò alla luce delle torce finché, con un sorriso compiaciuto, non riuscì nell'intento.

«Cosa avete fatto?», fremette Fatima, che era rimasta ad assisterla con la riluttanza di chi vede compiere un atto sacrilego.

«Zitta e seguimi», sentenziò Sibilla, incamminandosi verso l'androne con il rubino stretto in pugno.

Prima che la serva potesse proferire altre lagnanze, Sibilla aveva già raggiunto l'androne e, penetrata nell'ombra, stava bussando a un portone su cui era incisa la stella di Davide.

«Chi è?», squittì una voce maschile dall'interno. «Chi percuote il mio battente a quest'ora?»

«Cerco Yehuda l'usuraio!», dichiarò Sibilla.

«L'usura è un crimine!», s'ingrossò la voce dietro la porta. «Andate via!».

Ma la donna, che si aspettava quel genere di risposta, replicò con astuzia: «Parola mia, non intendo farvi commettere alcun crimine, bensì proporvi un affare».

«Un affare?», snocciolò la voce. «Nel cuore della notte? Con una femmina?»

«Non una femmina qualunque», soggiunse Sibilla, scambiando un'occhiata complice con Fatima. «Una monaca!».

«Una… monaca?»

«Mandata da un'amica comune», rincarò la dose.

Una risatina mesta risuonò dietro la porta. «Non ho amici tra i cristiani».

«Nemmeno suor Ximena, la badessa del convento di Santa Eufemia?», domandò Sibilla.

A quella risposta seguì un breve silenzio. Poi la voce tornò a farsi viva: «E chi sareste, voi, per suor Ximena?»

«Un'amica, ve l'ho detto».

Non aveva ancora terminato la frase che finalmente udì lo scrocco di una serratura, dopodiché il battente si aprì e, al barlume di una candela, comparve un vecchio con uno zuccotto sul capo e una barba plumbea che ricadeva su una tunica dalle maniche larghe.

«Sarà meglio per voi che affermiate il vero…», si raccomandò Yehuda, per poi spostare l'attenzione su Fatima. «E costei?», bofonchiò. «Avevo inteso che foste sola!».

«Lei è la mia serva», disse Sibilla, approfittando del momentaneo sconcerto dell'ebreo per passargli a fianco e intrufolarsi all'interno della sua dimora.

«Aspettate!», gridò Yehuda. «Cosa vi siete messa in testa di... Non potete entrare così! Uscite immediatamente!».

Sorda a quelle esortazioni, la donna aveva già superato un angusto vestibolo e, guidata da un baluginio proveniente dalla sua destra, si era spinta oltre un usciolo ritrovandosi in una stanza asfittica, stipata di ogni sorta di cianfrusaglia.

Sopra un banco di quercia illuminato da un candelabro a sette braccia luccicavano i piattelli di una bilancia con sopra alcune monete d'oro e d'argento. E ve n'erano altre, nelle vicinanze, ordinate in pile di dieci e di venti. Ma prima che Sibilla potesse avvicinarsi sentì una mano artigliarle un braccio e, girandosi di scatto, si trovò faccia a faccia col padrone di casa.

«Badate bene!», l'avvertì Yehuda, rosso in volto. «Non m'importa se siete una monaca e nemmeno se...».

«Vi ho mentito due volte», lo interruppe l'intrusa, liberandosi con uno strattone. «Non sono una monaca. E in quanto a suor Ximena, è morta».

L'usuraio indietreggiò con gli occhi sbarrati. «Non sarete per caso stata voi a...».

Sibilla scosse il capo. «Io ero sua amica, su questo sono stata sincera». Spostò quindi l'attenzione verso l'uscio, oltre il quale, aggrappata allo stipite, stava emergendo la figura esitante di Fatima, e continuò: «Fu suor Ximena a parlarmi di voi qualche settimana fa. Mi rivelò che in passato, per far fronte ad alcune spese importanti che le erano state negate dal vescovo di Astorga, fu costretta, pur con riluttanza, a rivolgersi a voi, e contro ogni aspettativa trovò una persona di buon cuore».

«Perché ebreo dovrei essere un mostro?», replicò il vecchio, recuperando la sua sicurezza.

«Non sono qui per giudicarvi», precisò Sibilla mentre apriva il pugno nel quale teneva la gemma estratta dalla chiave.

Se in precedenza Yehuda aveva mostrato emozioni, non era stato nulla rispetto a quelle che gli si dipinsero sul volto dinanzi a una simile vista.

«Sono qui per chiedervi», aggiunse la donna, «quanto sareste disposto a pagarmi questo rubino».

Con una rapidità inaspettata per una persona della sua età, l'ebreo si era già portato dietro il banco e, rovistando in un cassetto, aveva recuperato una sfera di vetro grande quanto una mela. «Non è un rubino», dichiarò un attimo dopo, studiando la pietra con l'ausilio della sua bizzarra lente ottica. «È un opale... Un rarissimo opale del colore del fuoco, forse dall'Etiopia o dal Mar Nero». Sollevò quindi lo sguardo su Sibilla. «Da dove proviene?»

«Non ve lo posso dire».

«Ne siete sicura?», torse la bocca l'ebreo. «Perché in tal caso non potrei mai render giustizia al suo reale valore».

Sibilla si morse un labbro. Al pensiero di separarsi da un simile tesoro, e per di più di doverlo cedere a condizioni svantaggiose, fu colta da un dispiacere così grande che fu costretta a piegarsi in avanti per opporsi a un conato. Ciò nondimeno, un attimo dopo trovò la forza di replicare: «Confido, mastro Yehuda, che me lo pagherete abbastanza da consentirmi di acquistare due cavalcature veloci e un po' di provviste per un lungo viaggio».

47

Non si trattava di un comune cimitero. Appena mise piede al suo interno, Ignazio vide una distesa di terra più nera della notte. Le sepolture, non certo numerose, erano disposte a semicerchio davanti a un mausoleo che, col suo antico ingresso a ferro di cavallo, ricordava un *maqbara* arabo. Nei dintorni comparivano pochissime croci, per lo più raggruppate in angoli in disparte. Tutte le altre deposizioni erano semplicemente coperte da tegole o letti di pietra.

Fugando le ombre con la torcia, il mercante illuminò delle epigrafi ai suoi piedi, accorgendosi che erano state incise su mattoni di terracotta. Riportavano nomi e parole in lingua moresca.

«Questo sepolcreto», rivelò Fulgenzio, avanzando verso il mausoleo, «risale a tre, forse quattro secoli or sono. Ai tempi in cui Segovia era città araba. In seguito alla reconquista avvenuta dopo l'anno Mille, il popolo ne perse memoria».

«Ma non i bravi preti di San Millán», intervenne Sarwardo, «dal momento che questo terreno rientra nelle pertinenze della loro chiesa».

«San Millán non è l'unica chiesa che sorge al limitare di un cimitero arabo», commentò Ignazio con una nota di amarezza. «L'Hispania è disseminata di luoghi come questo. Luoghi che a poco a poco si trasformano in polvere, insieme alle usanze di cui sono custodi».

«Questo però è diverso da tutti gli altri», precisò il magister.

«E in cosa differirebbe, di grazia?»

«Padre Fulgenzio!», vociò a quel punto Sarwardo. «Mostrategliela».

«A onor del vero, la sto ancora cercando...», borbottò il prete, che nel frattempo si era allontanato di una decina di passi. Emergendo dal buio grazie al baluginare della lanterna, la sua figura vagava curva fra le tombe, accompagnata dallo strascichio della pala.

«Ma non vi siete accorto d'essere troppo indietro?», lo ammonì il magister con piglio contrariato. «Dovete spingervi ancora più in là, sulla sinistra... Orsù, buon padre, muovete quelle gambe!

O forse avete tema che uno spirito affiori dalla terra e vi morda un piede?».

Indifferente a quanto stava già ribattendo il religioso, Sarwardo prese quindi Ignazio per un braccio. «Venite, Álvarez, venite!», disse tutto entusiasta. «So ben io dov'è quel che ci interessa. A dispetto della tenebra più cupa, lo saprei trovare pure bendato!».

Ormai avvezzo alle maniere del compagno, il mercante iniziò a seguirlo fra le sepolture, stando attento, per rispetto nei confronti dei trapassati, a non calcare le suole su qualcuna di esse. «Non ho ben compreso», bisbigliò, «il legame tra voi e quel prete».

«Ci conoscevamo dall'infanzia», rispose il magister con vaghezza. «Ma ci siamo ritrovati solo la scorsa primavera, quando mi recai a San Millán per compiere delle ricerche su san Cristoforo».

«E cosa vi avrebbe portato fin qui?»

«In questo luogo il culto di Cristoforo è radicato da secoli», spiegò il magister. «La leggenda che allude ora a un uomo-cane antropofago, ora a un gigante che traghettò Cristo al di là di un fiume dopo averlo caricato sulle proprie spalle, deve aver affascinato intere generazioni di pellegrini diretti a Santiago, dando avvio a un'autentica forma di devozione».

«Quindi la passione per Cristoforo vi segue da anni», dedusse Ignazio, sollevando la torcia per guardarsi intorno.

«Ad affascinarmi, in realtà, sono sempre state le storie riguardanti i cinocefali», precisò Sarwardo. «Era mia ambizione compilare un compendio che le contenesse tutte, al fine di dimostrare come queste creature abbiano sempre fatto parte delle credenze del genere umano... Finché, per l'appunto, non giunsi a San Millán. L'incontro con padre Fulgenzio mi ha cambiato la vita».

«Spiegate».

«Non appena ebbi chiarito la ragione della mia visita fui affidato a lui, giacché, oltre a essersi rivelato una mia vecchia conoscenza, si prendeva cura della sparuta biblioteca del parroco. E fu così che, non appena gli chiesi di mettermi a disposizione tutti i libri su san Cristoforo presenti nella chiesa, egli mi mostrò l'amuleto dei Sette Dormienti, quello in mio possesso, e mi raccontò del luogo in cui l'aveva reperito».

«Perciò è stato lui l'autore della scoperta».

«La scoperta è *mia*», rettificò Sarwardo con un moto d'orgoglio, «giacché quello sciocco, prima di parlarne con me, non si rendeva minimamente conto di ciò in cui si era imbattuto».

Erano ormai giunti dinanzi al mausoleo, che pareva osservarli nella notte con la sua facciata rugosa. Fulgenzio, avanti a loro, aveva posato la lanterna ai propri piedi e stava iniziando ad affondare la pala nel suolo.

«Ah, bene», si compiacque Sarwardo, «alla fine l'ha trovata!».

Ignazio osservò il prete, notando per la prima volta, al palpitare del lume, uno scintillio dorato provenire dall'indice della sua mano destra. Abbassò quindi lo sguardo, ansioso di scoprire quale sorta di mistero fosse in procinto d'essere dissotterrato.

«Non ci vorrà molto», gli promise il magister, indovinando i suoi pensieri. «La tomba è assai vicina alla superficie».

48

Una palata dopo l'altra, Fulgenzio gettò ai margini della fossa una modesta quantità di terra mista a frammenti di tegole, scoprendo sotto l'arazzo delle stelle un'asse di legno della lunghezza di circa sei piedi e larga due. Ignazio si avvicinò con la torcia per controllare, colpito non tanto dallo stato di buona conservazione di quel coperchio di bara, quanto dal fatto che fosse stato interrato a solo mezzo braccio di profondità.

«Se ho ben inteso», disse, «l'amuleto dei Sette Dormienti proviene da lì dentro».

Sarwardo e Fulgenzio annuirono.

«Si è trattato di un reperimento prodigioso e al contempo fortuito», spiegò il prete non appena ebbe terminato il lavoro. «Circa tre anni or sono, mi aggiravo nei dintorni in cerca di erbe officinali quando...». Conficcata la pala al suolo, continuò: «Ora, al buio, non è possibile notarlo, ma questo cimitero è particolarmente ricco di verbena. Dunque... mi aggiravo con la mia cesta sottobraccio quando, all'improvviso, notai la terra smossa e il coperchio – *questo* coperchio! – sollevato».

«Sollevato?», ripeté Ignazio per sincerarsi d'aver udito bene.

«Come la coperta di un libro», confermò Fulgenzio. «Se adesso lo vedete chiuso è solo perché sigillai io la tomba. Sia la prima volta in cui mi ci imbattei che dopo averla mostrata a Sarwardo. Lo feci per decenza, capite? E anche per evitare che qualche impiccione, curiosando nei dintorni, si ponesse i nostri stessi inquietanti dilemmi».

«Quali dilemmi?», commentò il mercante. «A giudicare dal vostro resoconto, dev'essersi trattato dell'opera di un profanatore di sepolcri».

«No, messere».

Ignazio represse una risata nervosa. «Allora quale sarebbe stata, a vostro giudizio, la causa?».

Per tutta risposta, Fulgenzio brandì la vanga e, con un colpo secco, se ne servì per scoperchiare la bara.

Di primo acchito il mercante non vide che una bocca di tenebra aprirsi ai suoi piedi. Poi, assecondando un tacito invito di Sarwardo, s'inginocchiò ai margini della fossa e, abbassando la fiaccola, rischiarò l'interno della tomba.

Al baluginio della fiamma affiorarono soltanto il fondo e le pareti di una vecchia bara di legno.

«Immagino le spoglie siano state rimosse», osservò senza scomporsi.

«In principio fu quel che supposi anch'io», ammise Fulgenzio, scambiando un'occhiata d'intesa con Sarwardo. «In seguito, però, mi accorsi di queste». E così dicendo toccò con la punta della pala il coperchio.

Incapace di decifrare quel tono allusivo, il mercante spostò lo sguardo verso il punto che gli veniva indicato e, con l'ausilio del fuoco, notò che la parte superiore dell'asse, sul lato rivolto verso il defunto, era coperta da una quantità impressionante di graffiti.

«E… questi?», mormorò in un lampo di sconcerto.

«Avete mai sentito parlare dei segni lasciati dai sepolti vivi?», s'incupì Fulgenzio. «Chiunque svolga l'ingrato compito di raccogliere scheletri per gli ossari ha sempre in serbo qualche triste racconto al riguardo. Sugli infelici tumulati prematuramente, intendo. Ce ne sono molti, sapete? Più di quanti s'immagini! Povera gente destinata a risvegliarsi dalla morte apparente dentro un ricettacolo più buio della notte, e a consumarsi le unghie contro il legno nel tentativo di farsi strada verso la superficie… Oh, quale orribile tormento dev'essere!».

«Ma i segni lasciati da colui che giaceva qui dentro», obiettò Ignazio, «non sono stati affatto dettati dall'orrore. Si colgono, anzi, caratteri realizzati con grande precisione, a testimonianza di un ben saldo raziocinio».

«Come se fossero stati incisi da una persona distesa su un comodo giaciglio, allo scopo d'ingannare l'attesa del sorgere dell'alba», suggerì Sarwardo con una punta di malizia.

Il mercante si rialzò in piedi con una smorfia beffarda. «Non sarete così ingenuo da supporre che…».

«Non è ingenuità, la mia, bensì una valutazione oggettiva!», precisò il magister, indicando con un gesto perentorio la fossa. «Una bara scoperchiata, l'assenza di ossa, iscrizioni all'interno... Orsù, Álvarez, a quale *altra* conclusione logica potrebbe mai condurvi la ragione?»

«A una messinscena», gli rispose senza esitare.

«Sangue di Giuda, osservate i graffiti con la dovuta attenzione!», lo esortò Sarwardo. «Li troverete assai antichi. E vi assicuro che il loro contenuto...».

«Un'*abile* messinscena», precisò il mercante.

«E chi mai si sarebbe preso la briga di attuare una simile finzione? A che pro, oltretutto? Per ingannare i posteri? Per dissacrare un luogo di sepoltura?».

Ignazio si strinse nelle spalle. «Se pensate di convincermi che un cadavere abbia trascorso interi decenni a incidere il rovescio del coperchio della propria bara per poi, di punto in bianco, decidere di uscire all'aperto...».

«Io non ho mai parlato di cadaveri», mise in chiaro Sarwardo. «Colui che è uscito da questo sepolcro era *vivo*. È rimasto vivo per tutto il tempo che vi ha giaciuto all'interno».

«In altre parole», replicò il mercante con una risata scettica, «la vostra ipotesi sarebbe che l'ospite della bara abbia semplicemente... dormito?»

«Svegliandosi di tanto in tanto, sì», rispose con fermezza il magister, «per incidere le iscrizioni che sono davanti ai vostri occhi».

«A prescindere da quel che scorgono i miei occhi», replicò Ignazio, «è la mia mente a decidere se si tratti di realtà o di finzione. E ora, di fronte a un problema che offre due tipi diversi di soluzione, una semplice e l'altra complessa, non esito ad abbracciare la prima, essendo per giunta la più verosimile. In altre parole, quel che mi avete sottoposto è un volgarissimo imbroglio».

«Soltanto perché finora non avete mai visto nulla del genere?», lo sfidò Sarwardo, agitando la lanterna nelle tenebre. «Eppure persino il più incolto tra i porcai sarebbe pronto a mettere la mano sul fuoco per sostenere l'autenticità dei corpi dei santi trovati incorrotti nei loro sepolcri. E pure le storie di chi ha visitato gli inferi per poi recarne testimonianza tra i viventi... E che dire, infine, di una creatura singolare come l'orso che, avvezzo a cadere in lunghissimi letarghi invernali, si risveglia quasi rinato a primavera? Perché un sonno secolare che preserva i dormienti dalla morte non potrebbe essere altrettanto possibile?».

Ignazio si ritrovò d'un tratto incapace di obiettare. Durante la sua permanenza alla Corte dei Miracoli era stato messo a parte di una quantità di formidabili prodigi, molti dei quali osservabili in natura o addirittura riproducibili attraverso esperimenti empirici, mentre altri avvolti dal mistero. Ma anche di fronte ai racconti più inspiegabili, Michele Scoto non aveva mai mostrato alcun pregiudizio, ritenendoli veritieri finquando non fosse riuscito a confutarli.

«Il letargo degli animali...», rimuginò tra sé il mercante, pensando a quanto aveva letto in passato su certi bestiari e addirittura sulla leggenda del sonno eterno di re Artù. Quindi tornò a fissare Sarwardo. «È davvero aggrappandovi a simili questioni che intendereste spiegare una tomba vuota?»

«La mia sarà pur una teoria imperfetta», si schermì il magister senza smorzare i toni, «ma è di gran lunga preferibile alla vostra caparbia incredulità». E per dar enfasi al proprio discorso, accostò il lume ai caratteri graffiti sul rovescio del coperchio. «Degnatevi di guardare, per lo meno! Controllate, prima di sputar sentenze!».

Ormai curioso di scoprire cosa contenessero quei segni, il mercante iniziò a esaminarli. E, per la prima volta da quando aveva messo piede nel cimitero, non riuscì a trattenere un'esclamazione di stupore.

Non si trattava di graffiti tracciati a caso.

Erano veri e propri caratteri alfabetici disposti lungo righe orizzontali, quasi che il misterioso artefice dell'opera non si fosse accontentato di lasciare testimonianza della propria presenza, ma anche dei propri ragionamenti.

No, si corresse dopo un attimo di perplessità Ignazio. Non ragionamenti. Calcoli.

Riga dopo riga, quegli scritti rappresentavano un elenco delle fasi lunari verificatesi in un arco di tempo lunghissimo. Anni, decenni, forse secoli di evoluzioni astrali erano stati conteggiati con strabiliante acume, all'evidente scopo di tenere il computo dello scorrere del tempo. Un arco di tempo troppo esteso per la vita di un solo uomo.

Ma l'eccezionalità della scoperta non si limitava a quello.
Ogni riga era stata compilata in lingua diversa, ora con caratteri copti, ora arabi, ora latini, caldaici e, sul finire, persino con alfabeti dall'aspetto così remoto e astruso che il mercante dubitava d'essere in grado di attribuirli alle relative civiltà di appartenenza.
Quella non era una mera dimostrazione di calcolo astronomico, ma anche di onniscienza.
Colui che aveva scritto sapeva *tutto*.

49

Quando Ignazio sollevò lo sguardo era ancora in preda allo sconcerto. Nient'affatto desideroso di mostrarsi in quello stato, nascose alla svelta le emozioni e puntò la torcia verso i due uomini in attesa del suo responso. «C'è altro che dovrei conoscere su questa tomba?»

«L'amuleto reperito all'interno l'avete già esaminato», ricapitolò Sarwardo, «perciò ora siete informato su tutto. O, per lo meno, su tutto ciò che al momento ci è dato conoscere».

Il mercante si voltò verso Fulgenzio.

«Perché guardate me?», fremette il prete. «Io, su questa faccenda, sono il meno informato!».

«Nondimeno è a voi che spetta il merito della scoperta», lo contraddisse Ignazio, per poi punzecchiarlo: «E non di rado chi scopre è solito vestir di leggenda le proprie imprese».

«Perché mai avrei dovuto fare una cosa del genere?», replicò Fulgenzio.

«Ne discuteremo poi», gli promise il mercante, gettando un'occhiata carica di diffidenza all'anello d'oro del prete. Infine si rivolse al magister. «Se ho ben compreso, ho visto quanto intendevate mostrarmi, perciò è tempo che mi riveliate il motivo per cui mi avete reclamato dalla Sicilia».

«Non così in fretta», lo rintuzzò Sarwardo, indicando il coperchio della tomba. «Dite, siete riuscito a decifrare le iscrizioni?»

«Ci sono dei punti oscuri», confessò Ignazio, «ma nel complesso posso asserire d'averne afferrato il significato».

«Allora capirete perché, in origine, mi sono rivolto a Michele Scoto. Chi meglio del più sapiente tra gli astrologi per sciogliere un enigma riguardante i moti della Luna?»

«So bene cos'è un *lunarium*», s'inorgoglì il mercante, che non amava sentirsi sminuito di fronte a nessuno. «Ma questo è assai più complesso dei codici cui s'ispira. Così complesso che persino lo Scoto, con tutta la sua saggezza, avrebbe incontrato delle serie difficoltà a comprenderlo».

Sarwardo sembrò apprezzare la sua reazione. «Continuate, ve ne prego».

«Di primo acchito», lo accontentò Ignazio, «sembrerebbe l'opera di un intelletto a dir poco geniale che ha subìto un graduale processo d'indottrinamento, al pari di un bocciolo diventato fiore. Il testo si apre in copto, proprio come le iscrizioni dell'amuleto di san Cristoforo, poi, però, passa all'ebraico, all'arabo, al latino, e così via fino ad avvalersi di grafemi d'aspetto sempre più arcaico».

«Un felice omaggio alle settantadue lingue della torre di Babele», osservò il magister, sempre più compiaciuto. «E dite, avete ravvisato dell'altro?».

Ignazio annuì. «Osservando le iscrizioni nel loro complesso, si può notare che quelle incise più in alto appaiono vetuste e assai rovinate. Man mano che si procede nella lettura diventano più nitide e recenti». Quindi, affinché le sue parole non venissero travisate, aggiunse: «È come se di tanto in tanto qualcuno si fosse preso la briga di far visita alla tomba per aggiungere nuove parti di testo... continuando a farlo per oltre un secolo».

«E voi come ve lo spieghereste?».

Il mercante fissò la sagoma di Sarwardo ritta nella tenebra, sul lato opposto della fossa. Sapeva bene quale risposta si aspettava quell'uomo. La stessa risposta che anche una parte di sé avrebbe desiderato pronunciare a gran voce, cedendo alla più subdola delle tentazioni che potevano offrirsi all'intelletto umano. Accettare il meraviglioso senza il filtro della ragione. Ignazio, però, aveva già combattuto molte volte contro quel genere di seduzione.

«Non si tratta di un'unica persona», dichiarò con enfasi. «Questa *non può* essere l'opera di un singolo individuo, bensì di molti. Una legione di anonimi compilatori che, succedutisi per un periodo di almeno tre generazioni, hanno conteggiato le lunazioni verificatesi nel corso delle loro vite, ognuno servendosi di lingue diverse. Ecco, in sostanza, svelato l'arcano. Benché al momento me ne sfugga lo scopo, come pure il nome della scuola in cui detti individui avrebbero forgiato il loro intelletto, sono persuaso che questa sia l'unica spiegazione possibile».

«Sarei disposto a credervi», obiettò Sarwardo, «se ci trovassimo in uno scriptorium, al cospetto di un manoscritto vergato da più amanuensi... Ma qui siamo in un cimitero, davanti a una tomba rimasta sigillata per almeno un secolo».

«Un secolo?», ripeté Ignazio, quasi si rivolgesse a uno sciocco. «Come potete esserne davvero convinto?».

Prima che il magister potesse rispondere, Fulgenzio si schiarì la voce attirando su di sé l'attenzione.

«Io e i miei confratelli ci rechiamo spesso in questo luogo», disse il prete, indicando con un gesto circolare il sepolcreto invaso dalle tenebre. «Per via della verbena, rammentate? Di tanto in tanto capita però che vi s'intrufoli anche qualche rustico o famiglio di San Millán. Tutte buone anime, s'intende. Gente timorata di Dio e rispettosa dei dettami di Santa Madre Chiesa, usa ad avventurarsi fra queste rovine soltanto per raccogliere erbe officinali o per catturare una lepre... Ebbene, se qualcuno prima di me avesse trovato la tomba scoperchiata, o notato altro genere di stranezze, state pur certi che la notizia sarebbe trapelata, viaggiando di bocca in bocca fino a giungere alle orecchie del mio parroco e del vescovo di Segovia».

«Fulgenzio ha ragione, Álvarez! Arrendetevi all'evidenza!», rincarò la dose Sarwardo. «Se fosse andata come sostenete voi, su questo cimitero sarebbero proliferate storie di negromanzia e di oscuri conciliaboli. Invece nulla, nessuna voce!».

«L'assenza di prove non nega di per sé che qualcosa sia accaduto», argomentò Ignazio, scuotendo il capo. «Ciò che pretendete da me è un mero atto di fede, e io non sono affatto disposto a concedervelo».

«Della vostra fede non m'importa un fico secco!», sbottò il magister, esacerbato. «Dio sa se ho tentato di convincervi! Ma giacché v'incaponite a restare arroccato dietro le vostre opinioni, tutto quel che vi chiedo è di aiutarmi a scoprire l'identità dell'occupante della tomba».

«A quale occupante alludete, mio buon Sarwardo?», celiò Ignazio, fingendosi confuso. «Sarà forse per la tetraggine della notte, ma che io sia maledetto se scorgo un osso di cadavere!».

«E va bene, il proprietario dell'amuleto!», specificò il magister. «Se mi sono spinto a chiedere il vostro aiuto, è per trovare colui che lasciò l'amuleto nella tomba! Ecco, l'ho detto! Ora siete contento?».

Ignazio lo fissò in tralice. «Credete sia tutto collegato, è così? La vostra ossessione di cogliere un nesso tra realtà e leggenda vi ha spinto a illudervi che in questa bara si sia compiuto lo stesso prodigio verificatosi nella caverna dei Sette Dormienti. Vi siete rifugiato nella fantasia che un uomo, un *magus*, abbia scoperto il segreto del sonno miracoloso e, dopo averne beneficiato per chissà quanto tempo, sia tornato tra i viventi, lasciando come segno del proprio passaggio un enigmatico lunario e l'amuleto ora in vostro possesso. Ho ben inteso?»

«Il magus di cui parlate con tanta leggerezza non ha semplicemente *dormito*!», sbraitò il magister, per poi indicare con insistenza le iscrizioni. «Ecco le prove! Eccole! Queste scritte non sono il frutto di un sonno privo di sogni come quello in cui cadde Adamo quando Dio gli tolse la costola, bensì del sonno visionario dei profeti! Il sonno estatico che porta all'onniscienza! Il sonno di chi viene toccato dalla bacchetta di un angelo e diventa onnisciente!».

Ancora una volta il mercante fu sul punto di canzonarlo, ma si trattenne. Conosceva bene la febbre generata dal senso dell'ignoto, e pure il rovello che suscitava negli uomini d'intelletto. «Perché accapigliarci?», esclamò con l'aria di chi ammansisce un cavallo. «Comprendo il vostro assillo, siatene certo, ma a prescindere da chi abbia ragione non disponiamo di indizi sufficienti ad approfondire l'indagine. E mi riferisco alle scritte, proprio alle scritte di cui parlate. Chiunque ne sia stato l'autore non ha lasciato né nomi né date, perciò è destinato a restare avvolto dall'anonimato».

«Anche le ultime? Quelle che compaiono più in basso?», insistette il magister, quasi implorante, mentre rischiarava con la lanterna le ultime righe incise sul rovescio del coperchio. «Le avete controllate con la dovuta accuratezza?».

Ignazio abbozzò un gesto vago. Le incisioni cui si riferiva Sarwardo sembravano una commistione di caratteri greco-latini e di segni astrologici. Più che un autentico linguaggio, parevano consistere in un sistema di ideogrammi concepito per annotare in modo schematico i moti astrali in relazione al trascorrere del tempo. Giusto per non lasciar nulla d'intentato, il mercante li degnò di una scrupolosa analisi.

Finché, all'improvviso, i suoi occhi non si fermarono su un segno familiare.

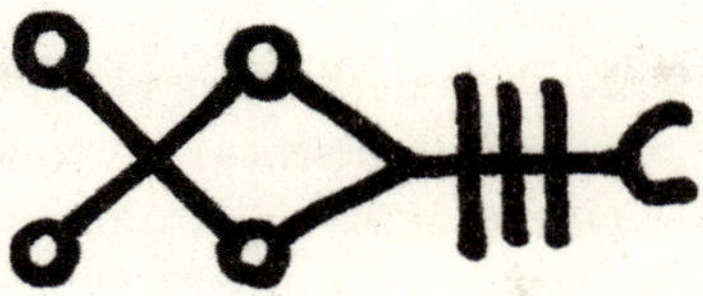

Ignazio non rammentava di preciso cosa significasse. Doveva averlo scorto in un libro dello Scoto, pensò. Forse sfogliando il *Tractatus de Sphaera* di Giovanni Sacrobosco oppure lo studio sui pianeti dell'arabo Alpetragius… O magari la teoria di Simplicio sull'*impetus* dei corpi celesti! Impossibile stabilirlo con esattezza senza consultare quelle opere.

«Questo carattere», si limitò a dire, battendoci un indice sopra, «allude senz'altro a una costellazione. Non c'è quindi motivo di dubitare che i graffiti precedenti e successivi a esso, al pari di quanto ho potuto desumere dalle righe soprastanti, riguardino sempre lo stesso argomento».

«In altre parole, l'autore non avrebbe lasciato la minima traccia della propria identità?», protestò Sarwardo. «No! Non ci credo! È impossibile!».

Il mercante rimase a guardarlo senza proferir verbo. Un piccolo naufrago nel mare dell'illusione. Una tragedia insignificante se paragonata a quella abbattutasi su di lui e sulla sua famiglia, ma pur sempre una tragedia. E per quanto desiderasse allontanarsi al più presto da quel luogo pregno di morte, non poté esimersi dal provare compassione per il bizzarro individuo che, ricordò a sé stesso, gli aveva salvato la vita e offerto aiuto quando nessun altro era stato disposto a farlo.

Pertanto, mosso dall'intento di dargli un barlume di speranza, saggiò con la punta del calzare la terra smossa intorno alla buca. «Non c'era nemmeno un'epigrafe?», domandò rivolto a Fulgenzio.

«No, messere», rispose il prete.

«Ne siete assolutamente sicuro?», insistette. «Ho notato che, mentre stavate scavando, avete spostato diverse pietre».

«Si trattava delle tegole disposte in origine sopra la sepoltura», spiegò Fulgenzio con inaspettata competenza. «Una pratica assai comune, in questo luogo».

«L'ho notato», confermò il mercante, per poi spostare nuovamente l'attenzione sul suo anello. Nei momenti in cui rifletteva il bagliore della lanterna risaltava nel buio della notte come una piccola stella. «Davvero un insolito monile», lo indicò. «Per un uomo di Dio, intendo».

A quelle parole Fulgenzio fece immediatamente sparire la mano sotto il risvolto della tonaca.

Ma Ignazio, interpretando quella reazione come un segno di colpevolezza, scattò verso il religioso e gli afferrò il polso, costringendolo a tenerlo sollevato. «Perbacco, oro finissimo decorato con opali e arabeschi!», esclamò, esaminandogli l'anello al baluginare della torcia.

«Lasciatemi!», gridò il prete, cercando di divincolarsi.

«Orsù, non fate il difficile!», lo trattenne il mercante. «Avreste la bontà di rivelarmi da dove proviene una gioia così pregiata?»

«Álvarez!», trasecolò Sarwardo. «Siete uscito di senno? Per quale sorta di follia ve la prendete col buon Fulgenzio?»

«Perché costui vi ha mentito!», rivelò a quel punto Ignazio. «Non è chi afferma di essere, il farabutto!».

«È una bugia!», si lamentò Fulgenzio con una voce che metteva pietà. «Costui è un lunatico, ha perduto la ragione...».

Il mercante gli torse il braccio. «Almeno frignerete per una valida ragione!».

«Che mi prenda un colpo se ci ho capito qualcosa...», mormorò Sarwardo con gli occhi sbarrati.

«Forza, padre ribaldo, sciogliete la lingua!», continuava nel frattempo Ignazio. «O non siete più capace di recitar la messa?»

«A quale dannata messa vi riferite?», imprecò Fulgenzio.

Per tutta risposta il mercante esercitò sul braccio del malcapitato una pressione ancora più forte. «L'anello!», scandì. «L'anello arabo che portate al dito. Da dove proviene?».

E il prete confessò con un grido di agonia: «Da una... una tomba!».

Ignazio si voltò verso Sarwardo. Al barlume della lanterna vide profilarsi sul suo volto un'espressione di sbigottimento.

«*Quale* tomba?», continuò a interrogare Fulgenzio.

Il corpo del prete era un fascio di nervi tesi. «Una tomba di...». E sputò un'ingiuria. «Una tomba di questo cimitero!».

Soddisfatto della confessione, il mercante lo lasciò andare. «Quindi», disse, «quella che avete mostrato prima a Sarwardo e poi a me non è la prima sepoltura che avete profanato».

«Voi non capite...», biascicò Fulgenzio mentre arretrava col braccio dolorante stretto in grembo. «Quella tomba, la tomba senza cadavere... Quella tomba l'ho *davvero* trovata scoperchiata, lo giuro!».

«Come potrei mai credere a un vile saccheggiatore di cimiteri?», gli rinfacciò Ignazio. «Perché è questo che siete voi, non è vero? Uno sciacallo che rovista fra la terra e le ossa! Dopo tanto vagabondare, state pur certo che so riconoscerne uno quando me lo trovo di fronte! Con la scusa della verbena, vi recate in questo luogo per spogliare i defunti dei loro corredi. È così?»

«Se solo mi deste l'opportunità di spiegare...», mormorò il prete, untuoso, mentre allungava una mano verso la pala.

«Non fate l'idiota», lo avvertì Ignazio con una risata che metteva paura. «Vorreste servirvi di quell'arnese per uccidermi? E il magister? Intendereste uccidere anche lui?»

«Stento a credere alle mie orecchie!», intervenne Sarwardo. Non era più lo stupore, bensì l'ira a far tremare la sua voce. Un'ira mista a una profonda delusione. «È tutto vero, Fulgenzio? Vi siete fatto beffe di me per tutto questo tempo?»

«No!», rispose il religioso. «Posso aver violato qualche tomba per cercare oro e gioielli, lo ammetto... Ma quella che ho mostrato a voi... Quella in cui ho reperito l'amuleto... Giuro su Dio!». E si tracciò una croce sul petto. «Quella l'ho trovata aperta, proprio come vi ho raccontato! Aperta da un giorno all'altro, sì... Ed era vuota, esattamente come vi ho raccontato!».

«Non vi fiderete di quel verme?», replicò Ignazio in direzione di Sarwardo.

L'uomo di Salamanca, tuttavia, sembrava d'un tratto combattuto.

«Vi sta raccontando una fanfaluca, non ve ne rendete conto?», lo mise in guardia il mercante.

«No!», strepitò Fulgenzio. «Ho detto il vero, lo giuro sulla mia anima immortale!».

«Davvero?», lo provocò Ignazio. «C'è la forca per i profanatori di sepolcri, immagino lo sappiate. E di certo lo saprà anche il vostro parroco».

A quel punto cambiò qualcosa nella postura del religioso. Se fino ad allora Fulgenzio aveva tenuto il capo chino e la schiena curva, ora alzò il mento e ritrovò di colpo il portamento eretto. «Tenete all'oscuro il parroco», proferì, «e io vi ricambierò».

Il mercante scambiò un'occhiata d'intesa con Sarwardo. «Se costui s'illude di poterci corrompere col frutto del suo macabro raccolto, deve proprio crederci uomini da poco».

Fulgenzio, tuttavia, appariva molto sicuro di sé. «Mi riferisco al secondo oggetto che rinvenni nella tomba», precisò. «La tomba che interessa tanto al magister».

«Dunque all'interno c'era dell'altro!», sobbalzò Sarwardo in uno slancio d'entusiasmo.

«Figurarsi!», commentò Ignazio, sprezzante. «Costui mentirebbe anche al diavolo pur di salvarsi la pelle. Guardatelo bene, magister! Un attimo fa meditava di toglierci la vita usando la pala. Come potete credergli?»

«A quale pro raccontarvi altre menzogne?», ghignò Fulgenzio, più viscido di un aspide. «Giacché avete scoperto il mio segreto, tanto vale giocare a carte scoperte. Soprattutto se posso comprare il vostro silenzio».

Il mercante era già pronto a rispondere per le rime quando Sarwardo, più veloce, si frappose tra lui e il religioso. «Dunque», domandò con impazienza, «c'era davvero un secondo oggetto nella tomba dell'immortale?».

Fulgenzio annuì.

«Ammesso che affermiate il vero», proseguì il magister, sordo alle parole di dissenso che Ignazio mormorava alle sue spalle, «per quale motivo me l'avreste tenuto nascosto?»

«Perché», rispose con un'ombra di cupidigia il profanatore di sepolcri, «si tratta di un oggetto d'argento».

50

«Devo parlare con il capitano di dogana!», insistette Uberto.

«Sua eccellenza non vuole essere disturbato», gli abbaiò contro un armigero col naso somigliante a un'enorme verruca. «Tornate domani, in tarda mattinata».

«Io non posso aspettare fino a domani».

«Problemi vostri».

Uberto soffocò un'ingiuria. Dopo aver lasciato Moira e Sancha al sicuro, in un ospitale di La Coruña, si era recato prima al luogo d'attracco delle navi e poi, avendolo trovato deserto, presso il locale in cui gli era stato detto che gli ufficiali portuali erano soliti trascorrere la notte. Un locale alquanto cupo, che trasudava da ogni fibra dell'assito un odore di sego per candele, vino e salsedine.

«Ebbene», non si diede per vinto, rivolgendosi al secondo soldato che faceva da guardia a un tavolo sistemato accanto al camino, «è in questo modo che a La Coruña si usa trattare un umile viandante?».

L'armigero stava già per dargli il benservito quando una risata grassa risuonò dal desco. «Quel galletto si esprime con fin troppo orgoglio per definirsi umile».

Uberto spostò subito lo sguardo verso colui che aveva parlato, notando un uomo di corporatura massiccia avvolto in una giubba di velluto rosso e con la testa sprofondata in una cuffia dello stesso colore. I modi autoritari e la catena d'oro che portava appesa sul petto non lasciavano dubbi sulla sua identità.

«Mio signore...», si appellò a lui, per poi ritrovarsi le mani del primo armigero strette intorno al bavero.

«Ti ho già detto, brutto straccione...», lo minacciò lo sgherro.

«Basta così!», ordinò l'uomo in rosso con tono divertito. «Sentiamo cos'ha da dire il galletto».

«Vi ringrazio, mio signore», fece Uberto, non appena fu libero di parlare. Rassettò quindi l'allacciatura del suo mantello logoro e si avvicinò al tavolo. «Solo una parola e toglierò il disturbo».

Senza staccargli gli occhi di dosso, l'uomo prese una lunga sorsata da un calice di peltro e con un movimento del sopracciglio lo invitò a proseguire.

«Cerco una nave giunta di recente al porto di La Coruña».

«Per grazia di Dio ne è arrivata più di una», motteggiò l'uomo, suscitando le risate sommesse degli armigeri.

«Da una in particolare, tuttavia, dev'essere sbarcata una persona che ne sta cercando un'altra. Ed è probabile, non avendola trovata, che abbia fatto il suo nome alle autorità portuali».

Il capitano si fece improvvisamente serio. «State descrivendo un evento che si verifica assai di frequente in queste plaghe», osservò. «Di quale nome si tratterebbe?»

«Álvarez», rispose Uberto. «Ignazio Álvarez».

L'uomo in rosso trangugiò altro vino. Infine, posato il calice, parve rammentarsi del pasticcio di pesce e uva passa che lo attendeva al centro del desco. «Mai sentito», sentenziò, avvicinando a sé il piatto.

«Ne siete… certo?», indugiò Uberto.

La mano di un armigero, tuttavia, si era già posata sulla sua spalla. E il capitano, ormai chino sul pasto, sembrava già essersi dimenticato di lui.

«Álvarez…», ebbe il tempo di ripetere prima di essere trascinato via.

Un attimo dopo si trovava sulla soglia della taverna, nel cuore di una notte inasprita da un'acquerugiola caliginosa. Da occidente risuonava la risacca del mare contro le banchine e le mura di La Coruña, mentre a sud-est, sulla cresta di un'altura dall'oscurità impenetrabile, la luce dell'antico *Farum Brigantium* si accompagnava a un fragore di onde che sferzavano le scogliere.

Per la prima volta, da quando si era allontanato da Segovia, Uberto dubitava del piano di suo padre. Per la prima volta non sapeva dove andare, né tantomeno a chi rivolgersi. Dopo l'estenuante prova per arrivare fino a Santiago, dopo aver raggiunto il mare come gli era stato detto, iniziava a chiedersi se sarebbe mai riuscito a incontrare il vecchio amico di cui gli aveva accennato Ignazio. E quel dubbio lo riempiva di paura, non tanto per sé quanto per sua moglie e sua figlia.

Cosa ne sarebbe stato di loro se non fossero stati in grado di fuggire dall'Hispania?

Non aveva ancora fugato il turbamento che avvertì una presenza al proprio fianco.

«Siete voi Ignazio Álvarez?».

Uberto si voltò di scatto, ritrovandosi a fissare un giovane vestito con abiti semplici. Il lucore della lanterna affissa all'ingresso del locale era appena sufficiente a rischiarare la sua folta chioma di capelli fulvi.

«Chi lo vuole sapere?», ribatté con circospezione.

«Se non siete voi, pazienza», si strinse nelle spalle lo sconosciuto, accennando un saluto.

«Aspettate!», lo trattenne. «Sono io».

Il giovane, tuttavia, non esitò a indietreggiare. «Vi reputavo più vecchio».

Uberto notò che aveva una mano nascosta dietro la schiena e, con una fitta al cuore, rammentò d'essere disarmato. «Cosa volete da Ignazio Álvarez?»

«E voi?», rispose a tono il pel di carota. «Vi ho sentito fare il suo nome alla taverna».

«Sono il figlio», si decise a rivelare.

«Il figlio?», ripeté l'altro.

C'era sorpresa nella sua voce. E nessuna traccia di ostilità.

Se si trattava di una spia, reputò Uberto, quel tizio era molto inesperto o altrettanto bravo a fingersi impacciato. L'alternativa era che fosse il vecchio amico di cui gli aveva parlato suo padre. Benché non ci fosse nulla di familiare in quell'individuo sbucato dal buio, e vecchio di certo non era…

«Il figlio, sì», ribadì Uberto, tenendosi pronto a fuggire alla minima avvisaglia di pericolo.

Con suo grande stupore, lo sconosciuto si grattò la testa come se all'improvviso fosse stato colto da un enorme dilemma. «E ora che faccio?», mormorò tra sé, guardandosi intorno.

«Che ne direste», gli suggerì Uberto, «di iniziare dal vostro nome?»

«Il mio nome non ha alcuna importanza per voi», tagliò corto il giovane. E dopo averlo squadrato per l'ennesima volta, sfilò da dietro la cintura l'asta di una fiaccola spenta, ne infiammò la testa accostandola alla lanterna e s'incamminò a passo svelto sotto l'acquerugiola. «Ma forse», aggiunse, rivolgendo un invito a seguirlo, «l'avrà quello della persona che mi ha mandato fin qui a cercare vostro padre».

51

Tornato alla chiesa di San Millán, Fulgenzio aggirò l'edificio invaso dalla tenebra e imboccò un loggiato, diretto a un chiostro. Ignazio e Sarwardo lo seguivano a breve distanza, uno con la vanga in spalla e l'altro con la lanterna che oscillava a causa del vento, fattosi furioso.

«Dove ci starà conducendo?», bisbigliò il magister, tenendo gli occhi puntati sulla loro guida.

«Non siate troppo speranzoso», lo consigliò il mercante, nient'affatto contento della situazione. A parer suo sarebbe stato meglio legare il profanatore di sepolcri a un albero e andarsene da Segovia di gran carriera, ma per non deludere Sarwardo aveva accettato di stare al gioco.

Incurante dei loro discorsi, Fulgenzio uscì dal chiostro e proseguì lungo un sentiero che s'insinuava in un frutteto. Rivolto al compagno un cenno di stare all'erta, Ignazio allungò il passo fra le chiome flagellate da violente raffiche di vento, ritrovando il religioso col lume sollevato davanti a una statua di legno alta poco più di un uomo. Si trattava di san Cristoforo nella sua versione "umana", con un bordone stretto nella mano sinistra e Cristo bambino seduto a cavalcioni sulla spalla destra. Una rappresentazione disdegnata da gran parte dei religiosi, giacché a detta di molti ricordava Eracle intento a trasportare Eros.

«Cosa ci facciamo qui?», domandò il mercante, guardingo.

«Vi aspettavate che nascondessi i miei averi in sagrestia?», ironizzò acidamente Fulgenzio.

Prima che Ignazio potesse ribattere, il prete si piegò sulle ginocchia, posò la lanterna ai piedi della statua e accarezzò col palmo la terra avanti a sé. «Datemi la pala».

«Non se ne parla», replicò il mercante. «Scaverete a mani nude».

«Ma...».

«Datevi da fare se non volete che vada a chiamare il parroco».

Biascicando un'imprecazione che si perse tra le folate, Fulgenzio iniziò ad affondare le unghie nel suolo e, a poco a poco, aprì una buca della profondità di circa mezzo braccio.

Al baluginare della lanterna, Ignazio vide comparire sul fondo la sagoma di un piccolo scrigno. «Forza», disse, mentre stringeva un braccio di Sarwardo per tenere a freno la sua impazienza. «Apritelo».

Il prete esitò. E il mercante, temendo che stesse meditando un qualche inganno per farla franca, gli appoggiò il taglio della pala contro la nuca. «Apritelo, ho detto!».

Con un sibilo d'insofferenza, Fulgenzio sollevò il contenitore dal nascondiglio e lo aprì.

L'interno si rivelò colmo di oggetti di vario tipo. Dopo aver chiesto a Sarwardo di passargli il suo lume, Ignazio scorse un bracciale adorno di perle, degli orecchini gemmati e qualche amuleto di diaspro e corniola. «Ecco il bottino di un profanatore di sepolcri», commentò con cupo sarcasmo, per poi aggiungere: «Mi domando quale sia, in mezzo a questo tesoretto, l'oggetto proveniente dalla "nostra" tomba».

Ormai rassegnato a obbedire, il prete rovistò con le dita sporche di terriccio tra la refurtiva finché non ebbe estratto una placca d'argento di forma quadrata, poco più grande di un bottone.

«Un *dirham*», disse Ignazio, strappandoglielo di mano.

«Fate vedere!», esclamò Sarwardo con tono febbrile.

«È una comune moneta araba», gliela mostrò.

«Tutto qui?», sbottò il magister, voltandosi verso Fulgenzio. «Non avete davvero trovato altro?».

Il prete si strinse nelle spalle con aria strafottente, attizzando ancor di più la frustrazione di Sarwardo che, in uno scatto di collera, gli si gettò addosso e lo spinse con violenza contro la statua.

«Controllatevi, magister!», lo richiamò Ignazio. «Non tutto è perduto».

«Cosa intendete?», si fermò di colpo Sarwardo.

Il mercante, che non si era nemmeno degnato di spostare gli occhi verso la zuffa, aveva invece sollevato la lanterna per studiare con maggior attenzione il dirham.

«Volete parlare, in nome di Dio?», lo pungolò il magister.

Prima di accontentarlo Ignazio si rivolse al prete, che in seguito all'aggressione era stramazzato a terra ansante di rabbia. «Ho la vostra parola che questa moneta derivi dalla tomba che sostenete d'aver trovato scoperchiata? E che l'avreste rinvenuta accanto all'amuleto con sopra incisi san Cristoforo e i Sette Dormienti?»

«Sì», confermò con un sibilo Fulgenzio.

«Ebbene?», fece Sarwardo.

«Ebbene, da una moneta si possono apprendere molte cose», si decise a spiegare Ignazio. «Questa, per esempio, è stata coniata a Granada durante la dominazione berbera». E la strofinò col pollice per liberare dalla polvere un'iscrizione a margine. «Coniata per l'esattezza nell'anno 483 dall'egira. Ossia, per il calendario cristiano, nell'anno Domini 1090».

Il magister lo fissò confuso.

«Questo rappresenta il *terminus post quem*», chiarì il mercante, «cioè la data non prima della quale la tomba sarebbe stata sigillata».

«In altre parole...», fece cenno d'aver compreso Sarwardo, «trovandoci nell'anno di grazia 1232, gli oggetti reperiti nella tomba non possono esservi stati chiusi dentro più di centoquarantadue anni fa».

«Precisamente. Il nostro terreno d'indagine si racchiude in un arco di centoquarantadue anni. Centoquaranta, se escludiamo il tempo impiegato da questo dirham a spostarsi da Granada a Segovia in un'epoca travagliata come quella dell'occupazione della dinastia berbera».

«Giunto fin qui più di un secolo fa, nella scarsella di chissà chi, per essere sepolto insieme a un amuleto...», annuì il magister con aria sognante.

«Anche se fosse?», commentò Fulgenzio, pieno di disprezzo. «A quali progressi potrebbe mai condurvi un simile ragionamento?»

«Dipende», rispose Ignazio, facendogli cenno di rialzarsi in piedi. «San Millán dispone di un archivio delle nascite e delle morti?».

Poco dopo Fulgenzio si stava servendo dell'anello di chiavi appeso al suo cordone per aprire la porta di un edificio accanto alla chiesa. A dispetto del sibilare del vento e della pioggia che iniziava a cadere a scroscio, si muoveva con modi furtivi, guardandosi intorno senza posa.

Irritato da quell'atteggiamento, Ignazio, che gli stava alle spalle, attese lo scatto del catenaccio, dopodiché spinse il prete all'interno con un calcio, facendolo rovinare carponi sull'assito.

«Siete impazzito?», balzò su Fulgenzio. «Il minimo rumore potrebbe destare i confratelli nel dormitorium... O il parroco in persona!».

«Sarà quindi meglio per voi che vi diate una mossa a compiacerci», lo esortò il mercante, entrando insieme a Sarwardo.

La luce delle lanterne rivelò un ambiente lungo venti passi e largo la metà, munito su uno dei lati lunghi di una successione di finestrelle sigillate con velli di pergamena così sottili da lasciar intravedere il bagliore dei fulmini che iniziavano a squarciare il cielo notturno. Sul lato opposto c'erano quattro armadi disposti lungo la parete e, al centro, un tavolo di legno con gli angoli coperti da moccoli di candela.

«Se ben rammento», continuò Ignazio, rivolto a Fulgenzio, «dicevate che il sepolcreto da cui abbiamo appena fatto ritorno rientra nelle pertinenze di San Millán».

«È così, infatti», confermò il prete. «Ma cosa c'entrerebbe con la moneta?»

«Il dirham d'argento c'induce a supporre che la tomba da noi esaminata risalga a un periodo molto più recente rispetto a quello in cui dovrebbe essere stato abbandonato il cimitero. Se le altre sepolture risalgono infatti, per vostra ammissione, a tre, quattro secoli or sono, la data impressa sulla nostra moneta ci riporta a un periodo più vicino a noi. Un periodo che per Segovia potremmo già definire *cristiano*».

Fulgenzio non poté trattenere una smorfia di stupore. «Intendete dire che...».

«Mettetevi a spulciare tra i registri dei morti», tagliò corto il mercante. «Scorreremo i nomi della gente sepolta in queste terre a partire dall'anno di grazia 1090, quello indicato nella moneta, nella speranza di notare qualcosa di sospetto».

«Definite "sospetto"».

«In pratica, qualsiasi dettaglio che possa giustificare la presenza di una tomba vuota».

Astenendosi dal sollevare obiezioni, Fulgenzio si mise dunque a frugare negli armadi, in cerca dei documenti e dei registri mortuari più antichi in possesso della chiesa, per poi passarli al vaglio di Ignazio e di Sarwardo, seduti al tavolo sotto il tremolio delle candele. Come appresero quasi subito da quelle letture, San Millán era stata fondata intorno all'anno 1110, quindi leggermente in ritardo rispetto al periodo da cui il mercante aveva proposto d'iniziare l'indagine. D'altro canto, scoprirono ben presto che l'archivio possedeva anche carte più vecchie.

Soffermandosi proprio su una di quelle, Ignazio trovò registrata al 15 febbraio dell'anno Domini 1092 la sepoltura di un'intera famiglia, padre, madre e figlia, originari dei feudi di Granada. Le cause del decesso non erano specificate, ma il nome del padre era affiancato dal titolo di *miles*, lasciando supporre che si trattasse di un soldato battutosi durante la reconquista di Segovia. Un'informazione che suo malgrado lo intristì, inducendolo a chiedersi cosa sarebbe rimasto di sé, del proprio retaggio e della propria famiglia nella memoria dei posteri.

Rammentandosi quindi di essere alla ricerca di notizie su una sepoltura singola, riprese a scorrere gli elenchi dei decessi senza nutrire troppa speranza di venirne a capo. Per non demoralizzare il già avvilito Sarwardo, aveva evitato di specificare che l'idea di scovare un indizio mediante la consultazione degli archivi si basasse sul duplice presupposto che Fulgenzio fosse stato sincero e che il dirham non fosse stato collocato nella tomba *successivamente* al primo interramento della cassa. Infatti, a dispetto delle convinzioni comuni, una sepoltura non rappresentava un sigillo inviolabile. Capitava spesso che molte venissero scoperchiate a diversi anni dalla deposizione per motivi sia leciti che illeciti.

Per tal ragione, Ignazio non poté nascondere l'incredulità nel momento in cui vide Sarwardo scattare in piedi con un'esclamazione di giubilo davanti a un codice aperto sul tavolo.

«Ebbene?», lo interrogò.

«Qui c'è qualcosa!», esultò il magister, mostrandogli una pagina di cartapecora sulla quale era stata registrata una serie di deposizioni che andavano dal gennaio al settembre dell'anno 1098.

«Di preciso dove dovrei guardare?», chiese il mercante.

Sarwardo indicò due righe risalenti al mese di maggio:

A.D. MXCVIII. III nonas maii
Libonotus Wadi – Tumulatus extra sacra confinia

«Anno Domini 1098. Tre giorni alle none di maggio, ossia il 5 maggio», tradusse Ignazio, per poi passare alla riga successiva. «Un nome alquanto insolito», osservò, inarcando un sopracciglio.

«Avete fatto caso alla nota scritta a fianco?», domandò il magister tutto eccitato.

«*Extra sacra confinia*», lesse il mercante, annuendo. «Chiunque fosse questo individuo, è stato sepolto "fuori dai confini sacri", ovvero in terra sconsacrata».

«In altre parole, nel cimitero arabo che abbiamo appena visitato».

Ignazio levò lo sguardo dalla pergamena e fissò il compagno. Al vibrare dorato della candela, il volto di Sarwardo era una maschera di pura ossessione.

«Un'ipotesi sensata», non poté contraddirlo il mercante. «In mancanza di altri luoghi, i corpi dei reietti e dei non battezzati devono aver trovato posto in quel cimitero. Per di più, la data di sepoltura non si discosta di molto da quella riportata nella moneta, perciò è plausibile che si tratti davvero della nostra tomba. Anche se…». E s'interruppe di colpo.

Attraverso le finestre alle spalle di Sarwardo era appena balenato un fulmine e per un attimo, nel lucore accecante proiettatosi contro le pergamene, si era stagliata una figura a cavallo. Incapace di capire se si fosse trattato di un'immagine reale o di un inganno dovuto al movimento delle fronde degli alberi, Ignazio rimase coi sensi all'erta, ascoltando lo scrosciare della pioggia.

«Anche se?», lo richiamò all'attenzione il magister.

Prima di rispondere, il mercante si voltò verso Fulgenzio. «C'è qualcuno all'esterno?»

«A quest'ora? Con questo tempo da lupi?», rispose il prete con un'espressione confusa. «Non credo proprio!».

«Anche se?», ripeté ostinatamente Sarwardo.

Ignazio emise un sospiro. «Anche se», riprese il discorso, «un nome non basta a gettar luce sul nostro dilemma. Ammesso che questo Libonotus Wadi sia il nostro uomo...». E si fermò di nuovo.

«Insomma!», protestò il magister.

«Wadi», ruminò il mercante, seguendo un'improvvisa intuizione. «E se fosse l'abbreviazione di... di... Ma sì, certo! *Wadicensis!* Anzi, *Guadicensis*!».

«Volete spiegare?», insistette Sarwardo, ormai in procinto di perdere le staffe.

Ignazio però non l'ascoltava più. D'un tratto gli era parso di scorgere un'altra sagoma alla finestra e, a quella vista, i suoi pensieri si erano dissolti come le nebbie di una fantasmagoria. «Prendete quel registro», disse, alzandosi di colpo dal tavolo. «Ce ne andiamo».

«Cosa significa?», esclamò Fulgenzio, ritrovando i suoi modi sospettosi.

«Sarwardo, per tutti i diavoli, datemi retta!», incalzò il mercante, senza curarsi minimamente del prete. «È ora di lasciare questo posto. Subito!».

«Ma... perché?», tentò di obiettare il magister, smarrito di fronte a quella reazione inconsulta. «Là fuori è buio pesto... Soffia vento di tempesta, piove che Dio la manda!».

Ignazio, dal canto suo, si era già impadronito della lanterna e stava marciando a grandi falcate verso l'uscita. Col cuore in gola.

52

Uberto continuò a seguire il ragazzo dai capelli rossi sotto una pioggia sempre più insistente, finché non si trovò al limitare di un sobborgo di pescatori, abbarbicato sulla china di un'altura che, in un tutt'uno con le ombre, si gettava nel mare. Malgrado l'oscurità, riuscì a capire d'aver raggiunto la sponda opposta al golfo di La Coruña, ma nulla di più. Era talmente buio che, se fosse dovuto tornare da Moira e Sancha prima dell'alba, si sarebbe certamente perso.

La sua misteriosa guida, nel frattempo, si era fermata per contemplare una distesa di casupole illuminate da flebili barlumi. «Da questa parte!», riprese d'un tratto, senza lasciare a Uberto il tempo di far domande.

Il cammino proseguì lungo uno stradello in salita, reso scivoloso da un rigagnolo di fanghiglia che correva a valle. Tutt'intorno affioravano abitazioni dai tetti di paglia fradicia, gusci di barche capovolte e ombre di palizzate dalle quali pendeva, di tanto in tanto, qualche lanterna accesa.

«Si può sapere dove diavolo mi state portando?», protestò Uberto, ormai fradicio fino al midollo.

«Un po' di pazienza», lo esortò il ragazzo, continuando la scarpinata verso una torre sbilenca appena visibile contro il cielo d'ebano.

Intuendo che quella fosse la loro destinazione finale, Uberto avvertì un nodo allo stomaco. Era stato sciocco e avventato, da parte sua, seguire uno sconosciuto nel cuore della notte fino a quel buco d'inferno. Anche se, valutò con amarezza, non aveva avuto alternativa. Facendosi coraggio, avanzò quindi lungo l'ultimo tratto di strada mentre si accorgeva che la torre era in realtà il campanile di una chiesa.

«Aprite!», gridò il ragazzo non appena fu nelle vicinanze del portale. E lanciatosi di corsa verso il battente, iniziò a picchiarci contro i pugni. «Aprite, sono Juan! Sono tornato!».

«Juan?», ghignò qualcuno dall'interno. «Alla buon'ora! Iniziavo a credere che ti avesse mangiato il diavolo!».

«L'ho trovato!», continuava a bussare il rosso. «Ho trovato

Álvarez, proprio come mi avevate chiesto!».

Il portone iniziava già a schiudersi, lasciando trapelare un barlume di candele odoroso d'incenso.

Il giovane s'intrufolò appena possibile. Uberto, invece, si mantenne a una ragionevole distanza, nell'attesa di scoprire chi si nascondesse oltre l'ingresso.

«Sarebbe quello là?», risuonò una voce burbera dall'interno.

«Sì», rispose il giovane, che ormai non si scorgeva più.

«Ma è troppo giovane per essere lui!».

«E infatti è il figlio».

«Il figlio?»

«Sì, vi dico».

A quel punto la conversazione cessò di colpo e un attimo dopo si profilò sul portale la figura di un vecchio avvolto in un mantello scuro. Aveva lunghi capelli canuti e un bordone che culminava in una sorta di ricciolo nodoso. «Che il Signore mi preservi la luce degli occhi!», esclamò. «Uberto, sei proprio tu?»

«E voi chi sareste», si schermì Uberto, «per rivolgervi a me dandomi addirittura del "tu"?»

«Non ti ricordi di me?», insistette il vecchio, andandogli incontro sotto la pioggia. «L'ultima volta che ti vidi eri un ragazzino! Sono Asclepius, rammenti? Asclepius!».

«Il bibliotecario della torre?», sobbalzò Uberto.

Il vegliardo nel frattempo era giunto al suo cospetto e lo scrutava in un misto d'incertezza e di esultanza. «Entra!», disse. «Fa' che ti guardi al lucore dei ceri».

«Non capisco...», titubò Uberto. «Siete voi, dunque, l'amico di cui mi ha accennato mio padre?»

«Quale amico? E dov'è Ignazio?»

«L'amico che sarebbe giunto dal mare», si limitò a spiegare, evitando per prudenza di rispondere alla seconda domanda.

«L'amico dal mare...», mormorò il vecchio, emettendo una risatina enigmatica.

Dopodiché, piantato il bordone nella fanghiglia, si voltò verso l'entrata della chiesa. «Coraggio, seguimi!», disse. «Ho una lunga storia da raccontarti, ma che Dio mi fulmini se intendo starmene un attimo di più sotto questo maledettissimo scroscio!».

53

«Si può sapere cosa vi è preso?», gridò Sarwardo per contrastare l'ululato del vento e la sferza della pioggia.

«Un presagio!», rispose a tono Ignazio.

Stavano procedendo di gran carriera nel buio della notte, col solo lume appeso sulla testa di Ismaele a rischiarare il cammino. La tempesta si era ingrossata al punto da costringerli a ripararsi sotto un'ampia tela cerata, seduti fianco a fianco, e a tenerla ben stretta per evitare che le raffiche gliela strappassero via. La strada somigliava a un torrente in piena.

«Che fretta c'era?», non si dava requie il magister. «Non si poteva restare al calduccio fino al mattino?».

Il mercante evitò di rispondere. Una parte di sé, la più istintiva, gli suggeriva d'aver fatto bene ad allontanarsi da San Millán, ma il suo lato razionale si vergognava ad ammettere d'aver ceduto a una mera suggestione.

«Accidenti a voi e a me che vi ho dato retta!», continuò Sarwardo, mentre governava furiosamente le briglie. «Sarà una fortuna se non finiremo in un fosso!».

«Si tratta di resistere ancora per poco!», lo esortò Ignazio. «Il tempo di allontanarci abbastanza da Segovia!».

«Ma perché, dico io, vi risulta tanto odiosa quella città?»

«Fidatevi e basta!».

«Ossia quel che voi evitate costantemente di fare?».

Sarwardo non aveva ancora finito di protestare che il carro sprofondò nel fango fino agli assi, rollando come una barca alla deriva. Il nitrito di Ismaele echeggiò nel mugghio della tempesta, fondendosi al grido del magister che lo spronava ad avanzare. E Ignazio, temuto per un istante che il veicolo si ribaltasse, percepì lo sforzo del cavallo, insieme al suo terrore, mentre le ruote recuperavano un po' per volta aderenza.

«Là!», esclamò un attimo dopo, indicando la sagoma di una

casa in rovina che si distingueva a malapena sotto il diluvio. «Fermiamoci là!».

«Per la miseria!», imprecò il magister. «Non c'è affatto bisogno che me lo diciate!».

La struttura, tuttavia, si rivelò più lontana di quanto fosse apparso a prima vista e il carro, per raggiungerla, rischiò per ben due volte di essere trascinato via dalle acque rabbiose che, scavalcando la strada, correvano a valle. Giunti infine a destinazione, i due uomini provvidero a liberare subito il cavallo dal giogo e a mettersi al riparo insieme a lui contro un muro di pietra sopra il quale si reggeva, per puro miracolo, quel che avanzava di un pergolato.

«Ora siete pago?», bofonchiò Sarwardo, tutto intabarrato nel mantello fradicio. «Per poco non siamo morti!».

Anziché ribattere Ignazio guardò oltre una crepa della parete, tenendo lo sguardo puntato sul nero turbinare degli elementi e sulla strada sotto di esso, aspettandosi di scorgere da un momento all'altro le figure di due uomini a cavallo stagliarsi contro i fulmini.

«Non temete», si limitò a mormorare, pensieroso. «Quel che ho scoperto sulla tomba vi allieterà più di un mattino assolato».

54

«Sediti», disse Asclepius, prendendo posto a un tavolo fratino sotto l'arco della sagrestia. «I preti di questa chiesa sono amici di vecchia data, mi hanno garantito ospitalità e discrezione».

Restando aggrappato alla sua diffidenza, Uberto studiò l'ambiente intorno a sé per assicurarsi che non ci fosse nessuno a spiare, ma riuscì a vedere soltanto la bocca rosseggiante di un focolare e un antico scudo appeso a una parete.

«Di cos'hai paura?», s'incupì il vegliardo, fiutando la sua apprensione.

Uberto si strinse nelle spalle. Conservava ricordi assai vaghi su quell'anziano bibliotecario. L'aveva conosciuto durante il suo primo viaggio intrapreso con Ignazio, una disavventura durante la quale era sopravvissuto per puro miracolo ai segugi della Saint-Vehme. E ora, al pari di quei maledetti, Asclepius si faceva vivo dopo anni di assenza.

«Mi sto semplicemente chiedendo», rispose a mo' di giustificazione, «se sto agendo con saggezza».

«Di sicuro non è stato saggio chiedere informazioni al capitano del porto», commentò Asclepius con una punta di sarcasmo. «Si dice che quello sciacallo abbia spie sparpagliate in tutta la città».

«D'altro canto», gli fece notare Uberto, «l'unica spia che mi ha avvicinato è stata proprio la vostra».

Il vecchio lo fissò come se avesse ricevuto un insulto. «Se ho ordinato a Juan di tenere d'occhio le banchine e le taverne frequentate dagli ufficiali portuali», spiegò con tono piccato, «è perché non mi son venuti in mentre altri stratagemmi per rintracciarti. Anzi, per rintracciare tuo padre. E, a tal proposito, vorresti spiegarmi perché non è qui insieme a te?»

«Mio padre ha preso un'altra strada».

«Quale strada?»

«Ve lo spiegherò poi», glissò Uberto, sedendosi dinanzi al vegliardo. Sul tavolo c'erano un cesto di pane e mezza forma di cacio. Nonostante la fame patita nelle ultime settimane, quella vista gli fece stringere lo stomaco. «Sono giunto fino a La Coruña con delle persone», rivelò. «Persone alle quali tengo più della mia vita. Perciò, se non vi spiace, prima di scendere nei dettagli gradirei comprendere in quale sorta di intrigo mi sono cacciato».

Asclepius emise uno sbuffo. «Lo vorrei tanto sapere anch'io».

«Cosa significa?»

«Che anch'io, come te, mi sono limitato a seguire delle indicazioni che mi hanno condotto fino a qui».

«Indicazioni da parte di... mio padre?».

Il vecchio scosse il capo. «Di Willalme de Béziers».

Uberto scattò in piedi, colto da una tale sorpresa che fu costretto a camminare avanti e indietro per darle sfogo. Willalme l'impavido! Il braccio armato di suo padre scomparso da quasi cinque anni! «Willalme!», ripeté con un gesto enfatico. «Non riesco nemmeno a immaginare dove abbia vissuto per tutto questo tempo!».

«Giorni fa ho ricevuto un suo messaggio da Málaga», rivelò Asclepius. «È diretto in questi lidi. In attesa del suo arrivo, mi ha pregato di rintracciare Ignazio per suo conto, nel caso Álvarez l'avesse preceduto a La Coruña. Ora capisci? Ecco perché mi aspettavo d'imbattermi in tuo padre».

Pur essendo ancora in preda allo sconcerto, Uberto si sforzò di comprendere la situazione. Il coinvolgimento di Willalme lo faceva ben sperare. Quell'uomo era troppo nobile, troppo leale per poter prendere parte a una macchinazione contro Ignazio. Uberto l'aveva visto battersi per lui infinite volte e in più di un'occasione rischiare la morte pur di salvarlo. Non poteva, tuttavia, dire altrettanto di Asclepius. Se la memoria non lo ingannava, era stato bevendo un intruglio di quel vecchio gufo che suo padre, una decina d'anni prima, aveva quasi perso la vita. «Nel messaggio di Willalme», domandò con cautela, «si fa per caso cenno anche alla rotta da seguire una volta lasciata l'Hispania?»

«Lasciare l'Hispania?!», trasecolò l'anziano. «Vuoi spiegarmi una buona volta cosa diavolo sta succedendo?»

«A esser franco non saprei da che parte iniziare», si schermì il giovane, puntando gli occhi verso il focolare.

«Tanto per cominciare, che ne diresti di parlarmi delle persone giunte con te fino a La Coruña?», lo esortò Asclepius con aria spazientita.

Uberto rimase a contemplare le fiamme, combattuto tra il desiderio di essere sincero e l'istinto di proteggere i propri segreti. Infine, persuaso di non avere altra scelta, ruppe gli indugi. «Si tratta di mia moglie e di mia figlia», rivelò.

«Quale minaccia ti avrebbe spinto a condurle così lontano dalla vostra casa?»

«Non è più la nostra casa», sospirò in un crescendo di sconforto. «Non più, da quando sua maestà ha deciso di disconoscere i benefici concessi in origine a Ramiro Álvarez, mio nonno».

«E Ignazio non può far nulla per rimediare?»

«A questo torto, in verità, intenderebbe rimediare mia madre».

«Sibilla?», sobbalzò Asclepius. «Ma è assurdo!».

«Non mi ha lasciato scelta».

«E tuo padre?»

«Di lui so ancor meno».

Il vecchio si portò le mani al volto. «Carità divina...», mormorò in preda al turbamento. «Possibile che gli Álvarez siano destinati a non trovar mai requie? Possibile che su di loro gravi una maledizione così grande?».

Di fronte a quella manifestazione di sconforto, Uberto si convinse finalmente di essere al cospetto di una persona sincera. «Vi siete mostrato leale nei confronti di Willalme», disse tornando a sedersi. «Lo sarete anche nei miei?»

«Razza di sfrontato!», sbottò Asclepius, battendo i palmi sul tavolo. «Finora, secondo te, cosa avrei fatto?»

«Ebbene, vi racconterò ogni cosa», si decise Uberto.

«Oh, troppa grazia!».

«Dopodiché vi affiderò un incarico».

«Un... incarico?», cadde dalle nuvole il vecchio.

«Un viaggio», specificò Uberto, fissandolo dritto negli occhi.

«Ma dico, non ti accorgi di come sono ridotto?», grugnì Asclepius. «Per le mie stanche ossa è già stata un'impresa scendere dalla torre in cui vivo e raggiungere questa chiesa cadente! In nome di quale follia pretenderesti che io salti in groppa a un mulo e...».

«In nome dei miei genitori», lo interruppe il giovane. «Due persone che, se ho ben interpretato le vostre reazioni, vi stanno a cuore».

55

Quei due maledetti farisei!, non faceva che ripetersi Fulgenzio, mentre correva col suo bauletto tra le mani verso la statua di san Cristoforo. Si erano approfittati di lui, permessi di dargli del lestofante e dileguati in quella notte d'inferno senza curarsi del rischio al quale l'avevano esposto. E ora lui doveva rimettere tutto al proprio posto prima del sorgere del sole, quando i confratelli di San Millán si sarebbero svegliati.

Grazie a Dio aveva quasi sistemato ogni cosa, si consolò, col naso e i capelli che gli gocciolavano come doccioni sotto una pioggia implacabile. Il soffio del vento era diventato così violento da appiccicargli la tonaca al corpo, impedendogli anche i movimenti più semplici e strappandogli di continuo il cappuccio dalla testa. Ma il prete non cessava di affondare i piedi nel pantano, sotto il bagliore dei fulmini, fra alberi che parevano in procinto di sradicarsi.

Raggiunta la statua, si inginocchiò davanti alla buca e fece per riporvi la cassa, ma si accorse che la cavità si era riempita d'acqua.

«Maledetti! Maledetti!», grugnì, chiudendo le mani a coppa per svuotare la piccola fossa. Tuttavia, più s'impegnava in quel compito infame, più acqua si riversava all'interno, vanificando i suoi sforzi.

«*Putasne brevi immittere vasculo mare totum?*», gridò d'un tratto una voce beffarda.

Fulgenzio si alzò in un lampo di trasalimento. Anche nella tempesta, aveva ben riconosciuto quelle parole. Si riferivano all'*exemplum* di sant'Agostino trovatosi al cospetto di un bambino che pretendeva di riversare il mare dentro una cavità scavata nella sabbia. *Pensi forse di poter mettere tutto il mare nel tuo piccolo vaso?* L'esatto contrario di quel che stava cercando di fare lui.

«Chi va là?», domandò il prete, puntando lo sguardo verso due sagome appena visibili tra gli alberi.

«È dunque giunto Manasse?», replicò uno dei due individui, avanzando verso di lui.

«Manasse?», ripeté Fulgenzio, frastornato. Poi rammentò con un fremito il significato di quella parola, e il patto che si legava a essa. «Sì, sì, è giunto», rispose con deferenza. «Ed è appena ripartito».

In quell'istante il bagliore del fulmine illuminò l'intero frutteto, facendo scintillare le maschere degli individui spuntati dalla notte.

«Per dove?»

«Io...», balbettò il prete, «io non ne sono sicuro. L'ho solo...».

«Per dove?», continuò l'uomo mascherato, avvicinandosi.

Fulgenzio arretrò, finendo per sbattere il fondoschiena contro il muretto di un pozzo. Sotto lo scroscio della pioggia, l'acqua in fondo alla cisterna echeggiava con la vivacità dell'argento vivo. «L'ho solo sentito pronunciare un nome».

«Quale nome? Dimmelo!».

«Libonotus Wadi».

«Sembra un enigma...», proferì colui che finora era rimasto in silenzio.

«È così?», inquisì l'altro, sempre più minaccioso. «È un enigma?»

«Io... io non lo so!», rispose il prete, fissando con angoscia l'uomo mascherato che ormai gli stava di fronte a meno di un passo.

«Cos'altro ha detto Manasse?»

«No... non ha detto nient'altro. Lo giuro!». E posò i palmi sul muretto di pietre dietro di sé, temendo all'improvviso di poter scivolare dentro il pozzo. «Soltanto Libonotus Wadi... Anzi, Guadicensis!».

«Guadicensis?», chiese conferma il sicario con una sorta di ruggito.

«Sì...», confermò Fulgenzio, un attimo prima di avvertire il gelo di un oggetto acuminato penetrargli di sorpresa nelle viscere. E non aveva ancora iniziato a gridare d'orrore che si sentì spingere all'indietro, finendo a capofitto nella cavità che si apriva alle sue spalle.

Allora capì, mentre andava a fondo in acque tenebrose, cosa significasse essere sepolti vivi.

56

«Libonotus Wadi...», mormorò Ignazio, mentre ispezionava alla luce del mattino il punto in cui una delle ruote del carro si univa all'asse.

Sarwardo stava inginocchiato accanto a lui con un martello in mano. «A giudicare dalla vostra espressione», lo spiò in volto, «pare che ci abbiate rimuginato sopra per tutta la notte».

Anziché ribattere, il mercante strinse tra le dita il fermo dell'asse, accorgendosi che ballava più di un dente in procinto di staccarsi. Era stata una fortuna che, durante la fuga nella tempesta, non fosse saltato via insieme alla ruota. «Ciò su cui ho riflettuto stanotte riguarda ben altro», disse con tono beffardo. «Comprendere a cosa alluda quel nome è stato oltremodo semplice».

«Non fate il gradasso».

«Significa forse che non ci siete arrivato?», si finse stupito.

«Credo d'aver colto il significato di Libonotus», rivelò a quel punto il magister. «Non si tratta di un nome vero e proprio, bensì dell'appellativo usato dagli antichi per riferirsi al vento Africo».

«Non esattamente», replicò Ignazio, mostrandogli il palmo.

Sarwardo gli passò il martello.

«Dei dodici venti in cui Aristotele e Plinio il Vecchio suddivisero il *mundus*», spiegò, picchiando l'arnese sopra il fermo, «il libonotus spira tra l'Africo e il Mezzogiorno».

«In altre parole è il vento di garbino», dedusse il magister, per poi avvilirsi. «Non che un simile dettaglio cambi di molto la questione».

«Ci è di aiuto, invece. Il fatto che la parola Libonotus non rappresenti il nome di una persona vera e propria, bensì un enigma, rafforza l'ipotesi che non possa riferirsi ad altra tomba se non a una vuota, proprio come quella di nostro interesse. Un enigma dentro un enigma, capite? Inoltre il vento di garbino, spirando da sud-ovest, indica una direzione ben precisa da seguire».

«È la stessa conclusione alla quale sono giunto anch'io... Ma non reputate sia fin troppo generica per poterci guidare a una destinazione precisa?».

Ignazio controllò il fermo della ruota, dopodiché, soddisfatto, assestò un ultimo colpo col martello. «Ragionate in questo modo», disse, «perché non avete considerato la seconda parte del nome».

«Wadi», dichiarò Sarwardo, sollevando le mani al cielo. «Per le corna di Mosè, sembra il verso di un'anatra!».

«O una parola tronca».

«Spiegate».

«È stata la parte più impegnativa», ammise il mercante, rialzandosi in piedi. Davanti ai suoi occhi, sotto la luce dorata del sole, si stagliavano i ruderi del caseggiato in cui avevano trovato riparo durante la notte e i pascoli sonnolenti ancora odorosi di pioggia. «Ebbene», riprese il discorso, «c'è da considerare che quella parola compare in un semplice elenco mortuario e si riferisce per giunta a una sepoltura avvenuta in terra sconsacrata. Chiunque l'abbia annotata non deve aver certo badato alla forma, né tantomeno alla correttezza. Perciò, come spesso accade in questi casi, l'ha probabilmente abbreviata».

«È per questo motivo che, nell'archivio di San Millán, l'avreste allungata conferendole forma latina?»

«Guadicensis», annuì il mercante. «La forma originaria dev'essere Guadicensis, così da ottenere Libonotus Guadicensis: un nome, o presunto tale, seguito da un luogo di provenienza. Proprio come da consuetudine, al pari di Ignazio da Toledo e Sarwardo di Salamanca».

«Guadicensis? Ne siete sicuro? Io non l'ho mai sentito prima d'ora».

«Forse perché avete maggior familiarità con la forma araba: Wádi-ash».

«Wádi-ash, Wádi-ash...», ripeté il magister, per poi sbarrare gli occhi con un'esclamazione di meraviglia. «Non alluderete per caso a Guadix?»

«Perché no?», ribatté Ignazio, rendendogli il martello. «Si trova nel territorio di Granada, e ciò giustificherebbe il rinvenimento del dirham coniato proprio in quella città».

«E l'allusione al vento di garbino? Non sarò un cartografo,

ma so per certo che Guadix non sorge propriamente a sud-ovest di Segovia».

«Sono d'accordo con voi», lo assecondò il mercante, «però quel luogo resta l'unico riferimento preciso di cui disponiamo».

«Non è ancora abbastanza», obiettò Sarwardo. «Guadix fa capo a un territorio molto vasto. E ammesso che il vostro ragionamento sia corretto, cosa mai dovremmo andare a fare a Guadix?»

«A cercare la prossima parte dell'enigma», rispose candidamente Ignazio. «Il nome Libonotus Wadi è un chiaro invito a muoverci in quella direzione, non credete?»

Il magister lo fissò in tralice. «E da che parte intendereste cominciare?»

«Con ogni probabilità, per l'autore dell'enigma disponiamo di indicazioni più che sufficienti a orientarci».

«Cosa vorreste insinuare?»

«Ve l'ho già detto una volta», sorrise Ignazio. «L'assenza di prove non nega di per sé che qualcosa sia accaduto. E ora aggiungo: l'assenza di prove, a volte, rappresenta il più importante degli indizi».

PARTE QUARTA
LA CAVERNA

Cosa si debba credere sui Cinocefali, cioè se appartengano alla stirpe di Adamo o se invece abbiano un'anima di bestia, si potrà così compendiosamente dissertare: nel caso essi rientrino nella razza umana, pare non ci sia alcun dubbio che discendano dai primi uomini.

Ratramno di Corbie, *Epistola de Cynocephalis*

57

Vega de Burgos
25 marzo

Dopo aver fatto rallentare il cavallo sul fianco verdeggiante di una collina, Sibilla osservò le palizzate del sobborgo addossato alle rive meridionali del fiume Arlanzón. Tutt'intorno si estendeva un vasto contado, mercati gremiti di gente e pascoli popolati da greggi, mentre a nord del rivo, ben protetta da un muro di cinta inviolato da secoli, sorgeva la città di Burgos, capitale del regno di Castiglia. Dalla postazione elevata in cui si trovava, la donna poté scorgere le guglie della cattedrale e, non molto distante da esse, un'altura su cui sorgeva il castello della corte reale. L'aria era calda, satura dei rintocchi delle campane che celebravano il giorno dell'Annunciazione di Maria Vergine.

«E adesso?», chiese Fatima, frenando il suo cavallo accanto a quello di Sibilla.

Montavano entrambe dei bai acquistati nei feudi di Astorga. Bestie giovani e focose grazie alle quali avevano attraversato con facilità un ramificarsi di strade e sentieri fino al *Camino francés*.

«Sai dove trovare il monastero di Santa María la Real?», replicò la donna, continuando a scrutare davanti a sé.

La serva puntò un indice verso un agglomerato di tetti e campanili nel cuore del sobborgo. «Ci sono stata una volta soltanto», disse con una nota d'incertezza. «Insieme a suor Ximena e ad altre monache di Santa Eufemia».

«E cosa ricordi di quell'esperienza?»

«Ben poco, mia signora. Rimasi chiusa per quasi tutto il tempo nello stabbio, a fare da guardia ai muli in groppa ai quali eravamo giunte, a eccezione dei momenti in cui dovevo recarmi al pozzo per lavare i panni. L'unica memoria piacevole che conservo è il morbido letto sul quale dormii».

«Alludi alla foresteria del monastero, immagino».

Fatima scosse il capo. «Fummo accolte all'Hospital del Rey, un *hospitium* non molto distante da Santa María la Real, a ridosso del monastero femminile di Las Huelgas Reales. Un monastero davvero enorme, questo me lo ricordo bene... È là che risiede la venerabile badessa delle monache cistercensi».

Benché Sibilla non fosse mai stata a Burgos, aveva già sentito parlare di quel monastero. Era la sede in cui riposavano le ossa dei re di Castiglia e delle loro consorti, ma anche il luogo eletto dalle dame della casa reale e dell'alta società per i loro ritiri spirituali. Fino ad allora, tuttavia, aveva ignorato che esistesse un legame tra il nobile claustro e quello in cui era stato nascosto il segreto di Ramiro Álvarez. «Sicché», diede voce ai suoi pensieri, «Santa María la Real sarebbe soggetta alla badessa di Las Huelgas».

«Così, a suo tempo, mi pareva d'aver compreso», confermò la serva. «Ma io non sono pratica di questo genere di cose, ve l'ho detto».

«E l'Hospital del Rey? Accoglie soltanto monache e matrone d'alta schiatta?»

«Nient'affatto, mia signora. Rammento un gran viavai di mercanti, pellegrini e povera gente».

«In tal caso», dichiarò Sibilla, spronando con un colpo di calcagni il cavallo, «è là che andremo».

Fatima la imitò con un'espressione di smarrimento. «Ma non eravamo dirette a Santa María la Real?»

«E come pretenderesti di entrare in quel monastero», replicò la donna, facendole segno di seguirla, «senza aver prima ottenuto il permesso dalla badessa che lo controlla?».

58

Ignazio fece cenno a Sarwardo di rallentare il carro e, appena gli fu possibile, scese dalla serpa con grande prudenza. Da tre giorni, ormai, procedevano su una lingua di pietra argillosa circondata dai segni della guerra. Recinti di pali anneriti dal fuoco, carogne di cavalli e alberi da cui pendevano impiccati componevano un affresco sul quale mancava solo l'immagine di "Morte in groppa al suo destriero verdastro". Un affresco istoriato da Ferdinando III, che coi suoi eserciti stava spingendo le armate dei mori sempre più a sud, fino alle propaggini dell'Andalusia bagnate dal mare.

«È proprio necessario?», sospirò Sarwardo, per nulla intenzionato a scendere dalla vettura.

«Questa ruota non durerà in eterno», gli fece notare il mercante, mentre controllava il fermo che aveva riparato dopo la notte della tempesta. Come previsto, durante il tragitto non solo si era allentato di nuovo, ma sembrava ormai in procinto di rompersi.

«Resisterà, abbiate fede», sdrammatizzò il magister. «Una volta giunti a Guadix la faremo riparare da un falegname». E si schermò gli occhi per scrutare in lontananza, verso le creste frastagliate del monte Solurius. «Oramai ci siamo quasi, intravedo le mura di una città!».

Ignazio però non era altrettanto speranzoso. «Forse ho trovato una soluzione», disse, avvicinandosi a un carroccio che giaceva riverso a lato della strada. A giudicare dalle grosse borchie di metallo fissate al telaio doveva essere appartenuto ai contingenti di re Ferdinando, finché un'imboscata o un inconveniente improvviso aveva costretto i soldati ad abbandonarlo. Il mercante, tuttavia, era interessato a ben altro genere di particolari. Nonostante la copertura della vettura fosse sfondata e il timone spezzato, le ruote sembravano ancora intatte, e così pure i fermi che le fissavano agli assi.

Fermi quasi identici a quelli presenti sul trabiccolo di Sarwardo.

«Intendete esporci al rischio dei predoni?», insistette quest'ultimo in un crescendo d'inquietudine. «Chissà quanti disertori ci saranno da queste parti! E non alludo ai cristiani, bensì ai traditori delle *taifas*[6]».

«Se non ci tenete a incontrarli», lo esortò Ignazio con piglio beffardo, «meglio che vi sbrighiate a darmi una mano».

«Una mano? Dico, mi avete preso per un garzone di bottega?».

Il mercante trattenne un insulto fra i denti. «Vedete questo carroccio abbandonato? Potremmo servirci di uno dei suoi fermi per rimpiazzare il nostro, ma affinché io riesca a rimuoverlo occorrerà un arnese. Non un semplice martello, qualcosa con cui far leva. Avete presente?»

«Oh, Álvarez! Sapete bene che non sono avvezzo ad armeggiare con quel genere di aggeggi. Sono un uomo d'intelletto, io! Perché non mi date retta e proseguiamo per Guadix?»

«Perché rischieremmo di rimanere a piedi prima di giungere a destinazione!», sbottò Ignazio, per poi aggiungere con piglio canzonatorio: «Sarebbe una mansione troppo bassa, per una mente illuminata di Salamanca, raggiungere il retro del carro e trovare un qualsivoglia aggeggio, così come lo chiamate voi, affinché io possa usarlo per rimuovere un dannato fermo?».

Chinatosi quindi dinanzi alla carcassa, rimase in attesa finché Sarwardo non gli giunse accanto mostrando con orgoglio un piede di porco.

Il mercante prese l'arnese e, dopo essersi mostrato soddisfatto della scelta, fece segno al compagno d'inginocchiarsi per tenere ferma la ruota.

Il magister però aveva già sollevato il capo come una lepre che fiuta il cacciatore. In lontananza, sulla distesa di pietre e polvere di colore ocra, risuonava un latrato di sciacalli, o forse di cani inselvatichiti.

«Avranno trovato una carogna da contendersi», minimizzò Ignazio.

Per nulla rincuorato, Sarwardo mormorò uno scongiuro e, piegatosi sui calcagni, infilò le dita sotto una ruota del carroccio. «Così può andare?», domandò con una nota d'impazienza. Ma

[6] Le *taifas* erano degli emirati indipendenti sorti nella penisola iberica a partire dall'XI secolo.

prima ancora che il mercante potesse rispondere, il magister ritrasse le dita di scatto ed emise un grido lacerante.

«Cos'è successo?!», sobbalzò Ignazio.

«Qualcosa...», balbettò Sarwardo, mentre si stringeva il polso destro con gli occhi sbarrati. «Qualcosa mi ha *morso*!».

Il mercante gli esaminò subito la mano, notando due inconfondibili forellini rossi tra il pollice e l'indice, dopodiché abbassò lo sguardo verso la ruota e vide la coda di un serpente sparire in una fessura del terreno. «Era un colubro?», domandò in uno slancio di apprensione. «Una vipera? Un aspide? Svelto, amico mio, rispondete! E siate preciso!».

«Io...», rantolò Sarwardo, crollando sulle ginocchia. «Io non... lo so...».

Poi abbassò le palpebre, vinto da un sopore improvviso.

59

Il monastero di Las Huelgas dominava il suburbio di Burgos con una torre campanaria abbellita da ampie bifore e, sulla sommità, da un terrazzo cinto da archi trilobati. Il resto del complesso era monumentale, un mosaico di loggiati, rosoni e tetti spioventi che rendevano impossibile indovinarne la struttura interna.

Fermandosi ai margini del recinto che delimitava i possedimenti dell'edificio sacro, Sibilla scese di sella e rivolse l'attenzione a una sorta di locanda situata nelle immediate vicinanze. Al pari di come accadeva in molti ospitali e taverne di assai più modeste pretese, in cima all'ingresso campeggiava un'insegna a forma di scudo con sopra dipinta una corona.

L'Hospital del Rey, intuì la donna, scambiando un'occhiata d'intesa con Fatima. Quindi, facendo cenno alla serva di seguirla, guidò il suo baio verso uno stabbio dov'erano legati alcuni cavalli.

Non molto lontano, alcuni uomini in abiti da viaggiatore stavano confabulando tra loro all'ombra di un pergolato di vite. Alla vista delle due pellegrine, interruppero immediatamente il discorso e, prendendosi a gomitate, iniziarono a sghignazzare in modo sommesso.

«Vili», mormorò Fatima, continuando a camminare a testa bassa.

Sibilla invece osservò i gentiluomini, facendo caso ai loro abiti eleganti e alle scarselle appese alle cinture di cuoio. Doveva trattarsi di messaggeri giunti da lontano per incontrare la badessa di Las Huelgas o, di certo, personalità altrettanto importanti. «Loro saranno pur vili nei modi», commentò con una punta d'imbarazzo, «ma noi, ahimè, lo siamo nell'aspetto».

«Cosa intendete?»

«Che quei cafoni deridono il nostro aspetto e a giusta ragione».

«Ma se montiamo su cavalli più costosi di un diadema!».

«Al diavolo i cavalli!», replicò Sibilla. «Ti sei guardata intorno? In queste contrade, persino i mendicanti sono vestiti meglio di noi».

«E allora?», seguitò a non capire la serva.

«Se tu fossi la badessa di un ricco monastero, concederesti mai udienza a due straccione?».

Prima che Fatima potesse rispondere, Sibilla aveva già fatto girare il destriero ed era tornata in strada. «Nella piazzola accanto m'è parso d'intravedere la bottega di un drappiere», disse. «E grazie alla pietra venduta a Yehuda, disponiamo ancora di abbastanza denari da poterci permettere degli abiti dignitosi».

60

Appoggiato con le braccia conserte a una colonna del vestibolo, Uberto ascoltava il canto dei vespri all'interno della vecchia chiesa. Insieme a lui c'erano alcuni abitanti del villaggio di pescatori ai margini di La Coruña, tutta povera gente con le facce intagliate dal vento del mare. Spiando i loro sguardi in un misto di curiosità e di rispetto, il giovane si sforzava di cogliere l'essenza di quelle vite semplici, provando quasi invidia verso chi, pur dovendo lottare con gli stenti e con i capricci della natura, non era mai stato costretto a confrontarsi con minacce mortali o con enigmi che inducevano la gente a uccidere il prossimo.

Dopo l'incontro con Asclepius, aveva deciso di nascondersi con Moira e Sancha in quel vetusto edificio, nell'attesa che Willalme desse segni della propria presenza. Anche senza la promessa di alcuna donazione, i monaci si erano detti felici di accoglierli, assegnando loro un cubicolo accanto alla foresteria, non lontano da quello in cui alloggiava lo stesso Asclepius.

Uberto però sperava di non dover approfittare di quell'ospitalità ancora a lungo. Il pensiero della madre e del padre dispersi chissà dove lo tormentava di continuo, unito alla preoccupazione per il futuro cui stava andando incontro. La corte di Sicilia non era un ambiente più sicuro del regno di Castiglia. Dal poco che aveva potuto vedere con i propri occhi, la cerchia di sapienti raccolti intorno a Michele Scoto era un covo di vipere. *Magistri* invidiosi l'uno dell'altro si univano a cortigiane in costante ricerca dei favori di uomini potenti, seguendo le regole di un gioco basato sulla menzogna e sulle apparenze. Come avrebbero potuto, lui e sua moglie, adattarsi a un simile sistema di vita? E in cambio di quali servigi lo Scoto si sarebbe mostrato disposto a proteggerli?

La conclusione del canto dei vespri lo colse così all'improvviso da suscitargli un senso di vuoto, spingendolo a fuggire all'aperto per trovar requie dalle preoccupazioni. Lo spettacolo che si offrì al suo sguardo, tuttavia, riuscì soltanto ad accentuare il senso d'impotenza.

La facciata sbilenca dell'edificio sacro faceva da guardia a un agglomerato di capanne arrossate dal tramonto. Un ricettacolo di miseria e ignoranza in cui nessuno avrebbe potuto aiutarlo o fornirgli una soluzione.

Iniziando a camminare seguendo un sentiero che scendeva a valle, tra pietre e ciuffi di sterpi, Uberto si sforzò di farsi animo. Non voleva che Moira e Sancha lo vedessero in quello stato. Cercò quindi una sporgenza rocciosa che offriva una mirabile vista del mare e, arrampicatosi sopra, osservò i profili nerastri delle ultime navi dirette al porto.

Forse Willalme era a bordo di uno di quei legni, pensò, e insieme alla sua amicizia avrebbe portato rivelazioni in grado di risolvere ogni dilemma. Forse quel vecchio amico non stava facendo vela a La Coruña solo per portarlo in Sicilia.

Ma prima che Uberto potesse rasserenarsi, notò un particolare alquanto insolito.

Il masso su cui si trovava era la postazione preferita del giovane dai capelli rossi giunto con Asclepio da Santiago. Juan – così si chiamava – trascorreva ore interminabili seduto su quella sporgenza, a far da sentinella per ordine del vecchio nel caso in cui forestieri dall'aria sospetta si avvicinassero alla chiesa. Ora, però, Uberto non riusciva a scorgerne traccia alcuna. Dopo essersi guardato intorno, finì quindi per rivolgere l'attenzione verso una distesa di tamerici che ammorbidivano, con le loro chiome vaporose, il paesaggio aspro della Galizia. Forse, rifletté, il giovane si era recato là per schiacciare un pisolino in santa pace, o magari per orinare.

Persuaso che fosse andata in quel modo, Uberto stava già per tornare ai propri pensieri quando l'occhio gli cadde poco distante, fra le rocce, dove un lembo di tessuto oscillava al soffio del vento.

Un mantello di tela.

Calatosi con agilità dalla sporgenza, Uberto lo raccolse, rendendosi conto che somigliava a quello indossato proprio da Juan. Non fu quella considerazione, tuttavia, a inquietarlo, bensì il senso di viscosità che percepì toccando il cappuccio.

«Juan!», chiamò a gran voce, pulendosi le dita come meglio poteva su un ciuffo d'erba. «Juan, dove siete?».

Nessuna risposta.

Iniziava a essere troppo buio per poter andare in cerca di eventuali tracce sul terreno. D'altro canto, Uberto stava in una posizione abbastanza elevata da poter scorgere distintamente la distesa di pietre intorno a sé. Se ci fosse stato qualcuno nei paraggi, l'avrebbe senz'altro notato.

A meno che, rifletté con un nodo allo stomaco, non fosse nascosto tra le fronde delle tamerici.

«Juan!», provò a chiamare di nuovo, incamminandosi in quella direzione.

Gli arbusti sorgevano a una cinquantina di passi di distanza, su una prominenza rocciosa abbastanza ripida ma non difficile da raggiungere. Finché poté, Uberto seguì un sentiero tra le erbacce, poi deviò dal cammino, inerpicandosi a lunghe falcate tra le pietre mentre l'oscillare spettrale delle chiome pareva invitarlo ad avvicinarsi.

Chissà quanti bambini si erano recati fin lassù per giocare a nascondino, si disse nella speranza di placare l'inquietudine.

Ma non appena raggiunse la macchia non riuscì più a pensare a nulla. C'erano solo il fruscio delle foglie e l'odore asprigno del mare, immersi in un intreccio di ombre sempre più fitte.

«Juan!», vociò. «Dannato pel di carota, si può sapere dove siete finito?».

A rispondergli fu un rumore di sassi smossi.

Uberto tese l'orecchio, cercando di capire da dove fosse provenuto.

Ancora rumore di sassi smossi.

Erano dei passi!, pensò, scrutando con maggiore attenzione tra gli arbusti che lo circondavano.

E fu proprio osservando uno di questi che distinse una sagoma gibbosa ferma sotto la chioma, come se un grosso animale dal vello scuro si fosse raggomitolato alle radici del tronco.

Uberto si stava ancora chiedendo quale razza di bestia fosse quando l'immagine si allungò verso l'alto, assumendo una forma umana avvolta in un mantello con cappuccio.

Qualcosa era rimasto, tuttavia, ai piedi del tronco.

Un corpo raggomitolato, immobile.

«Fermo!», esclamò Uberto, indietreggiando d'istinto.

Lo sconosciuto invece avanzò.

«Chi siete?», soggiunse il giovane. «Cosa avete fatto a Juan?».

Domande che servivano soltanto a tradire la sua paura, si rimproverò mentre tentava di scorgere i lineamenti nascosti sotto il cappuccio per capire quale genere di persona si trovasse di fronte. Impulso anch'esso inutile, in quanto la figura ferma a terra era senz'altro Juan e l'individuo in nero il suo assassino. Un assassino giunto fin lì non certo per togliere la vita a un sempliciotto agli ordini di un vecchio.

Immaginando che sotto il mantello ci fosse un'arma pronta a colpire, Uberto continuò a ripiegare nella speranza di trovare un diversivo che gli consentisse di fuggire, ma d'un tratto mise un piede in fallo e si ritrovò con la schiena contro un tronco. Quasi avesse previsto quell'intoppo, lo sconosciuto sguainò una daga e, senza proferir verbo, si gettò all'assalto.

Maledicendo la propria curiosità per averlo portato alla morte, Uberto non poté far altro che proteggersi il viso con le mani, aspettando di sentire il filo della lama che gli penetrava nella carne, quando un violento stridere di metallo lo indusse a riaprire gli occhi.

E ad assistere al più formidabile degli eventi.

Una mezzaluna d'acciaio si era frapposta tra lui e l'aggressore, bloccando il pugnale appena in tempo.

A brandire quell'arma saracena era un uomo dai capelli lunghissimi e la barba arruffata, le spalle enormi ammantate da una cappa da pellegrino. Uberto non sapeva se essere più commosso o sollevato davanti a quell'immagine di pura forza che, con l'eleganza di un danzatore, respingeva un secondo attacco e, ruotando di tre quarti, atterrava l'assassino con un solo fendente.

Ed era ancora allibito, Uberto, quando, un attimo dopo, il nuovo arrivato abbassò la scimitarra e si voltò verso di lui, fissandolo con occhi azzurri che saettavano nell'ombra.

«Willalme...», riuscì soltanto a dire. «Oh, Willalme, sei davvero tornato!».

61

Sarwardo si risvegliò con un gemito sepolcrale, le membra avvolte da un velo di sudore freddo. Intorno a lui la tenebra era così fitta che in principio credette d'essere finito in un avello degli inferi, poi colse il baluginare di una lucerna contro pareti simili a quelle di una grotta. Sotto la nuca sentì la tela ruvida di un capezzale.

Scoprendosi talmente debole da non riuscire a mettersi seduto, fece per chiamare soccorso ma la voce gli morì in gola. Era in preda all'ottundimento, il senso dell'udito quasi assente.

Rassegnato ad accontentarsi del senso della vista, sbatté le palpebre per mettere a fuoco ciò che aveva intorno e, un po' per volta, distinse i contorni di una finestra coperta da un vello di pergamena e la sagoma di un uomo seduto accanto a lui.

«Ál... Álvarez...?», trovò la forza di farfugliare. «Siete voi...?».

L'uomo si piegò in avanti e, aiutandolo a sollevare il capo, gli avvicinò una ciotola alle labbra. «Bevete».

Il magister obbedì, torcendo immediatamente la bocca in una smorfia di disgusto.

«È un decotto di timo selvatico e di verbena», spiegò Ignazio con la sua inconfondibile voce intessuta d'accento moresco.

«Verbena...», mormorò Sarwardo. «Mi rammenta quel... quel mendace di padre Fulgenzio...».

«Ne avete preso anche l'altra notte», continuò il mercante. «Vi ha salvato dal veleno della vipera».

L'altra notte, ripeté dentro di sé il magister, mentre si tastava la mano destra alla ricerca del punto in cui era stato morso. Scoprì allora, sul dorso, un piccolo bubbone cosparso d'unguento appiccicoso. Doleva come se fosse stato schiacciato da un paio di tenaglie, la qual cosa gli diede la speranza di non aver perduto l'uso dell'arto. Accettato quindi di prendere un altro sorso di decotto, allontanò le labbra dalla ciotola con aria schifata. «Per... quanto tempo... ho dormito?»

«Giacete in questo letto da due giorni», rivelò Ignazio.

«E dove... ci troviamo?»

«Nella casa di un pastore, a meno di un'ora di cammino da Guadix. Ringraziate il bravo Ismaele che è riuscito a trascinare il carro fin qui nonostante la ruota andasse di sghimbescio. E ringraziate pure, quando ne avrete l'occasione, la famiglia che ci ha accolto nella sua dimora».

«Quale... dimora?», bofonchiò l'uomo di Salamanca. «Questa sembra la spelonca di un ciclope... anche se più piccola».

«Ecco che riemerge la vostra indole mordace!», si compiacque Ignazio, per poi alludere alle pareti scabre intorno a loro. «Le genti a nord del monte Solurius vivono tutte in case simili a questa. Scavate nella roccia o modellate nell'argilla, inospitali quanto le distese rocciose che abbiamo attraversato di recente».

«Conoscete bene... la zona?»

«Non la conosco affatto, ma mentre eravate incosciente ne ho approfittato per svolgere delle indagini».

«Quali... indagini?», s'insospettì Sarwardo. «Cosa mi nascondete?»

«Non vi affaticate», tergiversò il mercante, porgendogli di nuovo la ciotola, «finite il decotto».

«Piuttosto...», tossicchiò il magister, «mi faccio mordere da un'altra vipera!».

«Bevete o non vi dirò nulla».

«Nulla... a che riguardo?», domandò il magister, sempre più curioso. Notando tuttavia che il compagno si ostinava a tener la bocca cucita, prese la brodaglia e la trangugiò tutta d'un fiato.

A quel punto Ignazio sorrise. «Siamo nel posto giusto».

«Davvero?!», sobbalzò Sarwardo.

«Restate coricato», si raccomandò il mercante. «Avete bisogno di riposare».

«Macché riposare! Io ho bisogno di... di *sapere*!», replicò il magister, che all'udire la buona novella aveva sentito risvegliarsi le forze. «Sapere, sapere tutto...», ribadì mentre cercava di schiarirsi la voce. «Suvvia, Álvarez, non fatevi pregare...».

«Stamane mi sono recato a Guadix», lo accontentò Ignazio. «*In primis* per procurarmi un unguento e le erbe officinali adatte a curarvi. Poi per verificare alcune mie supposizioni».

«In merito a... quale dilemma?»

«Agli indizi di cui disponiamo», spiegò il mercante. «Serbate memoria dell'ultima volta in cui ne abbiamo discusso? A vostro giudizio non sarebbero stati sufficienti a guidarci verso una destinazione precisa. Io invece sostenevo che la loro vaghezza fosse prova evidente di una pista talmente ovvia da apparire scontata».

«Rammento. Andate avanti».

«Ebbene, riuscireste a dirmi cos'hanno in comune tutti gli elementi della nostra ricerca?»

«San Cristoforo», rispose Sarwardo senza la minima esitazione. «La sua immagine impressa sull'amuleto e la venerazione di cui gode presso la chiesa di San Millán dimostrano al di là di ogni dubbio che...».

«Che il santo cinocefalo rappresenta un segnacolo per chiunque conosca il segreto dell'amuleto trovato nella tomba di Libonotus Wadi», completò il ragionamento Ignazio, levandosi in piedi con l'aria di un cattedratico dinanzi ai discepoli. «Perché quindi, mi son detto, un tale segnacolo non avrebbe dovuto comparire anche a Guadix?»

«Sicuro...», tossicchiò Sarwardo in un fremito d'euforia. «Se abbiamo interpretato correttamente gli indizi e Guadix è davvero la prossima tappa del percorso... dev'esserci per forza una chiesa dedicata a san Cristoforo!».

«Una chiesa c'è, in effetti», disse il mercante, ormai incapace di nascondere il suo stesso entusiasmo. E dopo una breve pausa, soggiunse: «Però è dedicata ai Sette Dormienti».

«Per la spada dell'arcangelo Michele! E voi... voi l'avete già visitata? Vi siete imbattuto in altri indizi? Parlate! Ditemi tutto, per l'amor di Dio, prima che...».

Sarwardo non fece in tempo a concludere la frase che vide Ignazio piegarsi di scatto su di lui e posargli le mani sulle spalle per costringerlo a rimettersi sdraiato. E fu soltanto allora che il magister si rese conto d'essersi alzato dal letto in preda alla frenesia.

«Vi preferivo quand'eravate febbricitante», commentò il mercante, sistemandogli il capezzale.

«Immagino il vostro godimento nel vedermi sbavare», fece Sarwardo, umiliato.

«Avete delirato, sapete?»

«Ah, sì? E cosa avrei detto?».

Ignazio rivolse lo sguardo verso la lucerna. «La moglie del pastore mi ha riferito che ripetevate di continuo una parola».

«Ossia?»

«*Talamascae*».

«Assurdo».

«Evidentemente gli agguati della Saint-Vehme devono avervi turbato più di quanto abbiate lasciato trasparire».

Nella voce del mercante c'era rammarico. Un rammarico che, in un certo qual modo, lusingò Sarwardo.

«E dire», minimizzò il magister, «che non ricordo neppure d'aver sognato...».

«Tuttavia siete stato parecchio irrequieto», lo informò Ignazio, «al punto che si era quasi pensato d'immobilizzarvi con dei legacci».

«Cosa volete che m'importi se mi sono agitato nel sonno?», tagliò corto Sarwardo. «Continuate a parlarmi della vostra scoperta, piuttosto. È lo scopo della mia vita, lo sapete bene, e non tollero più questo dover pendere dalle vostre labbra».

Il mercante annuì. «Nella chiesa dei Sette Dormienti ho trovato solo un parroco che mi ha parlato di una vecchia leggenda riguardante un antico luogo di culto ai confini nord-orientali di Guadix, nel deserto di Gaurab. Si tratta di una caverna, amico mio. Una caverna al cui interno, in tempi assai remoti, si narra che i Sette venissero venerati insieme a san Cristoforo».

Sarwardo si sentì pervadere da un tremito per tutto il corpo. «Gli immortali e il guardiano... insieme? In una caverna? Oh, Álvarez... Si tratta di una rivelazione strabiliante! Avete la minima idea di cosa significhi?»

«Perfettamente».

«E ditemi... siete già stato anche là?»

«No», rispose a quel punto Ignazio, quasi a volerlo confortare. «Non mi è parso giusto privarvi del piacere di una simile scoperta. Andremo a visitarla insieme».

«Ebbene... cosa stiamo aspettando?».

Per tutta risposta il mercante prese la lanterna e l'avvicinò alla bocca. «Abbiate pazienza, amico mio», disse soffiando sulla fiamma. «Dovete prima rimettervi».

62

Willalme conficcò la scimitarra al suolo e camminò verso il corpo raggomitolato alle radici della tamerice.

«Lo conosci?», domandò.

Uberto aveva già la risposta pronta. Prima di esprimersi, tuttavia, raggiunse il cadavere e s'inginocchiò al suo cospetto. Le ombre del crepuscolo non gli impedirono di distinguere la stazza di un uomo giovane dai capelli folti. La gola era stata tagliata e poi imbottita con dell'erba secca, affinché la fuoriuscita del sangue non attirasse troppo precocemente il fiuto degli animali selvatici e dei cani. «Si tratta di Juan», disse con amarezza. «Era al servizio di Asclepius».

«Asclepius...», annuì Willalme, mentre si chinava sull'individuo con cui si era battuto. «Costui, invece?»

«Ignoro chi sia», fece Uberto, avvicinandosi. Nella foga del momento, non si era reso conto che quell'uomo fosse ancora vivo. Giaceva supino, con le braccia aperte. A dispetto del fendente di scimitarra, che gli aveva squarciato il ventre facendone uscire le viscere, respirava ancora. Anzi, boccheggiava.

Indifferente a quella manifestazione di sofferenza, Willalme perquisì la vittima, sfilando da sotto il mantello un oggetto ovale di ceramica.

Uberto osservò sgomento la maschera. Quindi, pensò, il piano di suo padre era fallito! O, ancor peggio, la Saint-Vehme aveva diviso le proprie forze, prevedendo che la famiglia si sarebbe separata, prendendo strade diverse.

«Dov'è Ignazio?», chiese Willalme, quasi avesse letto i suoi pensieri.

«Si è allontanato per proteggerci», rispose. «O, almeno, così s'illudeva di aver fatto».

Astenendosi dal ribattere, il guerriero dai capelli biondi continuò a frugare l'uomo morente, fermando le mani su una scarsella di cuoio fissata alla cintura. Non appena iniziò ad allentare le stringhe che la sigillavano, la vittima emise un grugnito di protesta.

«Scudi d'argento», rivelò Willalme, versando il contenuto della borsa sul palmo. Infine, sempre nella borsa, trovò una minuscola vescica di pelle chiusa con dei lacci, che consegnò subito al compagno.

Uberto rigirò l'oggetto tra le dita, accorgendosi che si trattava di una di quelle *capsulae* utilizzate per conservare i messaggi affidati ai piccioni viaggiatori o, più raramente, ai falchi. Sciolti i lacci, scoprì all'interno un brandello di pergamena manoscritta grande quanto una foglia. «Forse qui c'è qualcosa di utile», commentò, maledicendo l'oscurità troppo fitta per consentirgli di leggere cosa c'era scritto.

Willalme si strinse nelle spalle. Ora stava osservando l'individuo senza nome coricato a terra. Era appena spirato emettendo un gemito di liberazione.

Con un inaspettato gesto di pietà, il guerriero gli tracciò una croce sulla fronte e si rialzò in piedi.

«Portami da Asclepius», mormorò.

63

«Quel dannato idiota!», urlò Asclepius, scagliando il bordone contro una parete. «Gli avrò detto mille volte di stare attento! Mille volte!».

Infiammato dall'ira e dal cordoglio, il vecchio si asciugò gli occhi e attraversò la sagrestia per recuperare il bastone. Sotto l'arco di pietra che delimitava l'ingresso di quell'ambiente ombroso, Uberto e Willalme restarono a osservarlo nell'attesa che desse sfogo alle emozioni.

«Era un trovatello, sapete?», mormorò Asclepius, tornando a sedere al tavolo fratino. I suoi occhi umidi luccicavano al palpitare delle candele. «Un buono a nulla d'un trovatello, sì... Ed era l'unico, l'unico essere umano in tutto il mondo a tenermi un po' di compagnia...».

«Mi rincresce», non riuscì a trattenersi Uberto, in preda al dispiacere. «Se avessi immaginato che Juan stesse correndo un pericolo...».

«Taci, Álvarez!», gli ruggì in faccia il vegliardo. «Come tuo padre porti solo sciagura!».

«Non è stata colpa sua», intervenne Willalme, facendosi avanti.

E fu così che, al chiarore dei ceri, emerse un uomo ben più imponente del giovane che anni addietro aveva accompagnato Ignazio nelle sue avventure. Sotto la schiavina da ramingo, le spalle e il petto si erano irrobustiti, come accadeva col trascorrere del tempo agli armigeri e agli artigiani avvezzi a svolgere lavori pesanti. Sotto la criniera dorata dei capelli compariva il volto di una persona più matura e, forse, più saggia.

«Non sarebbe colpa sua, eh?», lo affrontò Asclepius, nient'affatto intimidito. «E allora, in nome di Dio, di chi sarebbe?»

«Del sicario che l'ha sgozzato e trascinato fra gli arbusti per nasconderlo», rispose il guerriero. «Se non fosse stato scoperto da Uberto, quel bastardo sarebbe penetrato di notte in questa chiesa e, con ogni probabilità, ci avrebbe uccisi tutti quanti nel sonno».

Il vecchio rimase a fissarlo con la rabbia che gli faceva tremare le mascelle, finché il cordoglio non prevalse e fu costretto ad abbassare il capo per celare le lacrime.

«Si trattava di un emissario della Saint-Vehme», soggiunse Uberto, avvicinandosi a lui con un'espressione costernata.

Asclepius sollevò lo sguardo. «Un… Veggente?». Insieme allo sforzo di reagire al dolore, nella sua voce vibrava una nota di rammarico, un'implicita ammissione d'aver riversato la propria collera su chi non lo meritava. «Uno di quei maledetti di cui mi hai accennato?».

Il giovane annuì. «Deve avermi seguito da Astorga. O forse fin da Mansilla. Se solo avessi sospettato d'averne uno alle calcagna, sarei stato più avveduto… e ora, magari, il vostro amico sarebbe ancora in vita».

Il vecchio gli indirizzò un esitante cenno di assoluzione, per poi rivolgersi a Willalme. «Potrebbero essercene altri?».

Il guerriero abbozzò una smorfia perplessa. «Io sono giunto fin qui su richiesta di Ignazio», confessò. «Tra di noi, è probabile che io sia il meno informato sui fatti».

«A proposito di mio padre…», riprese la parola Uberto. «Per quale scopo ti avrebbe richiamato in Hispania?»

«Conosci Ignazio», rispose Willalme. «È sempre molto cauto nel lasciar trasparire il disegno dei suoi piani. Nella lettera che mi ha fatto pervenire si è semplicemente raccomandato che usassi la massima circospezione e mi preparassi al peggio… Mai e poi mai mi sarei immaginato che c'entrasse la Saint-Vehme!».

«La verità è che nessuno di noi può anche solo immaginare cosa ci aspetti fuori da questa sagrestia», fece Uberto. «Al pari di ciechi sperduti in un labirinto, ignoriamo le forze del nostro nemico, la sua identità e persino il suo movente… Ma qualcosa abbiamo scoperto». Ed estrasse da sotto la cintura la vescica di pelle rinvenuta addosso all'uccisore di Juan.

«Di cosa si tratta?», domandò Asclepius, e gli fece cenno di porgergliela.

«Un messaggio. A quanto pare, il bastardo si teneva in contatto coi suoi compari».

«Alludi agli inseguitori di Ignazio?»

«Presumo di sì», rispose Uberto, consegnandogli il minuscolo lembo di pergamena, dopo averlo estratto dalla custodia.

Asciugatosi di nuovo il viso, il vegliardo recuperò da una tasca della djellaba i suoi bizzarri vetri ottici, li mise a cavallo del naso e iniziò a leggere. «Grafia incredibilmente minuta...», borbottò, mentre stringeva le palpebre nello sforzo di mettere a fuoco le parole vergate sul messaggio. «Scritto in latino... Un latino piuttosto sciatto...». Dopo un attimo di silenzio spalancò gli occhi per la meraviglia e si rivolse a Uberto. «Sei... sei sicuro che l'avesse uno dei Veggenti?»

«Ho visto distintamente Willalme toglierglielo di dosso prima che quel maledetto esalasse l'ultimo respiro».

«Ma... a giudicare da quanto si afferma in queste righe...», mormorò Asclepius.

Uberto annuì. «L'ho letta un attimo prima d'incontrarvi, davanti al primo lume che ho trovato, e ho provato lo stesso sconcerto», confessò, per poi aggiungere: «Sembra che la Saint-Vehme sappia dov'è diretto mio padre».

«Sempre che non l'abbia già catturato...», commentò Willalme.

Uberto spiò l'espressione preoccupata dell'amico, quindi sedette accanto al vecchio. «Avete perduto una persona cara e me ne rammarico. Per quanto non sia stato io a porre fine alla vita di Juan, me ne sento responsabile e giuro che troverò il modo di fare ammenda... Però», e gli mise una mano sulla spalla, «alla luce di quanto appena scoperto, sono costretto a chiedervi se siete ancora dell'idea di aiutarmi ad attuare il mio piano».

Asclepius allontanò la sua mano in malo modo. Il dolore per la morte del ragazzo stava riaffiorando, e con esso la rabbia. C'era però una luce di risolutezza nelle sue iridi grigie. «Lo farò», borbottò, per poi rivolgersi a Willalme. «E voi, messere, cosa intendete fare?».

Il guerriero intrecciò le braccia al petto. A dispetto della risolutezza mostrata nel battersi sotto le chiome delle tamerici, ora, con gran sorpresa di Uberto, appariva combattuto. «Se ho ben compreso», disse col tono di chi sta valutando se accettare un incarico proposto da degli estranei, «la Saint-Vehme è tornata e sta di nuovo dando la caccia a Ignazio. C'è però da provvedere anche a domna Sibilla, a sua nuora e a sua nipote... e noi siamo solo in tre».

«Solo in tre», ripeté il vecchio con ritrovata autorità. «Significa dunque che accettate?».

Willalme si chiuse per un attimo nel silenzio, fissando Uberto come se l'avesse incontrato per la prima volta. Infine annuì.

«In tal caso», sentenziò Asclepius, «ci divideremo le destinazioni».

64

La navata interna del monastero di Las Huelgas era molto più vasta di quanto Sibilla avesse immaginato. Affiancata da due navatelle laterali delimitate da colonne, sviluppava una forma a crociera unendosi a un ampio transetto oltre il quale trovava sede un coro munito di cinque absidiole. E proprio là, accanto al semicerchio di clausura in cui le monache usavano riunirsi per il canto, riposavano le tombe dei re di Castiglia.

Avvolta in un bliaud verde dalle maniche svasate, con una sottile cintura di cuoio a stringerle la vita, la donna si diresse a mani giunte in quella direzione, sforzandosi di non far caso alle molte persone intrattenutesi, dopo la messa in onore all'Annunciazione di Maria, a conversare accanto alle immagini sacre e ai candelabri in ferro battuto. Non si era mai trovata a proprio agio nelle chiese cittadine, più simili a piazze di mercato che a luoghi di raccoglimento. E nemmeno aveva mai riposto molta fiducia nei religiosi investiti di troppi poteri, al pari della reverenda madre che era in procinto d'incontrare.

Ben lungi dall'essere intimidita, si fermò sotto la volta che ospitava le tombe regali, in una posizione che le consentisse di tenere d'occhio una porta decorata in stile arabo situata accanto al coro. Come le era stato esposto la sera prima dal commendatario dell'Hospital del Rey, lei avrebbe potuto interloquire con la badessa soltanto varcando quell'uscio, e solo nel caso in cui l'avesse trovato aperto.

Una circostanza che doveva verificarsi assai di rado, valutò in un crescendo d'insofferenza. Di certo agli alti prelati e agli *hidalgos* non venivano imposte simili restrizioni per ottenere un'udienza, ma Sibilla era risoluta a non uscire da quel monastero senza aver prima ottenuto ciò che voleva. Prese quindi a camminare avanti e indietro tra i letti di marmo in cui riposavano le spoglie degli antichi coronati, contando i rintocchi delle campane che segnavano il lento trascorrere del tempo, finché non posò lo sguardo su una coppia di sarcofagi gemelli, entrambi dotati di coperchi a tetto spiovente.

Dopo averli fissati per un attimo, grazie agli stemmi dei casati incisi sopra le parti frontali capì che si trattava delle sepolture di Alfonso VIII di Castiglia e di Eleonora Plantageneta, i genitori di colei che aveva deciso di celare il segreto di Ramiro Álvarez non molto lontano da quel monastero. La nobile Berengaria.

E a quel pensiero Sibilla credette d'aver svelato il mistero.

Indirizzando il padre di Ignazio a Santa María la Real, Berengaria aveva trasformato in nascondiglio il luogo in cui era stata cresciuta e educata insieme alle proprie sorelle. Il luogo in cui doveva aver trascorso gli anni più felici dell'infanzia, conosciuto la nonna Eleonora d'Aquitania e appreso la letteratura dei poemi giunti dalla Francia. Un luogo senz'altro collegato allo scriptorium in cui aveva lavorato in gioventù suor Ximena.

«Così deliziosamente agghindata», mormorò d'un tratto una voce maschile, «stentavo quasi a riconoscervi».

Sibilla si voltò con un lieve sobbalzo, trovandosi di fronte a un uomo dagli occhi più neri dell'onice e folti baffi spioventi che gli adornavano il volto abbronzato. Alto, con un mantello di velluto rosso fermato sulla spalla da una fibula con cammeo, doveva essere un cavaliere o un membro dell'aristocrazia castigliana.

«Voi...», fece lei, cadendo dalle nuvole. «Voi mi conoscete?».

L'uomo annuì con un sorriso sfacciato. «Siete la viandante giunta ieri all'*Hospital* accanto a questo monastero, in sella a un magnifico baio», dichiarò. «Eravate insieme a una compagna, se non m'inganno».

«La mia serva personale», mentì Sibilla, incapace di comprendere se quell'individuo si stesse prendendo gioco di lei o fosse attratto dal suo aspetto.

L'individuo perseverò a rimirarla tra il languido e il gioviale, quasi fosse al cospetto di una cortigiana. «Chiedo venia per le risate di scherno dei miei compari. Se solo avessi immaginato...».

«Immaginato cosa?»

«Nulla, nulla», mormorò sornione. «È solo che è piuttosto inconsueto imbattersi in femmine che viaggiano da sole e che, per di più, prendono alloggio in ospitali per pellegrini».

Infastidita da quell'eccessivo tono di confidenza, Sibilla si voltò verso i sarcofagi per dare a intendere di non essere interessata a proseguire la conversazione.

L'insolente, tuttavia, dovette interpretare quell'atteggiamento come una sorta di sfida, giacché un attimo dopo soggiunse: «Perdonate la scortesia». E disegnò un lieve inchino. «Il mio nome è Fernan Alférez de Rada, caballero di sua maestà il re di Castiglia».

«Perdonate la *mia* scortesia», replicò secca la donna, mentre continuava a evitare le sue occhiate. «Sto aspettando una persona».

«La badessa di Las Huelgas, suppongo», proferì con complicità il caballero. «Mi trovo a Burgos da abbastanza tempo da sapere che è in questa sorta di limbo che i suoi postulanti vengono lasciati sulle spine».

Ecco, si disse Sibilla. L'arrogante aveva gettato l'amo. Durante le interminabili assenze di Ignazio, non era certo la prima volta che veniva avvicinata da un uomo, e ormai aveva sviluppato una certa esperienza nel respingere i bellimbusti che s'illudevano di trovare in una donna sola un'avventura facile. Ma l'occasione, questa volta, capitava in un momento fin troppo drammatico perché lei potesse ignorarla. «Quindi», attenuò di poco la sua ritrosia, «avreste un'idea di quanto sarò costretta ad aspettare?»

«Settimane», si strinse nelle spalle Fernan de Rada. «Come minimo».

«Ma il commendatore del Rey mi ha assicurato…».

«Lasciate perdere quel mentecatto», la interruppe lui. «Il commendatore dell'Hospital del Rey è così avvezzo a inventare scuse da non essere più in grado di distinguere la realtà dalla finzione. La badessa di Las Huelgas non è qui, fidatevi di me. Sono stato appena informato al riguardo».

«Informato da chi?».

Il caballero si schermì dietro un gesto evasivo. «Vi basti sapere che ho necessità d'incontrarla io stesso, e che so dove trovarla».

L'offerta era implicita, e Sibilla si vergognò di sé stessa al solo pensiero di volerne approfittare. Poi però fissò la porta decorata di arabeschi, arrendendosi all'evidenza che non sarebbe mai riuscita a varcarla senza un valido aiuto. Poco male, pertanto, se quell'aiuto fosse giunto da un povero illuso convinto di potersi guadagnare i suoi favori.

«Fortunato voi», sospirò col tono più affranto e sprovveduto che riuscì ad assumere. «A quanto pare, invece, io dovrò trascorrere giorni e giorni accanto a questi freddi sepolcri».

«È una questione così grave quella che vi spinge a cercare l'aiuto della badessa?», s'informò Fernan de Rada.

«Davvero v'importa?»

«Diciamo pure che m'incuriosisce», rispose lui, con un sorriso che lasciava trapelare ben altro.

«Grave e... urgente», stette al gioco Sibilla, per poi aggiungere con un tocco d'astuzia: «Anche se, per un uomo della vostra levatura, apparirebbe senz'altro una piccolezza».

Assai compiaciuto dalla piega che stava prendendo la situazione, il caballero la squadrò con le sue iridi nere. «A mio giudizio il mondo non è che una serie infinita di porte», commentò, atteggiandosi a persona di grande esperienza. «Basta disporre della chiave giusta e prima o poi qualsiasi problema è destinato a diventare una piccolezza».

«Oh, ma io la mia brava chiave la possiedo già», ribatté Sibilla, sostenendo il suo sguardo. «Quel che mi occorre, se m'intendete, è un buon samaritano disposto a condurmi davanti alla porta giusta...».

«Ditemi il vostro nome», dichiarò a quel punto Fernan de Rada, «e avrete trovato in me il samaritano che cercate».

65

Ferma con Sancha su una banchina di La Coruña, Moira aspettava che i tre uomini, intenti a conversare a pochi passi di distanza, finissero di accordarsi. Il sole del mezzogiorno donava un'aura dorata alle loro figure, mentre il vento, facendo danzare le onde e gli scafi, portava alle sue orecchie, di tanto in tanto, qualche parola del loro discorso.

Fra i tre, il più risoluto sembrava Asclepius. Il vecchio non smetteva d'impartire istruzioni a Uberto e Willalme, interrompendoli ogni qual volta uno dei due tentava di proferir verbo. La morte di Juan aveva inasprito i suoi modi burberi, ma anche rafforzato la sua fermezza. Del resto, rifletté Moira, si trattava di una reazione più che comprensibile per una persona di età avanzata, sola e dotata di grande sapienza. Il lutto lo aveva spinto a votarsi a una causa per cui battersi, una sorta di rinascita.

Un pensiero che la spaventò, giacché anche lei, in un certo qual modo, avrebbe dovuto rinascere. In un luogo ignoto, lontano dalla terra e dalla vita che aveva imparato ad amare. Lontano dal suo adorato marito.

La risata di Sancha la strappò dall'angoscia, richiamando la sua attenzione sulla figlia. Incuriosita dai marinai che caricavano merci su alcune barche, la bambina si produceva in allegre espressioni di stupore alla vista di rotoli di stoffe colorate, vasellame di tutte le fogge e ceste zeppe di granaglie e di ogni ben di Dio.

Moira le baciò la testa, sforzandosi di nascondere le sue apprensioni dietro un sorriso, poi alzò lo sguardo verso Uberto che le stava raggiungendo.

«È tutto pronto», disse lui. «La nave salperà a breve».

Lei cercò una sua mano e gliela strinse. «Tu, quindi, non verrai?».

Uberto si strinse nelle spalle. «Ne abbiamo già parlato, non è possibile. Sarà Asclepius ad accompagnare te e la piccola. È saggio e accorto quanto basta da sapersi destreggiare tra i *magistri* della corte di Sicilia. Per quanto riguarda il denaro, inoltre, mio padre è stato previdente: quando ha scritto a Willalme di raggiungere La Coruña, gliene ha inviato in gran quantità. Non avrete problemi di sorta».

«Ma tu non ci sarai», sottolineò Moira con una nota di sconforto.

«Vi raggiungerò appena possibile».

Lei spostò lo sguardo verso Willalme, che attendeva col vecchio a qualche passo di distanza. «Perché non lasci che se ne occupi lui? Tu hai già sofferto abbastanza. *Noi tutti* abbiamo già sofferto! Se solo penso a quando eri imprigionato a Mansilla, rivivo il terrore che quel maledetto domenicano potesse farti impiccare».

«Servono due persone», le spiegò Uberto con fare laconico. «Io dovrò andare in cerca di mio padre, Willalme di mia madre».

«Dunque a te va il compito più arduo!».

«Non è detto».

«Promettimi almeno che non metterai a repentaglio la tua vita», lo implorò, stringendo la presa. «Che se la situazione dovesse volgere al peggio penserai a te stesso e rinuncerai a salvare Ignazio».

«Come puoi chiedermelo?», sospirò Uberto. «Si tratta di mio padre».

Moira abbozzò una smorfia sprezzante. «Ti riferisci al padre che fino a pochi giorni or sono definivi egoista e incapace di amare? Il padre che ti abbandonò quand'eri ancora in fasce in un monastero sperduto, facendoti credere per tutta la fanciullezza di essere un orfano?»

«Sai bene che agì in quel modo per proteggermi».

«E se invece l'avesse fatto per liberarsi di un fardello? Perché tu e tua madre ponevate freno alla sua brama di conoscenza?».

Uberto s'inginocchiò davanti alla bambina e le accarezzò il viso. La sua solita maniera di evitare le discussioni, in grado di renderlo l'uomo più irritante e al contempo più dolce del mondo.

Non lo rivedrò più, pensò Moira, quasi avesse avuto una premonizione. Andrò incontro allo stesso destino di Sibilla, se non peggio, finché un giorno stenterò persino a rammentare i lineamenti di mio marito, il calore del suo abbraccio…

«Non darti pensiero», ribadì lui, invece, senza staccare gli occhi dalla loro figlia. Occhi pieni di amore e di coraggio. Occhi di un uomo che aveva sempre tenuto fede alla parola data.

«Giuramelo», replicò lei, asciugandosi una lacrima. «Voglio che giuri su quel che ti è più sacro!».

Per tutta risposta, Uberto si rialzò in piedi e le baciò le palpebre umide di pianto. «Questo è il mio giuramento», disse. «Ora tocca a te. Giura di essere forte fino a quando non saremo di nuovo insieme».

Poco dopo Moira si trovava a bordo di una piccola imbarcazione a remi, diretta verso una galea attraccata a un centinaio di braccia dalle banchine portuali. Insieme a lei c'erano Sancha e Asclepius, con due marinai intenti a governare il legno. Ogni colpo di onda le si riverberava dentro, ingigantendo i battiti del suo cuore, mentre la vista della terraferma, sempre più lontana, le fomentava un dolore che non aveva mai conosciuto.

Non lo rivedrai mai più, continuava a ripetere una voce dentro di lei.

Una voce che apparteneva a una donna infinitamente più bella di lei.

L'ammaliante dea del fato.

66

Le campane di Las Huelgas battevano l'ora per la seconda volta da quando Fernan de Rada si era allontanato.

Sibilla aspettava il suo ritorno tra le fronde di un vasto giardino che confinava col recinto di pietra del monastero. In principio, entrando in quell'ambiente appartato, la donna era stata tentata di tornare sui propri passi, temendo che il caballero l'avesse portata là per approfittarsi di lei. Invece, rivoltole un invito di pazientare ancora un po', Fernan si era eclissato rinnovando la promessa di farle ottenere udienza presso la reverenda madre.

Non che Sibilla si fidasse di lui. Appena era rimasta sola, aveva iniziato ad aggirarsi con passo circospetto per quel labirinto di siepi, attenta a cogliere ogni rumore che giungesse al suo udito. Di primo acchito si era trattato solo dei gorgheggi emessi dai pennuti appollaiati fra i rami. Ma, a mano a mano che la donna si avvicinava a un colonnato appena visibile tra il fogliame, iniziavano a risuonare anche voci umane.

Voci femminili, per la precisione. Accompagnate dalla melodia di uno strumento a corda.

Il colonnato doveva delimitare un chiostro, suppose Sibilla. Uno di quei chiostri eretti all'aperto, dove le monache dei ricchi claustri solevano godersi il tepore della primavera lontane dagli occhi del popolo. O forse si trattava di un *hortus conclusus* in cui la badessa di Las Huelgas teneva i suoi incontri segreti.

A quel pensiero Sibilla venne sfiorata dal sospetto che Fernan de Rada fosse l'amante della badessa, ma scacciò subito quella fantasia. Non tanto perché provasse scandalo all'idea che una religiosa, al pari di molti uomini di chiesa, s'intrattenesse in piaceri carnali, quanto per il fatto che, a giudicare dalle voci riguardanti la reverenda donna, doveva essere una persona di età assai avanzata.

Accompagnata da quel rimuginare, Sibilla imboccò un sentiero che sembrava condurre verso il colonnato, quando un frusciare di foglie alle sue spalle la fece sobbalzare.

«Ma dove eravate finita?», le domandò Fernan, spuntando da un groviglio di gelsomino. Aveva una luce diversa nello sguardo. La sua espressione impudente aveva ceduto il posto a una smorfia, se non proprio crucciata, alquanto assorta.

«Ho preso a rimirare le piante e mi sono smarrita», improvvisò lei, riprendendosi dallo spavento.

«Seguitemi», fece l'uomo, d'un tratto dimentico di ogni galanteria. «Se ancora volete la vostra occasione, è necessario che cogliate l'attimo».

Proprio come Sibilla aveva immaginato, la badessa di Las Huelgas si trovava in un chiostro, nel bel mezzo del giardino. Con gran stupore della donna, tuttavia, la reverenda madre non era in compagnia di semplici monache. Intorno a lei c'erano giovani amanuensi intente a consultare e a trascrivere dei codici su piani obliqui di leggii, alcune in vesti da religiose, altre in abiti laici con eleganti veli e gonne di broccato. Fuori dal perimetro delle colonne, con la schiena appoggiata al tronco di un albero in fiore, un suonatore di ribeca stava pizzicando le corde del suo strumento.

Al pari di una regina circondata dalla propria corte, la badessa sedeva al centro, su un seggio di vimini, con un libello tra le mani. Al comparire della sconosciuta al seguito del caballero inarcò un sopracciglio, stringendo la ragnatela di rughe intorno agli occhi per studiarla. «Avvicinatevi, madonna», la invitò senza indugio, per poi rivolgersi a Fernan de Rada. «In quanto a voi, messere, siete congedato».

«Ma...», fece per opporsi il nobiluomo.

«Andate, Fernan», ribadì l'anziana monaca con tono più secco. «Ciò che avevate da riferire l'avete già detto, e a tal riguardo non mi sovviene nulla da aggiungere».

«Ma essendo stato io a raccomandarvi questa persona», insistette il caballero, «sarebbe per lo meno opportuno...».

La religiosa scosse il capo e tese la mano a Sibilla, che nel frattempo si era mantenuta in disparte.

«Ebbene», la punzecchiò non appena il caballero fu sparito tra le siepi, «quale disgrazia vi avrà mai obbligata a diventare la protetta di quel *parvenu*?»

«Io non godo della protezione di alcuno», rispose Sibilla, tenendo a freno l'orgoglio. «Fernan de Rada si è solo mostrato così cortese da condurmi al vostro cospetto».

«In tal caso, siete ancora in tempo per sfuggire al suo ascendente».

«Non per contraddire vostra sublimità», rispose per le rime, «ma reputo che l'ascendente di quel caballero sia più tenue di una folata di zefiro».

Per un attimo la reverenda madre la fissò in tralice, quindi la stupì emettendo una risata di bambina. «La mia sublimità cessa d'esistere oltre il portale del monastero», dichiarò, per poi alzarsi in piedi e riporre il libercolo su una colonnina accanto al seggio. «Per coloro che frequentano questo chiostro sono soltanto suor María Sol. E ora rivelatemi, di grazia, chi siete e quale scopo vi avrebbe spinta fin qui».

«Vengo al vostro cospetto su consiglio di suor Ximena, badessa del convento di Santa Eufemia di Astorga», rispose Sibilla, augurandosi che la morte di quella religiosa non fosse giunta fino a Burgos.

«La badessa di Santa Eufemia...», rimuginò María Sol, increspando la fronte dalla pelle vizza. Le sue iridi azzurre brillavano con una tale intensità da dare l'impressione che le avesse rubate a una donna molto più giovane. «E quale legame avreste, voi, con una donna di chiesa?», riprese a esaminare la sconosciuta. «Non avete certo l'aspetto di una religiosa».

«Al pari di molte donne in questo claustro», replicò Sibilla, guardandosi intorno.

La reverenda madre annuì. Non tanto, come poteva sembrare all'apparenza, per mostrarsi d'accordo con quell'ammissione, quanto per concedere alla nuova arrivata di mantenersi ancora per un po' sulle difensive. «Dame in ritiro spirituale», dichiarò, facendo allusione alle studiose. «O, almeno, così pensano i loro padri e mariti. In realtà queste anime gentili coltivano la musica e la poesia, alimentando il loro intelletto e, di tanto in tanto, allietando le orecchie di questa povera vecchia».

«Si tratta dello scriptorium in cui un tempo lavorò anche suor Ximena?», non poté trattenersi dal chiedere Sibilla.

«Quel nome non mi suona nuovo, in effetti», ribatté María Sol con fare evasivo.

«Lo stesso chiostro», la incalzò la donna, «in cui fu cresciuta la figlia del precedente re di Castiglia?».

A quelle parole la badessa si fece improvvisamente guardinga. «Chi siete voi per essere informata su tante cose?», la inquisì sottovoce mentre la prendeva a braccetto. «E cosa c'entrerebbe la nobile Berengaria?».

Prima di rispondere, Sibilla attese che la monaca la conducesse all'ombra di un alto rosaio che si avvolgeva a un graticcio ai margini del chiostro, così da poter parlare in confidenza. Colto quindi un segno d'impazienza sul volto della religiosa, estrasse la chiave di Ramiro da una tasca del bliaud e, tenendola sul palmo, gliela mostrò. «È tutto legato a questa».

María Sol osservò l'oggetto con grande attenzione. «Non mi è familiare».

«In origine aveva un opale rosso fuoco incastonato nell'impugnatura», spiegò la donna, spiando il rapido mutare di espressioni sul suo volto. «Apre uno scrigno nascosto nel monastero di Santa María la Real. Un monastero che sorge a un tiro d'arco da questo giardino, nella vostra giurisdizione».

«Andate avanti», le ordinò la religiosa con un inaspettato slancio di autorità.

«Molti anni or sono questa chiave fu affidata a suor Ximena da mastro Ramiro Álvarez», la accontentò Sibilla. «Conoscete questo nome?»

«Ramiro Álvarez fu notarius di re Alfonso IX di León finché non passò alla corte castigliana», rispose senza alcun tentennamento María Sol. «Presenziò in più di un'occasione questo chiostro, all'inizio del mio abbaziato. Alludo ai tempi in cui Berengaria si degnava di onorarmi della sua presenza». Quindi emise un sospiro e accennò alla chiave. «In quale modo ne siete entrata in possesso?»

«Mi è stata consegnata da suor Ximena».

«A quale scopo?»

«Perché Ramiro Álvarez era il padre di mio marito».

La rivelazione fu così improvvisa che la badessa afferrò d'istinto un ramo spinoso del rosaio, per poi ritrarla di scatto. «E ora...», mormorò, stringendosi la mano al petto, «ora suppongo siate qui per riportare alla luce il suo segreto».

«Quindi sapete!», esclamò Sibilla.

«V'illudevate davvero che fossi all'oscuro di un simile intrigo?», rise María Sol, facendole cenno di abbassare il tono della voce. «Fu Berengaria in persona a ordinarmi di custodire quelle carte dopo che mastro Ramiro le ebbe nascoste nei miei possedimenti. Oh, rammento bene la sua espressione... Era sconvolta, la saggia Berengaria, quasi avesse scoperchiato il vaso di Pandora. E Dio sa se non fu davvero così!».

«A cosa alludete?»

«Dopo che Ramiro ebbe lasciato questi luoghi, la città di Burgos fu letteralmente invasa da torme di frati domenicani che misero sottosopra gli archivi di ogni chiesa e monastero. Nessuno di loro svelò mai la ragione di una simile follia, ma ai miei occhi era chiaro che quei *Domini canis* stessero cercando proprio il segreto di Álvarez, e se nessuno di loro riuscì a mettere piede nei cenobi sotto la mia giurisdizione devo ringraziare la protezione di Berengaria».

Sibilla fece del proprio meglio per dissimulare la sorpresa. Benché non si fosse aspettata nulla di meno, fu solo al sentir uscire simili rivelazioni dalla bocca della reverenda madre che si rese conto dell'enorme responsabilità di cui doveva essersi fatto carico il suo defunto suocero. E pure degli enormi rischi che doveva aver corso.

«A giudicare dal vostro silenzio», commentò la badessa mentre la fissava di sottecchi, «non sembrate più così ansiosa di conoscere quel mistero».

«Purtroppo non ho scelta», replicò la donna, sentendo crescere dentro di sé il desiderio di rivedere la propria famiglia riunita e al sicuro, nella loro bella casa presso Mansilla.

«Sembrate tutto fuorché una stolta», insistette la religiosa, «perciò ascoltatemi con molta attenzione: solo gli stolti non hanno scelta».

«Mi state forse negando la possibilità di accedere al segreto di Ramiro?»

«Nient'affatto, mia cara! In qualità di sua nuora e di posseditrice della chiave che mi avete appena mostrato, non posso certo impedirvi di consultare le carte di mastro Álvarez. Il mio consiglio però è di non farlo, giacché, a prescindere dall'esigenza che vi ha indotta a mettervi sulle loro tracce, state pur certa che conoscerne il contenuto peggiorerà soltanto la vostra esistenza».

Sibilla rimase per un attimo a scrutare la monaca, domandandosi se dietro le sue parole si celasse una minaccia o un tentativo di metterla in guardia. «Accetto il rischio», dichiarò infine, per poi aggiungere con una nota di esitazione: «Ma in quanto a voi... non avevate promesso alla nobile Berengaria di tenere nascosto il segreto di Ramiro?»

«Oh!», rise María Sol, mentre si portava alle labbra rinsecchite un dito da cui usciva una gocciolina di sangue. «Ma io non intendo affatto infrangere il mio giuramento! Infatti, rammentatelo bene, ho detto che quelle carte le potrete consultare, ma per nulla al mondo vi consentirò di portarle via dal luogo in cui sono custodite!».

67

«Fossi stato in voi avrei aspettato di recuperare le forze prima di rimettermi in piedi», commentò Ignazio, intento a condurre il carro lungo un sentiero che serpeggiava per una vallata arida, ormai lontana dalle case di pietra di Guadix.

«Per l'ennesima volta», bofonchiò Sarwardo, «sto bene».

Non a giudicare dalla vostra faccia più verde d'un ramarro, meditò con disapprovazione il mercante.

Davanti a loro si apriva il deserto di Gaurab, una sconfinata distesa di calanchi d'argilla color rosso-ocra che rammentavano a Ignazio i paesaggi della Cappadocia visitati in gioventù. Il cielo, di un azzurro smagliante, accentuava quelle tonalità terrigne rendendole quasi fastidiose allo sguardo, mentre un vento molesto, denso di polvere, lo costringeva a procedere con le palpebre socchiuse.

«In quale direzione indica di procedere la leggenda che avete scoperto?»

«Non dovrebbe mancare molto», rispose Ignazio, esaminando i rilievi simili a enormi bitorzoli che sorgevano tutt'intorno. «La caverna si trova a mezza giornata a piedi dall'abitato».

«Insieme a molte altre caverne, suppongo», sbuffò il magister, guardandosi intorno.

Il mercante annuì con un sospiro. Di certo le grotte non scarseggiavano in quella landa di predoni e di spettri. Il prete incontrato nella chiesa di Guadix, però, gli aveva fornito indicazioni sufficienti per potersi orientare. «La grotta che stiamo cercando», spiegò, «ha una croce graffita all'ingresso».

«Una croce...», ruminò il magister. «Non vi sembra strano?»

«Perché?»

«Questa zona è stata cristianizzata solo di recente, e in buona parte è ancora sotto il dominio dei mori. Come spieghereste, dunque, la presenza di un'antica spelonca dedicata a un culto cristiano?»

«Col fatto che forse non si tratta di un culto cristiano», rispose

Ignazio, cercando di nascondere l'entusiasmo. Nonostante quell'avventura avesse avuto inizio contro la sua volontà, e la sua mente fosse stata costantemente assillata dal terrore per la Saint-Vehme e per le sorti della propria famiglia, faticava ormai a reprimere il pungolo della curiosità. A maggior ragione perché, in cuor suo, credeva d'essere venuto a capo dell'enigma.

«In che senso non si tratterebbe di un culto cristiano?», lo riportò all'attenzione Sarwardo.

«Rammentate cosa vi dissi durante il nostro primo colloquio, nel chiostro di San Miguel de Escalada?»

«Sembra sia trascorsa un'eternità...».

«In quell'occasione citai il Corano».

«La cosiddetta Sura della Caverna. La conosco. Tra i suoi versetti si fa accenno ai Dormienti e persino al cane che avrebbe fatto loro la guardia».

«Saprete allora», continuò Ignazio, «che in quella sura si accenna anche all'incontro avvenuto tra Mosè e un uomo di nome Al-Khidr. Un misterioso personaggio diretto al confine tra due mari senza nome».

«Un probabile riferimento alla terra racchiusa fra il Tigri e l'Eufrate», annuì il magister.

«Per altri si tratta invece del confine tra la vita e la morte», replicò Ignazio, mentre sul suo volto si dipingeva un sorriso indecifrabile.

«Non starete alludendo alla Fonte della Vita citata nel *Roman d'Alexandre*?»

«Riflettevo piuttosto sulle analogie tra l'Al-Khidr della Sura della Caverna e san Cristoforo. Sono entrambi traghettatori, viaggiatori fra terre contrapposte, e forse, se ragioniamo per simboli, guide tra la vita e la morte. Proprio come l'egizio Anubi e l'Ermes dal petaso alato che, al pari dell'arcangelo Michele, avevano l'incarico di accompagnare le anime dei defunti nel regno dell'oltretomba».

«E se invece il segreto del sonno immortale si collegasse proprio alla Fonte della Vita?», insistette Sarwardo, che, in preda a un improvviso accesso d'esaltazione, aveva iniziato a sudare copiosamente. «Alludo all'*aqua vitae* descritta nel bestiario di Filippo di Thaon! L'acqua dell'immortalità che sgorgava al centro del paradiso terrestre».

«Il senso del discorso non cambierebbe, giacché secondo i testi sacri quell'acqua proviene dall'abisso, il luogo dei morti».

Il magister fremette per lo spavento. «Il ventre della terra...», prese a mormorare, gli occhi sbarrati persi nel vuoto. «Il regno dell'oscuro terrore guardato dal dio con la testa di cane...».

«Oppure l'abisso cosmico», propose Ignazio.

Sarwardo spostò su di lui il suo sguardo allucinato.

Ma il mercante non rispose subito a quella tacita domanda. Da qualche momento, infatti, aveva preso a osservare due falconi intenti a fronteggiarsi nel cielo, affascinato dall'eleganza con cui quei nobili animali si gettavano in picchiata per poi riprendere a inseguirsi ad ali spiegate. E quando riaprì bocca, parve esprimersi per enigmi. «L'insondabile oscurità della caverna cosmica», pronunziò con tono assorto. «La nera caverna custodita dalla stella di Sirio, il cane di Adone. Il *Canis Major*...».

«Il sole vi ha forse dato alla testa?», s'innervosì il compagno. «Cosa diavolo state blaterando?».

Anziché dare spiegazioni, Ignazio strattonò le redini e sollevò un dito per indicare la bocca tenebrosa di una spelonca. Accanto a essa, graffita a fondo sulla pietra, si scorgeva una croce a bracci uguali, corrosa dal vento e dal sole.

68

Sibilla osservava lo scorrere delle vie extramurarie di Burgos attraverso gli spiragli del graticcio di legno. Era la prima volta che saliva su una portantina coperta e, pur consapevole d'essere ormai giunta a un punto cruciale della sua ricerca, non riusciva a smettere di pensare alla condizione umiliante degli uomini impegnati a trasportare il cubicolo in cui si trovava.

«Dov'è vostro marito?», le domandò d'un tratto María Sol, che le sedeva di fronte con aria impenetrabile.

«Lo ignoro», rispose la donna, senza staccare gli occhi dalle strade. Stava seguendo con lo sguardo un gruppo di bambini intenti a rincorrersi tra i passanti, lungo le sponde gremite del fiume Arlanzón. «Come l'ho ignorato per buona parte della mia vita».

«Peccato», si limitò a commentare la badessa. «Sarei stata curiosa di conoscere il figlio di Ramiro Álvarez».

"Un uomo che forse non ho conosciuto nemmeno io", fu sul punto di ribattere con acidità Sibilla, quando vide Fatima camminare a passo svelto a fianco della portantina.

María Sol indovinò immediatamente l'oggetto della sua attenzione. «M'inganno o quella giovane ci sta seguendo?»

«È la mia accompagnatrice», spiegò Sibilla perché non si allarmasse.

«Per quale ragione veste da monaca conversa?»

«Proviene dal convento di Santa Eufemia. Suor Ximena l'ha incaricata di prendersi cura di me».

«Giusto, suor Ximena...», colse la palla al balzo la reverenda madre. «Il suo ruolo in questa vicenda mi sfugge ancora...».

«Conosceva bene Ramiro», rispose con vaghezza Sibilla. «Ed era... *è* un'amica di famiglia».

«Allora perché non è venuta con voi? Mi avrebbe fatto piacere incontrare una delle prime religiose che lavorò presso il mio scriptorium».

«Quindi vi rammentate di lei!», si meravigliò la donna.

«Alla perfezione», sorrise María Sol. «Rammento il nome e il viso di ogni persona in cui mi sono imbattuta sin dall'infanzia, e così pure ogni verso di poema su cui ho posato lo sguardo da quando ho imparato a leggere». E così dicendo aprì le mani inanellate con un piglio di vanteria. «Questa dote non mi ha solo resa una delle religiose più influenti di Castiglia, ma mi consente pure, ogni qual volta lo desideri, di evocare alla memoria con la massima vividezza i momenti più cari del passato, come per esempio il mio primo incontro con la grande Eleonora d'Aquitania».

«La nonna di Berengaria», annuì Sibilla. «Di cosa parlaste?»

«Anche suor Ximena la conobbe», precisò la badessa, eludendo il suo tentativo di cambiare discorso. «Era molto giovane, all'epoca. Una giovane monaca amanuense dalle grandi ambizioni... Peccato che si macchiò del più grave dei peccati».

«La superbia?».

María Sol scosse il capo con un sospiro. «Si innamorò di un uomo».

Ci fu un guizzo d'inquietudine nelle sue iridi del colore del cielo. Dall'abile dissimulatrice qual era, tuttavia, la badessa nascose immediatamente le emozioni. «Non un uomo qualsiasi».

Sibilla non aveva ancora colto l'allusione che vide la religiosa assumere un'aria quasi minacciosa.

«Capite ora perché dovetti allontanarla dal mio scriptorium?», soggiunse María Sol, senza aspettarsi alcuna risposta. «E capite perché Ramiro scelse proprio lei per custodire la chiave di cui siete entrata in possesso?».

In quel mentre la portantina si arrestò, consentendo a Sibilla di osservare oltre la grata la facciata di pietra di un monastero.

«Ecco Santa María la Real», annunciò la badessa, atona. «Il segreto vi attende oltre quelle mura».

69

«Come immaginavo», disse Ignazio, avanzando verso il graffito inciso accanto all'apertura della caverna. «Non si tratta di una croce».

«Ah, no?», fece Sarwardo, mentre scendeva a fatica dal carro.

Vedendolo avvicinarsi con passo malfermo, il mercante frugò nella bisaccia che portava a tracolla e gli passò una fiasca d'acqua. «Si tratta di una svastica», spiegò, facendo scivolare i polpastrelli sulla roccia, «un simbolo solare usato nell'antichità dai popoli pagani. La prolungata esposizione alle intemperie ne ha quasi totalmente eroso i margini, rendendolo simile a una croce a bracci uguali».

«Prima le lunazioni, ora il sole...», rimuginò il magister dopo essersi dissetato. «Riuscite a cogliere un senso?».

Ignazio preferì celare le proprie congetture dietro un gesto evasivo. «Pare che Libonotus Wadi ci abbia lasciato una pista disseminata di riferimenti astrologici», rispose semplicemente.

«Oh, bene!», si compiacque Sarwardo. «C'è voluto un bel po', ma alla fine vi siete convinto che quell'uomo esiste davvero».

«In verità resto fermo nella convinzione che dietro quel nome si nascondano *molti* uomini. Per meglio dire, reputo che la parola Libonotus alluda a una loggia di iniziati a un sapere superiore. La quale prospettiva, perdonate la franchezza, mi affascina assai più di quella che esista un individuo uscito da un sepolcro dopo un sonno miracoloso durato secoli».

«Staremo a vedere», non volle dargliela vinta il compagno, versandosi le ultime gocce contenute nella borraccia sulla fronte febbricitante.

Ammirato suo malgrado da quella caparbietà, Ignazio raggiunse un sicomoro rinsecchito a pochi passi dalla caverna, allungò le mani verso uno dei rami più lunghi e, dopo averlo spezzato, lo porse al magister affinché lo usasse come bastone.

«Mi avete preso per uno storpio?», s'inorgoglì l'uomo di

Salamanca. «Ormai sono guarito e perfettamente in grado di reggermi in piedi».

«Invece arrancate peggio di un somaro con tre zampe», lo canzonò, «e se v'illudete che al momento del bisogno vi trascinerò di peso, impietosito dal vostro stato, significa che siete il più grande degli sciocchi».

Sarwardo lo scrutò con una smorfia d'esasperazione, poi, emesso uno sbuffo, gli strappò il bastone di mano e lo piantò a terra. «Accidenti a voi!», borbottò. «Dubito fortemente che Michele Scoto vi abbia ammesso alla corte di Sicilia per l'amabilità del vostro eloquio!».

Ignazio gli diede le spalle e, raggiunta l'entrata della spelonca, la varcò. «Lo Scoto mi ha preso con sé», mormorò con un sorriso sfuggente, «perché l'alternativa sarebbe stata uccidermi».

Un attimo dopo si ritrovò a camminare nell'oscurità, indeciso se tornare sui propri passi per procurarsi un lume, quando distinse un chiarore dorato provenire dal fondo della grotta. «Seguitemi», esclamò in direzione del compagno.

Il percorso era privo di ostacoli, piano come le pareti che, al tatto, gli diedero l'impressione d'essere state levigate dallo scorrere di acque antiche. Acque ritirate da millenni per tornare nel ventre della terra, il cieco dominio di Abisso in cui i quattro fiumi del paradiso terrestre scorrevano sotto i piedi del genere umano, sgorgando dalla sorgente mistica che i visionari chiamavano Fonte della Vita.

La fonte generata dal ribollire nero, sconfinato e terrifico delle acque del primo giorno della Creazione.

L'aumentare improvviso della luce lo strappò a quei pensieri sempre più inquieti, mettendolo di fronte a un ambiente circolare, dominato alla sommità da un'apertura attraverso la quale filtravano i raggi del sole.

Tutt'intorno c'era ombra venata di un silenzio vetusto, quasi minaccioso. Al centro, davanti a un'escrescenza rocciosa dall'apice appuntito, giaceva un sarcofago di porfido rosso.

«Per la grazia degli angeli!», echeggiò la voce trafelata di Sarwardo.

Ignazio rivolse un'occhiata al compagno, che di fronte alla scoperta pareva aver guadagnato spigliatezza nel muoversi, quindi, sedotto dalla curiosità, si avvicinò alla tomba.

Lunga più di quattro braccia e larga all'incirca la metà, era rialzata da terra di almeno sei piedi. A giudicare dal suo aspetto maestoso, chiunque vi fosse stato deposto all'interno doveva aver ricoperto una carica di rilevanza. Un re o un grande sacerdote. La lastra che sigillava quel letto di pietra presentava bassorilievi e incisioni, disgraziatamente visibili a malapena.

Nessuna magnitudine sfugge al tempo, pensò con amarezza Ignazio mentre soffiava sulla superficie di porfido per liberarla da uno strato di sabbia e polvere.

Al centro, realizzati a colpi di scalpello, c'erano due cartigli rettangolari tracciati uno accanto all'altro, a mo' di cornici, per racchiudere delle immagini.

In quello di sinistra compariva la sagoma di una divinità con la testa di cane. Le estremità delle gambe e delle braccia erano alquanto rovinate, ma si poteva ancora intravedere l'oggetto oblungo che reggeva con una mano, probabilmente uno scettro o una fiaccola.

Il cartiglio di destra delimitava invece un rozzo sistema di cerchi concentrici, per la precisione sette, a ognuno dei quali corrispondeva un piccolo volto cinto da quelle che avevano l'aspetto di aureole.

«Sette...», rimuginò Ignazio, passando le dita su quelle rappresentazioni provenienti da un'epoca di certo remotissima. «Sette...».

«Se non fosse per quei cerchi», osservò Sarwardo, avvicinandosi al sarcofago con un fremito di riverenza, «queste rappresentazioni sarebbero pressoché identiche a quelle incise sull'amuleto in mio possesso».

«Infatti», disse il mercante senza staccare gli occhi dalle immagini, «è probabile che chiunque abbia realizzato l'amuleto si sia ispirato proprio a questi graffiti. Travisandone in parte il significato».

«Cosa... intendete dire?», sobbalzò il magister.

Ignazio era consapevole dell'enormità della propria affermazione. Ciò nondimeno, si limitò a indicare la figura del cinocefalo contenuta nel primo cartiglio. «Questa divinità dalla testa di cane dev'essere stata scambiata per san Cristoforo». Quindi passò ai volti inscritti nei cerchi concentrici. «E questi corpi celesti per i Sette Dormienti».

Il viso di Sarwardo era un mosaico di meraviglia e incredulità.
«Corpi celesti», ripeté il mercante. «Per maggior precisione, sono convinto che siano *pianeti.* I sette pianeti in perpetua rotazione sotto la sfera delle stelle fisse. State pur certo che non m'inganno, amico mio. Negli ultimi anni ho avuto occasione di contemplare un'infinità di miniature simili a questa, con la differenza che la rappresentazione cosmologica al nostro cospetto è molto più approssimativa. E questo perché, al pari del sarcofago sul quale è stata scolpita, deve appartenere a un'epoca assai lontana nel tempo».
Il magister si accasciò contro la tomba, quasi avesse ricevuto un colpo tremendo. «Ma...», balbettò, «cosa avrebbe a che fare tutto ciò con la leggenda del sonno eterno?».
Ignazio contemplò ancora per un istante la lastra in porfido rosso, poi, raccolti i pensieri, iniziò a raccontare: «Immaginatevi un uomo giunto secoli or sono in questo antro. Forse era in cerca di un riparo per la notte, un rifugio dai predoni o magari si era solo smarrito... Alludo a un uomo d'intelletto, magari proveniente dalle regioni dell'Africa in cui si scriveva in copto. Regioni in cui l'esoterismo e le figure degli dèi dell'antichità divennero un tutt'uno col culto dei santi, degli angeli e delle stelle... Ebbene, immaginate lo stupore di quest'uomo di fronte a tanta magnificenza. Uno stupore che forse, ai suoi occhi, generò un profondo senso di riverenza. E fu così che, nella solitudine di questa caverna, egli interpretò le raffigurazioni del cinocefalo e delle sette teste planetarie come riferimenti alla duplice leggenda di Cristoforo e dei Sette Dormienti, il guardiano dell'oltretomba e i santi sprofondati nel sonno miracoloso. Leggende orientali nate e risorte infinite volte, con infinite forme e infiniti nomi. Ditemi, quindi, mio buon Sarwardo: cosa avreste fatto se foste stato in quell'uomo? A cosa avreste *creduto*? Non posso darvi tutte le risposte, ovviamente, ma egli di certo si convinse che questo luogo non era solo sacro, ma custodiva anche un immenso mistero. Un mistero troppo grande per essere sciolto dal suo intelletto, ma che tuttavia andava celebrato e condiviso con altri uomini dotati della sua stessa sensibilità. Ecco perciò che, al fine di tramandarne la memoria, realizzò l'amuleto di cui siete entrato in possesso».
«L'uomo di cui parlate...», replicò il magister, sforzandosi di

reagire alla spossatezza e alla delusione. «Quell'uomo sarebbe Libonotus Wadi? L'uomo sepolto nella tomba di San Millán?»

«Non c'è nessun corpo sepolto a San Millán», gli rammentò Ignazio con tono disincantato. «Posso solo dirvi che, a mio avviso, l'uomo cui mi riferisco fu un nostro pari. Un innamorato della sapienza, un cacciatore di tesori, forse un sognatore... Se però pretendete di sapere se sia la stessa persona che giunse fino a Segovia con l'amuleto e il dirham d'argento nella bisaccia... Se mi domandate se sia stato proprio lui a incidere il rovescio del sepolcro di legno presso il vecchio cimitero di San Millán... Allora, amico mio, pretendete l'impossibile. E tuttavia, di questo sono fermamente convinto, egli fondò una loggia di astrologi che dedicarono la loro vita allo studio di questo».

Così dicendo, il mercante avvicinò la mano a una figura geometrica incisa sotto il cartiglio del cinocefalo e la pulì con delicatezza dalla polvere.

«Cosa sarebbe?», domandò il magister.

«Un graffito molto simile a quello che notai sulla bara di Segovia», rispose Ignazio. «Allora vi dissi soltanto che si trattava di un simbolo astrologico, ed era la verità. Solo di recente mi sono rammentato del suo significato. E ora più che mai, ritrovandolo ai piedi di un dio dalle fattezze canine, sono sicuro di non sbagliarmi».

Sarwardo si limitò a fissarlo con le pupille spalancate.

«Appartiene a un alfabeto arcaico che lo Scoto chiama *lingua angelica* o *lingua celestiale*», spiegò il mercante, «anche se una volta udii un alchimista del Cairo fare riferimento a esso col nome di *lingua degli uccelli*. Secondo alcune leggende, gli antichi sacerdoti caldei affidavano a questo alfabeto i loro segreti più grandi. Segreti andati perduti, a parte qualche brandello di papiro o graffito... Come quello che abbiamo il privilegio di osservare».

«E quale sarebbe il suo significato?».

A quel punto le iridi verdi di Ignazio brillarono più intense dello smeraldo. «Si riferisce alla stella di Sirio».

«Oh, divina provvidenza!», esclamò Sarwardo, battendosi un palmo sulla fronte. «La stella del Cane Maggiore!».

«Sì. L'astro che secoli or sono fu identificato col cane che fece da guardia al corpo senza vita di Adone».

«Ma allora significa che...».

«Adone», ribadì Ignazio, per poi spingersi ancora più a fondo nel ragionamento. «Proprio come il nome che compare sull'amuleto a fianco del cinocefalo. *Adonai*. Un nome che non si riferisce solo all'eroe celebrato dal mito, giacché in lingua ebraica corrisponde al tetragramma YHWH, il nome di Dio. Quella raffigurata su questo sarcofago è quindi un'entità ben più immensa e spaventosa di san Cristoforo. Un Sirio-Adone o, meglio, un Anubi-Adonai, padrone del cielo e dell'oltretomba, degli astri e dei fiumi infernali. Un Ermes-Thot che governa i moti dei pianeti».

Il magister posò le mani sulla lastra di pietra, quasi intendesse interrogare le ossa celate sotto di essa. «A questo punto mi chiedo soltanto... chi sarà stato mai sepolto in questo sarcofago? Chi avrà meritato un simile onore?».

"Siete davvero sicuro di volerlo scoprire?", fu sul punto di domandargli il mercante.

Ma un presentimento frenò la sua lingua.

Dall'esterno era appena risuonato un nitrire di cavalli.

«Chi potrà mai essere?», sobbalzò Sarwardo, inquieto.

«Venite!», non perse tempo Ignazio, portandosi dietro la grande roccia che faceva da guardia al sarcofago. «Cerchiamo un nascondiglio».

70

Senza far caso all'opulenza degli ambulacri interni di Santa María la Real, Sibilla seguiva a passo svelto la badessa di Las Huelgas verso l'accesso a una piccola torre. Dietro di loro veniva Fatima, sprofondata in un ossequioso silenzio.

«Siete ancora in tempo...», accennò María Sol.

«Voglio conoscere la verità», replicò per l'ennesima volta la donna, pur cogliendo nel tono della reverenda madre una velata minaccia.

Per tutta risposta, la badessa aprì una porta chiusa a chiave e continuò per una rampa di scale a chiocciola che s'inerpicavano verso l'alto. Sibilla le andò dietro senza porre domande. Dopo tante traversie era vicina, terribilmente vicina al segreto di Ramiro. Ora, però, il problema consisteva nel trovare il modo d'impossessarsi di quelle carte, qualsiasi fosse il loro contenuto, e di portarle al re per proporre uno scambio: il mistero del suocero in cambio della conferma dei benefici che spettavano di diritto agli Álvarez.

A quel pensiero, si voltò di sfuggita verso la serva per cercarne la complicità, ma quel che vide non le piacque affatto. L'espressione di Fatima era una maschera di nervosismo e di deferenza. Inutile farsi illusioni, quella pusillanime non l'avrebbe mai aiutata.

«Reputavo che gli oggetti preziosi venissero custoditi nei sotterranei», disse quindi per saggiare l'umore della badessa.

«Alle carte d'archivio giova stare in luoghi elevati, ben esposti all'aria», spiegò María Sol, per poi aggiungere con un sarcasmo che risuonò mortifero: «Al pari dei corpi degli impiccati».

Prima che Sibilla potesse ribattere si rese conto che erano giunte su un breve ballatoio in fondo al quale compariva un ingresso privo di battente.

«Vi attenderò qui», dichiarò la religiosa, mettendosi a lato dello stipite. «Il forziere che cercate si trova oltre questa soglia, contro una parete».

Incapace di decifrare quell'atteggiamento, la donna le rivolse un cenno di riconoscenza e fece segno a Fatima di proseguire insieme a lei.

«Soltanto voi», l'ammonì a quel punto María Sol, fermando la serva non appena le passò accanto. «La vostra compagna di viaggio aspetterà insieme a me».

«Sta bene», commentò Sibilla, senza rallentare il passo.

Il suo sguardo era già rivolto all'ambiente oltre l'ingresso. Uno spazio alquanto angusto, di forma semicircolare, chiuso da pareti di pietra che per metà seguivano l'andamento curvo delle mura esterne della torre, mentre sul lato della porta correvano dritte.

A parte una minuscola finestra, l'unica fonte di luce consisteva in una torcia infissa in un anello di metallo. Insieme al suo chiarore ambrato, spandeva per l'ambiente un odore di resina così intenso da far bruciare gli occhi.

Sibilla tralasciò due lunghe scaffalature stipate di rotoli di pergamena e libri dalla rilegatura in cuoio, dirigendosi verso una cassa di legno collocata in un angolo. Se non fosse stato per le fasce di metallo e le borchie applicate a rinforzo della struttura, sarebbe potuta passare per una di quelle capienti madie che si usavano collocare ai piedi dei letti signorili.

Ansiosa di scoprire cosa contenesse, la donna estrasse la chiave da una tasca del bliaud e si chinò per inserirla nella serratura del lucchetto che la sigillava. Ma dopo un attimo d'incertezza allontanò la mano come se avesse toccato ferro rovente.

Il lucchetto *era già aperto.*

«Apritela pure», la invitò una voce beffarda alle sue spalle. «La troverete vuota».

Sibilla si voltò di scatto col sapore della bile in gola.

Avrebbe riconosciuto quella voce tra mille.

«Fra' Pedro González!», esclamò prima ancora di scorgere sull'uscio la sagoma dell'odiato domenicano.

Il religioso penetrò nella stanza, il bastone da zoppo stretto in una mano e un fascio di documenti nell'altra. Alle sue spalle, ferma nella penombra, la badessa di Las Huelgas abbassava lo sguardo per la vergogna.

«Voi non potete lontanamente immaginare...», dichiarò fra' Pedro, mostrando a Sibilla i fogli che impugnava. «Non potete immaginare, madonna, per quanto tempo li abbia cercati! E ora eccoli! Ecco, grazie a voi, il segreto di Ramiro Álvarez... L'uomo che meritò il mio disprezzo forse più di quanto lo meriti vostro marito!».

«Quei documenti non vi appartengono!», sentenziò Sibilla, indecisa se strappargli le pergamene di mano o tentare la fuga.

Approfittando di quella titubanza, il domenicano sollevò il bastone contro di lei. «Dovrete rispondere a molte domande, madonna, e sarà meglio per voi calmare i bollenti spiriti, se non volete che vi faccia sottoporre a...».

Nient'affatto intenzionata ad assecondarlo, Sibilla si spostò di lato e sgattaiolò verso l'uscita, imbattendosi però in María Sol, pronta a sbarrarle il passo. Ma a quel punto intervenne Fatima che, in un inaspettato slancio di coraggio, diede una spinta alla badessa, permettendo a Sibilla di fuggire.

In una vertigine d'angoscia, la donna si precipitò giù dalle scale mentre pensava ai suoi piani andati in fumo. Ora in quale modo avrebbe rimediato? E cosa sarebbe successo se fosse stata catturata?

«Fermatela!», gridava intanto González dall'alto. «Qualcuno fermi quella dannata!».

Ma Sibilla, sorda a quegli ordini furiosi, continuò a scendere a rotta di collo finché non giunse alle radici della torre. E già stava attraversando l'uscio che affacciava sugli ambulacri del monastero quando, in un lampo di trasalimento, si trovò davanti a una figura imponente ammantata di velluto rosso.

«Fernan de Rada?!», sobbalzò, incapace di spiegarsi la presenza del caballero in quel luogo.

«I miei omaggi», la salutò il nobiluomo, parandosi di fronte a lei con tanta frivolezza da dare l'impressione di non aver notato il suo respiro trafelato e la sua espressione stravolta.

«Lasciatemi passare!», esclamò lei, cercando di toglierselo di torno.

Fernan tuttavia sembrava non capire. «Perché tanta fretta?»

«Devo andarmene subito di qui!», fu costretta a dire lei allora, nel timore di veder comparire fra' Pedro alle sue spalle. «Dovete lasciarmi passare!».

«Oh!», rise lui a quel punto, mentre l'afferrava con rudezza per la vita. «Credo proprio che se lo facessi padre González non me lo perdonerebbe mai!».

71

Ignazio fece appena in tempo ad accovacciarsi dietro la roccia che sentì un'eco di voci. Voci secche, quasi brutali, che recavano l'accento delle parlate germaniche. Sporgendosi quel tanto che gli consentisse di sbirciare oltre il suo nascondiglio, distinse due uomini ammantati di nero fare ingresso nella caverna. Un'occhiata gli bastò a riconoscere il biondo senza un orecchio.

«I Veggenti», sussurrò in direzione di Sarwardo, che se ne stava rannicchiato dietro di lui col suo bastone improvvisato. «Ci hanno seguiti fin qui».

«Avranno visto il carro...», rispose con un bisbiglio il magister. «Sapranno che siamo qui».

Il mercante diede un'altra rapida sbirciata oltre la roccia, accorgendosi che i due si erano fermati davanti al sarcofago. Poi si voltò a osservare la parte della cavità dietro di sé, nella speranza di cogliere una via di fuga. In quel punto, tuttavia, l'ombra era troppo intensa per poter distinguere qualcosa. Iniziò ugualmente ad arretrare, attento a non far rumore, mentre portava un indice alle labbra per invitare il compagno a seguirlo in silenzio.

Più ripiegava nell'ombra, più avvertiva la frescura delle pareti antiche. Uno spiffero d'aria accese in lui la speranza che ci fosse un passaggio nelle vicinanze.

Le voci degli uomini in nero nel frattempo erano cresciute d'intensità. Pur non conoscendo la loro lingua, Ignazio ne colse il timbro d'allarme. Dopodiché iniziò a udire dei passi. Ci stanno cercando!, pensò con sgomento.

Prese pertanto a indietreggiare con maggior foga finché l'oscurità non divenne così intensa da impedirgli di distinguere la sagoma di Sarwardo. «Dove siete finito?», fu costretto a sussurrare.

Il magister non rispose.

Incapace di comprendere cosa fosse successo al compagno, il

mercante si decise a ripercorrere l'ultimo tratto che aveva coperto per ritrovarlo, quando, con una fitta d'angoscia che per poco non gli strappò un grido dalla bocca, mise un piede nel vuoto e cadde in una voragine più nera dell'inferno.

72

«Maledetto!», esclamò Sibilla. «Siete un maledetto!».

«In nome di Dio, datevi requie!», replicò Fernan de Rada mentre la legava stretta a uno scranno di legno.

Si trovavano nelle segrete di Santa María la Real, alla presenza di Pedro González e di María Sol. Al baluginare di una torcia affioravano pareti di pietra e sculture dai volti grotteschi.

«Dunque siete in combutta con quel domenicano!», continuò la donna, sempre rivolta al caballero. Poi, passando dall'ira al disprezzo, fissò la badessa. «Siete *tutti* in combutta con lui, è così?»

«Non siate eccessivamente dura nei confronti della reverenda madre», intervenne fra' Pedro con un tono canzonatorio. «Non è stato affatto semplice persuaderla a collaborare».

María Sol abbassò lo sguardo.

«Avete tradito Ramiro!», infierì contro di lei Sibilla. «Avete tradito Berengaria!».

«Si può definire tradimento ciò che viene compiuto in nome di Madre Chiesa?», la contraddisse fra' Pedro. «Io non lo penso per nulla. Reputo, anzi, che il piegarsi agli ordini di un superiore sia un atto di grande umiltà. Un atto che purifica l'orgogliosa presunzione di chi permane per lungo tempo nell'errore. Ed essendosi comportata proprio in tal guisa, la badessa di Las Huelgas riscatta oggi anni di sotterfugi e di menzogne».

Benché l'espressione della badessa lasciasse trapelare ben altro genere di pentimento, Sibilla era incapace di provare compassione per lei. Tutto ciò che le importava, in quel momento, era cercare di capire cosa ci facesse Pedro González a Burgos.

«Come potevate sapere che ero diretta a questo luogo?», gli domandò pertanto.

«A onor del vero, non ero affatto sicuro che vi avrei incontrata», le rispose il domenicano, appoggiando entrambe le mani sul suo bastone. «Due settimane or sono, quando giunsi presso il convento di Santa Eufemia, trovai a testimonianza del passaggio vostro e della vostra famiglia il cadavere di suor Ximena e alcuni manoscritti rimasti sul leggio di quella venerabile monaca. Scritti di Ramiro Álvarez nei quali si faceva menzione al claustro di Santa María la Real e a certi dettagli di notevole interesse. È stato semplice trarre le conclusioni».

«Non sarà altrettanto semplice approfittare della mia cattura per ricattare mio figlio e mio marito», gli rinfacciò Sibilla con tono di sfida.

«E perché mai dovrei darmi un simile disturbo?», sogghignò il religioso. «Io ho già ottenuto ciò a cui anelavo!».

Disorientata da quella risposta, la donna lo guardò estrarre da una tasca della tonaca un fascio di fogli di pergamena.

«Il segreto di Ramiro!», dichiarò con enfasi fra' Pedro. «Finalmente in mio possesso!».

«Significa che...», mormorò lei, sforzandosi di comprendere la situazione. «Che vi siete spinto fino a Burgos *per quello*?».

Fra' Pedro emise una risata venata di ossessione. «Se solo sapeste, madonna, quanto l'ho cercato! E quanto i miei confratelli abbiano penato a causa degli scritti nascosti da quello scellerato di vostro suocero!».

«I vostri... confratelli?», ripeté lei, per poi rivolgersi a María Sol. «Di cosa sta parlando costui? Non starà per caso alludendo ai domenicani che anni addietro misero a soqquadro gli archivi ecclesiastici di questa città per trovare le carte di Ramiro?»

«Dunque la reverenda madre vi ha raccontato tutto!», fece González, scoccando un'occhiata obliqua alla religiosa. «Oh, se quest'anima miserrima fosse stata altrettanto onesta a suo tempo... Peccato che i miei confratelli non abbiano mai sospettato di lei! Peccato!». E batté il bastone a terra in un impeto di rabbia. «E sapete perché non lo fecero?», sbraitò, tornando a fissare Sibilla. «Perché Berengaria, la saggia e nobilissima Berengaria, mentì all'Ordine di san Domenico affermando che nei claustri soggetti alla badessa di Las Huelgas non c'era nulla che valesse la pena cercare! Un'orrenda menzogna, capite? Berengaria giurò, insieme a questa vipera, che Ramiro Álvarez non aveva mai messo piede fra queste mura, condannando i saggi domenicani a un'indagine che si conclude, per grazia di Dio, soltanto oggi!».

«Per grazia di Dio», soggiunse con tono beffardo Fernan de Rada, «e di questa femmina ingenua...».

«Tacete voi!», sbottò Sibilla. «Spia dei domenicani!».

«Quest'uomo non è affatto una spia», replicò fra' Pedro. «Fernan Alférez de Rada è un leale suddito che ha combattuto nell'esercito di sua maestà per riconquistare le terre d'Hispania occupate dai musulmani. E la sua lealtà verrà premiata con i beni un tempo appartenuti a vostro suocero. Quella che fino a poco tempo fa era la vostra casa. L'heredad di vostro marito. Il futuro di vostro figlio».

Sibilla sentì la rabbia infiammarle il viso.

«Appena ho intuito la verità dalle carte trovate sul leggio di suor Ximena», continuò il religioso, «ho inviato Fernan a Burgos affinché persuadesse la badessa di Las Huelgas a collaborare con me e a fare in modo che vi trattenesse fino al mio arrivo».

«Un'opera di convincimento per nulla semplice», commentò il caballero, quasi a volersene fare un vanto. «La vecchia non intendeva cedere alle nostre richieste, né tantomeno rivelare dove fosse nascosto il forziere. Ha acconsentito soltanto davanti alla minaccia di vedersi trascinata al cospetto di un tribunale spirituale».

Sibilla guardò María Sol asciugarsi una lacrima e, per la prima volta, riuscì a provare pena per lei. Un attimo dopo, tuttavia, era già tornata a riversare il suo astio su Fernan de Rada. «Ecco dunque!», esclamò. «Ecco cosa avevate di tanto importante da comunicare alla reverenda madre! Ed ecco perché mi avete avvicinata! Contavate di portare un trofeo a padre González!».

«V'illudevate forse che mi fossi sul serio invaghito di voi?», la derise il nobiluomo. «Ho iniziato a sospettare chi foste nel momento stesso in cui avete messo piede all'Hospital del Rey, ma la certezza l'ho avuta solo quando vi ho incontrata nel monastero di Las Huelgas davanti alla porta delle udienze. Fra' Pedro mi aveva messo in guardia su Ignazio da Toledo, anche se non ci si aspettava certo che il mozarabo mandasse in avanscoperta la sua bella moglie...».

Sibilla gli sputò in faccia.

«In effetti eravamo preparati all'evenienza d'imbatterci in vostro marito o in vostro figlio», proseguì fra' Pedro. «Voi siete stata una vera sorpresa».

«Ma allora... allora...», disse lei, mentre iniziava a intuire con sgomento una parte dell'intrigo. «Allora la confisca dell'heredad, l'arresto di Uberto... Faceva tutto parte di una *trappola*!».

Il domenicano la fissò come avesse appena udito la più grande delle ingenuità. «Pensavate davvero che mi fossi semplicemente scomodato per notificare una confisca di beneficio a una famiglia di mozarabi? Che avessi lasciato la curia regis perché spinto dall'antipatia nei confronti di vostro marito?». E rise con cattiveria. «Erano le carte di Ramiro Álvarez che volevo! Dopo anni di ricerche infruttuose, l'unico modo di scoprire dove fossero finite restava quello di togliere agli eredi di quello scellerato ogni avere, spingerli alla disperazione e aspettare che uno di loro, nel tentativo di riappropriarsi dei benefici, decidesse d'impugnare quelle carte per negoziare un accordo dinanzi a sua maestà. Ecco perché ho dato disposizione che vostro figlio venisse rinchiuso in una cella da cui fosse possibile fuggire! Ed ecco perché ho raggiunto San Miguel de Escalada e provocato di persona vostro marito! Gli uomini della vostra famiglia sono troppo accorti per rivelare segreti sotto tortura. Se si vuole ottenere la verità da gente di tal fatta, bisogna metterla alle strette e aspettare... Anche se, l'ammetto, si è trattato di un azzardo! Quando ho ordito questo piano non ero affatto sicuro che Ramiro avesse confidato il suo segreto alla propria discendenza. Soltanto ora, con queste pergamene che stringo tra le dita, posso asserire d'aver agito con lungimiranza!».

«E la Saint-Vehme?», esclamò la donna in una vertigine di confusione. «Perché ce l'avete sguinzagliata contro? La vostra smania di spingerci alla disperazione era così grande da ricorrere persino a quei sicari mascherati?».

A quelle parole il domenicano lasciò trapelare un'ombra d'inquietudine. Si voltò quindi verso Fernan, il quale scosse il capo, a intendere di non saperne nulla, dopodiché tornò a fissare in silenzio la prigioniera.

«In nome di Dio, parlate!», insistette lei. «Quale motivo avreste, ormai, di negarmi la verità?»

«La verità?», la zittì Pedro González, quasi non la ritenesse degna di pronunciare una simile parola. «La verità è che ora siete in mio potere e che mi confesserete tutto ciò che sapete su Ramiro Álvarez. Perché, madonna, sospetto che vostro suocero non si sia limitato a nascondere questi documenti». E le mostrò le pergamene. «Il mio timore è che abbia tentato di penetrare il mistero cui esse fanno menzione».

73

Prima che Ignazio riuscisse a capire dove fosse finito sentì una mano afferrarlo per il braccio e aiutarlo a rimettersi in piedi. Il buio era talmente intenso che dovette tendere i palmi per individuare la persona che gli stava di fronte.

«State bene?», domandò la voce trafelata di Sarwardo con un sussurro.

«Io sì», rispose il mercante, toccandogli la faccia. «Voi?»

«Solo un graffio», fece il magister. «Siamo caduti in una galleria sotto la caverna».

«Riuscite a distinguere qualcosa?»

«Per di qua!».

Ignazio sentì la mano del compagno guidarlo attraverso uno stretto anfratto, dopodiché scorse un chiarore giallognolo e i contorni di pareti simili alla gola di un'enorme creatura di pietra.

«Dite che ci abbiano scoperti?», continuò Sarwardo mentre avanzava a capo chino davanti a lui.

«Non ne ho idea. Ma dal momento che non odo rumori provenire dall'alto, è presumibile che neppure loro sentano noi».

«*Loro*», ripeté con amarezza il magister. «Le *mascae*, è così?»

«Chi altri avrebbe potuto seguirci nel deserto?».

Sarwardo gli fece cenno di rallentare. D'un tratto la luce era diventata abbacinante. Fuoriusciva da un'apertura sopra le loro teste, accanto a una parete scabra alta all'incirca otto piedi. Il magister lasciò il bastone grazie al quale si era sostenuto fino a quel momento e allungò le braccia nel tentativo di arrampicarsi verso la cavità, ma era troppo debole per riuscire nell'intento. Ignazio, pertanto, lo spinse dal basso, evitandogli di scivolare, poi s'inerpicò a sua volta, ritrovandosi d'un tratto all'aperto, su una superficie incrinata di pietra giallastra. E con suo grande stupore si rese conto di essere sbucato molto più in alto di quanto avesse immaginato.

Di preciso erano usciti da una cavità situata sul fianco del calanco in cui si apriva la caverna. Davanti a loro, a circa venti piedi più in basso, si scorgeva il carro col buon Ismaele intento ad aspettarli. Accanto a lui c'erano due cavalli sellati di tutto punto, con lunghe spade fissate all'arcione.

Ignazio fece giusto in tempo a vedere tutto ciò che dovette appiattirsi di scatto contro le rocce. Uno dei due uomini in nero era appena uscito all'esterno.

«Ci ha scoperti?», fremette Sarwardo, che parimenti a lui aveva fatto in tempo a nascondersi.

«Non credo», gli rispose, sollevando il capo con cautela per controllare.

Si trattava del biondo senza un orecchio. A giudicare da come si comportava pareva non sospettare minimamente d'essere spiato. Il mercante lo vide raggiungere uno dei cavalli, prenderlo per il morso e guidarlo verso l'interno della caverna.

«Ma cosa diavolo...», mormorò il magister.

«Non possiamo far altro che aspettare», sospirò Ignazio, spostando l'attenzione verso il carro. Anche se l'avessero raggiunto non sarebbero mai riusciti a fuggire senza allertare i due sicari, e tentare di allontanarsi a piedi sarebbe stata una follia ancor più grande.

Erano bloccati fino al calare della notte, rifletté con angoscia. Sempre che gli uomini in nero non li avessero trovati prima.

74

«Io non so nulla delle carte di Ramiro!», esclamò Sibilla, mentre la rabbia le faceva tremare i polsi immobilizzati dai legacci. «Non conosco il loro contenuto, né tantomeno in quale modo se ne volesse servire mio suocero».

«Davvero non immaginate minimamente a cosa alludano?», volle sincerarsi Pedro González.

«Nella maniera più assoluta».

«Eppure», obiettò il domenicano, «le carte reperite nello studiolo di suor Ximena lascerebbero supporre il contrario».

«Suor Ximena è stata uccisa prima di informarmi al riguardo», si difese la donna, cercando nella semioscurità delle segrete il viso di María Sol. Alla notizia della morte della consorella, la badessa di Las Huelgas pareva essersi ancor più incupita. «Si è sacrificata per difendermi», soggiunse Sibilla con sincero rammarico.

«E vostro marito?», tornò alla carica fra' Pedro. «Non vi ha mai parlato di quelle carte?».

La prigioniera abbozzò una smorfia beffarda. «Dubito persino che egli sia mai stato al corrente della loro esistenza».

Col rotolo di pergamena in una mano e il bastone nell'altra, il religioso prese a camminarle intorno col suo passo malfermo. Fernan de Rada, le braccia conserte e la schiena appoggiata alla parete, lo scrutava con l'impenetrabilità di una sfinge.

«Ammesso che diciate il vero», continuò l'interrogatorio fra' Pedro, «come avreste appreso della loro esistenza?»

«Grazie a suor Ximena», rivelò Sibilla. «Mi ero rivolta a lei nella speranza che m'indicasse un cavillo giuridico in virtù del quale riscattare i beni di famiglia. Mai e poi mai avrei creduto che mi mettesse al corrente di un enigma legato a mio suocero».

Un sorriso affiorò sulle labbra di María Sol. «Devota a Ramiro Álvarez fino all'ultimo...».

Sibilla la fissò contrariata. «Non credete che se lo fosse stata veramente avrebbe mantenuto il segreto anche con me?»

«Al contrario», rispose la badessa, attirando su di sé gli sguardi di Pedro González e di Fernan de Rada. «Vostro suocero *voleva* che il contenuto di quelle carte venisse divulgato. Se le nascose fu solo per ordine di Berengaria. Ma nemmeno Berengaria poteva immaginare che Ramiro avesse messo suor Ximena al corrente dell'intrigo».

«Ah!», s'infiammò il domenicano. «Se solo avessi sospettato che suor Ximena sapesse... Se solo mi fosse giunta notizia che quella monaca aveva un legame con Ramiro Álvarez...». E fissò con astio María Sol. «Anche di questo devo incolpare voi, che avete taciuto per anni la loro tresca!».

«Avete ottenuto quel che volevate», ribatté la religiosa. «Perché non vi dite pago e lasciate andare questa donna?»

«Perché questa lettera è *pericolosa*!», sbraitò di colpo fra' Pedro. «Troppo pericolosa per chiudere la questione come se nulla fosse!».

«Lettera?», ripeté Sibilla, disordinata. «Ma quale insidia potrebbe rappresentare una lettera che mio suocero non avrebbe mai inviato a nessuno?»

«Non avete ancora capito?», sentenziò il domenicano, riversando su di lei tutto il suo sdegno. «Ramiro non fu l'autore di queste carte, *ma il loro depositario*! Ne entrò in possesso ai tempi in cui lavorava come notarius presso la cancelleria del re di León, ma quando la notizia trapelò era già troppo tardi: sia lui che la lettera erano spariti, lasciando l'integrità di Madre Chiesa esposta alla più grave delle minacce!».

«Ma...», non poté evitare di chiedere Sibilla, «quale sorta di minaccia può mai essere così grande da spaventare la Chiesa?»

«L'esistenza di *un'altra chiesa*», rispose con tono enigmatico González. «Una chiesa fondata dall'eretico Nestorio in una terra remotissima, al di là della Persia e del Catai. Una chiesa che d'un tratto, dopo secoli di silenzio, rivela la propria esistenza, minacciando gli equilibri della fede e della supremazia del soglio di Pietro!».

La rivelazione fu così improvvisa e stupefacente che Sibilla si ritrovò a fissare le pergamene strette in pugno dal domenicano, incapace di credere che al loro interno si celasse la testimonianza di una simile scoperta. L'esistenza di un'altra chiesa! Il pensiero che la sua famiglia fosse stata l'inconsapevole depositaria di un tale segreto la sconvolse al punto da farle dimenticare per un attimo la condizione di prigionia in cui si trovava.

Dopo aver fissato l'espressione sbalordita della donna come se si fosse trattato della peggiore delle sconfitte, fra' Pedro voltò le spalle e marciò col suo bastone da zoppo verso l'uscita delle segrete. «Fernan, fate da guardia alla prigioniera», ordinò, per poi rivolgersi con eguale autorità a María Sol: «In quanto a voi, raggiungetemi subito in refettorio. Ho estrema necessità di parlarvi in privato».

75

Ignazio non aveva idea di quanto tempo fosse trascorso quando sentì Sarwardo richiamarlo all'attenzione e invitarlo a osservare ciò che stava accadendo ai piedi del calanco.

Dopo essersi strofinato gli occhi feriti dal barbaglio del sole, il mercante si sporse tra le rocce per guardare di sotto e, con grande stupore, vide i due uomini in nero montare in sella ai loro destrieri. Uno dei due teneva in mano una lunga asta che mandava riflessi dorati.

«Cos'è quell'oggetto?», bisbigliò Sarwardo con un piglio di bramosia.

«Domandatevi piuttosto per quale motivo se ne stiano andando senza averci cercati», replicò Ignazio.

«Forse hanno altri piani».

«Sono più propenso a credere che ci vogliano tendere un tranello. Fingono d'andarsene per spingerci a uscire allo scoperto».

Il magister pareva quasi non averlo udito. I suoi occhi restavano puntati sull'asta stretta in pugno da uno dei Veggenti.

Ignazio, dal canto suo, studiò le mosse dei due sconosciuti finché non li vide dar di sprone e sparire al trotto fra le sporgenze di pietra color ocra. «State pur certo che non andranno lontano», mormorò, aspettandosi un commento che, tuttavia, non giunse.

Voltatosi quindi verso Sarwardo, si accorse che quel folle aveva iniziato a calarsi tra le rocce. «Tornate subito indietro!», lo richiamò. «Non siamo ancora al sicuro!».

Ma il magister continuò imperterrito la discesa, incurante delle sue precarie condizioni di salute e del pietrame che gli franava tutt'intorno, esponendolo al rischio di scivolare.

Soffocata un'ingiuria, il mercante stette a guardarlo finché non lo vide posare i piedi alla base del calanco. Poi, valutando che ormai il danno era stato fatto, si rassegnò a seguirlo.

Sarwardo però sembrava non avere alcuna intenzione di aspettarlo.

Ripreso fiato, ripartì immediatamente nella direzione del carro, dopodiché varcò senza indugio l'entrata principale della caverna.

«Maledetto pazzo!», sbottò Ignazio mentre gli andava dietro a grandi falcate. «Cosa diavolo gli sarà saltato in mente adesso?».

Un attimo dopo lo ritrovò.

Era inginocchiato davanti al sarcofago, con le mani nei capelli. Una smorfia di disperazione gli trasfigurava il volto.

Il mercante gli si mise a fianco senza proferire verbo e, in un amalgama di soggezione e di meraviglia, posò lo sguardo sulla tomba.

I due uomini in nero l'avevano profanata.

Trascinata a terra dalla spinta del cavallo, la lastra di porfido rosso giaceva capovolta accanto al sepolcro.

E ciò che per secoli aveva dormito sotto di essa mostrava le sue bianche mascelle alla luce del sole.

76

Padre González camminava avanti e indietro per la sagrestia con gli occhi puntati sul pavimento di pietra. Il suo bastone non faceva che picchiettare contro la superficie, accompagnato dal tedioso strascichio del piede sinistro, quello della gamba offesa.

«Sapevate del contenuto della lettera?», domandò a María Sol non appena quest'ultima ebbe chiuso dietro di sé il portone della stanza.

«Me ne ero fatta un'idea, anche se non precisa», ammise la religiosa. «Per tutto questo tempo non mi sono mai azzardata a leggerla».

«E ora vi rendete conto della minaccia?», continuò il domenicano, intento ad aggirarsi come una belva in gabbia. «Una chiesa di Nestorio! Per l'ira degli angeli! L'eresia catara, al confronto, appare una storiella per bambini».

La badessa abbozzò un gesto d'impotenza. «Non capisco di quale aiuto possa essere io in una simile questione».

«Avreste potuto esserlo a suo tempo, per l'Ordine di san Domenico», le rinfacciò González, per poi alzare finalmente lo sguardo su di lei. «Ma non è di questo che intendo parlarvi».

«Allora di cosa?»

«C'è una faccenda che mi tormenta».

«Se siete dell'opinione che vi abbia nascosto dei particolari...», dichiarò la badessa, pronta a difendersi.

Fra' Pedro scosse il capo. «Non riguarda voi. Non direttamente, per lo meno». Le indicò quindi uno scranno affinché si sedesse e, non appena la vide prendere posto, aggiunse a voce bassa: «Poiché siete tra le persone coinvolte nelle vicende riguardanti gli Álvarez, ho necessità di porvi una domanda: voi o le vostre consorelle vi siete imbattute, di recente, in uomini mascherati?».

María Sol non riuscì a dissimulare lo sconcerto. «Alludete ai sicari di cui ha fatto menzione domna Sibilla?».

Il domenicano annuì.
«Ma se quella donna era in buona fede», seguitò lei, «perché l'avete trattata da bugiarda?»
«Perché mi ha colto impreparato», le confessò a costo di mettere a nudo un suo punto debole. «Inoltre, si tratta pur sempre della moglie di Ignazio da Toledo, una persona avvezza alla scaltrezza e ai sotterfugi. Se l'avessi assecondata, sono certo che ne avrebbe approfittato per confondermi».
«Comunque dovrete sbrigarvela da solo», tagliò corto la badessa, mostrandosi a ogni parola più circospetta. «Io non ho nulla da dirvi al riguardo di uomini mascherati».
«E di messaggi ambigui?», la incalzò fra' Pedro.
Prima che María Sol potesse ribattere, il religioso aveva già estratto dalla svasatura della manica un foglio di pergamena. «L'ho reperito nel monastero di San Miguel de Escalada», spiegò mentre glielo mostrava. «Il luogo in cui sono stati trucidati i servi di Ignazio da Toledo».
Nient'affatto impressionata dal sentir parlare di omicidi, la religiosa diede una scorsa al documento. «Un alquanto curioso riferimento a Manasse... Di certo il Manasse del *Libro dei Re*, capitolo ventesimoprimo...», mormorò, per poi citare a memoria: «*Fece ciò che è male agli occhi del Signore... Eresse altari a Baal... Praticò la divinazione e la magia... Costruì templi a tutta la milizia del cielo...*».
«Suppongo si tratti di un'allusione ad Álvarez», chiarì il domenicano.
«Padre o figlio?».
González abbozzò un sorriso sprezzante. «C'è forse differenza? Sono entrambi eretici e ribelli, anche se in diversa misura».
«E questo nome?», riprese María Sol, indicando una parte del testo. «Saint-Vehme... L'ha pronunciato anche Sibilla, se non m'inganno».
«È proprio questa la ragione della mia inquietudine». Fra' Pedro fece sparire la pergamena fra i risvolti della tonaca e si guardò intorno, colto dall'improvvisa sensazione che qualcuno lo stesse spiando. «Temo che gli autori di questo messaggio siano la stessa gente che ha trucidato i servi di Ignazio da Toledo e la badessa di Santa Eufemia».

«Anche suor Ximena?», sobbalzò la religiosa.

«Anche lei, la vostra antica sodale», confermò il domenicano, mentre rammentava d'un tratto che anche il figlio di Ignazio da Toledo, quando era stato arrestato e trascinato nella prigione di Mansilla, aveva fatto menzione di una setta di uomini mascherati. Parole alle quali forse, rifletté, avrebbe dovuto dare maggior peso.

«È per questo motivo», interruppe i suoi pensieri la badessa, «che mi avete voluto mettere a parte di queste vicende? Perché speravate che il mio legame con suor Ximena vi aiutasse a far chiarezza?»

«A mio parere è *tutto* collegato», sospirò fra' Pedro, resistendo alla tentazione di dilungarsi in un ragionamento ormai infruttuoso. «Peccato che noi», si limitò a concludere, «siamo talmente ciechi da non distinguere i fili che ci uniscono l'uno all'altro».

Dopodiché, senza nemmeno degnarsi di prendere commiato, uscì a testa bassa dalla sagrestia.

77

Memento mori, sembrava sussurrare lo scheletro attraverso la chiostra malandata dei suoi denti. Ignazio immaginò quelle parole giungergli alle orecchie con un accento remoto, quasi esotico. L'accento di un uomo che doveva aver calcato i piedi sulla terra ai tempi in cui il dio cristiano non si era ancora incarnato. Tempi in cui le divinità avevano sembianze di capri, sciacalli ed esseri alati.

Disteso supino nella vasca di pietra, il corpo era avvolto in lembi di tessuto i cui colori erano andati ormai perduti. Permaneva tuttavia, nella salma, un'aura di solennità, quasi un afflato di grandezza restia a involarsi dalle ossa.

Fu a causa di quella sensazione che Ignazio provò disagio davanti ai segni della profanazione. Un disagio che crebbe alla vista della mano destra, l'unico arto ad apparire scomposto, come se qualcosa fosse stata strappata dalle dita.

«L'asta di metallo», proferì Sarwardo, rubandogli le parole di bocca. «Quei due sacrileghi hanno portato via il suo scettro».

Oltre al risentimento, la voce del magister tradiva una profonda delusione. La delusione di chi, fino all'ultimo, aveva probabilmente sperato di trovare in quel sarcofago il corpo intatto di una persona sprofondata in un sonno miracoloso.

Il mercante si astenne dal replicare. Aveva spostato l'attenzione sulla lastra di porfido caduta a fianco del letto di pietra, accorgendosi che mostrava un rovescio ricoperto di incisioni.

Dopo essersi inginocchiato per guardare da vicino, identificò un cartiglio simile a quelli scolpiti sul lato opposto, ma meglio conservato. Al suo interno si distingueva con chiarezza un cerchio suddiviso in tre settori tramite un sistema di linee che assumevano la vaga forma di una T.

Fuori dalla circonferenza, sul lato sinistro, compariva inoltre una piccola testa di cane.

«Cosa avete scoperto?», domandò il magister, scrutando sia lui che l'incisione.

«Una *imago mundi*», spiegò il mercante, «ossia una rappresentazione alquanto semplicistica dell'ecumene. Il cerchio rappresenta i confini della Terra. I tre spazi in cui è ripartito sarebbero i continenti dell'Europa, dell'Africa e dell'Asia. Le linee, invece, corrispondono ai mari interni».

«Rammento d'aver contemplato schemi del genere nelle opere di Tolomeo, di Isidoro di Siviglia e di Onorio di Autun», si mostrò d'accordo Sarwardo, per poi puntare l'indice sulla testa di cane. «E questo cosa sarebbe? Un altro riferimento alla stella di Sirio?»

«Può darsi...», mormorò Ignazio, cercando di afferrare un'intuizione che continuava a sfuggirgli tra i pensieri. Perché mai, si domandava, inserire una figura così insolita all'interno di una rappresentazione del *mundus*? E perché proprio in quel punto preciso, ai limiti dell'ecumene? «Si trova a sud-ovest dell'Africa...», rimuginò ad alta voce. «Ai confini delle terre emerse, l'estremo occidente conosciuto...».

«L'estremo occidente *esistente*», lo corresse l'uomo di Salamanca con una smorfia perplessa. «Che io sappia, al di là dell'Africa e del mare Oceano c'è solo il regno dei venti».

A quelle parole il mercante soffermò lo sguardo su alcune linee curve che, realizzate con gran maestria dello scultore, parevano fuoriuscire dalle fauci del cane, quasi alludessero al suo fiato.

«Ma certo, i venti!», dichiarò con un'esclamazione di entusiasmo. «Anzi, *il* vento! *Quel* vento!».

Sarwardo spalancò la bocca. «Non starete seriamente alludendo a...».

«A Libonotus, il vento di garbino! Non capite? Fin dall'inizio quel nome ci ha indicato la direzione ultima da seguire. Il punto d'origine dell'enigma!».

«Ma a occidente dell'Africa non c'è *nulla*!».

«Conosco una persona disposta a sostenere il contrario», replicò Ignazio con sempre maggior sicurezza. «Un sapiente che potrebbe essere di grande aiuto alla nostra ricerca».

«Vi rendete conto che significherebbe proseguire il viaggio in terra moresca?», obiettò Sarwardo, tra lo sbalordito e il disorientato.

«Oltre lo stretto di Gebel Ṭāriq[7]», annuì il mercante, mentre continuava a fissare l'imago mundi per trovar conferma alle proprie supposizioni. «Nelle meravigliose lande della Barberia».

Nel magister, però, sembrava esser venuto meno l'entusiasmo che lo aveva accompagnato fin lì. I suoi occhi non facevano che fuggire di tanto in tanto al teschio in fondo al sarcofago, quasi nella speranza di cogliere un barlume di vita in quelle orbite cave. «E i vostri inseguitori?», rammentò d'un tratto al compagno. «Vi siete forse scordato di loro?».

Ignazio lo sorprese con un sorriso volpino. «Tutt'altro», sentenziò. «La Saint-Vehme è talmente presente nei miei pensieri che, alla luce degli ultimi accadimenti, credo d'aver intuito la sua strategia. Una strategia, oserei dire, oltremodo inconsueta per un tribunale di tagliagole».

Quindi, rivolto un ossequioso cenno di commiato al corpo che giaceva nella tomba, s'incamminò verso l'uscita della grotta.

[7] "La montagna di Ṭāriq": nome arabo da cui deriva il toponimo di Gibilterra.

78

Segovia, dormitorium di San Millán
12 aprile

Dopo aver invitato il pellegrino a entrare nella stanza, Fulgenzio si mise a sedere a fatica contro lo schienale del letto, incapace di trattenere un gemito di dolore. «Vorrei vedere voi», ridacchiò, «con un buco nella pancia».

«Dovete esser caro a Dio», lo assecondò lo sconosciuto, osservando le sue dita intrecciarsi sul ventre avvolto di bendaggi. Era un uomo di media statura, con indosso una cappa marrone scuro, guanti e calzari dello stesso colore. «Non sono in molti», soggiunse, «a poter raccontare d'essere sopravvissuti a una pugnalata nella pancia».

«Non è stata tanto la pugnalata a spaventarmi», confessò il prete, «quanto la caduta nel pozzo. Per fortuna, i due scellerati che mi ci hanno spinto dentro non si erano accorti che la pioggia l'aveva colmato fin quasi all'orlo. Dopo che se ne sono andati, ho trovato la forza di arrampicarmi e di trascinarmi fino al chiostro, dove ho urlato a squarciagola finché...».

«Gli scellerati di cui parlate», lo interruppe il pellegrino, «indossavano per caso delle maschere?».

Fulgenzio dissimulò la sorpresa con un colpo di tosse. «Era... era troppo buio per poter distinguere le loro facce».

«Lo immagino. I vostri confratelli sostengono che quella notte si fossero aperte le cateratte del cielo».

«C'era tempesta, sì. Un vento e una pioggia d'una violenza inaudita».

«E voi cosa ci facevate nel frutteto, da solo, sotto un simile diluvio?»

«Io... io avevo sentito delle voci risuonare dall'esterno. Essendo il factotum del parroco, mi sono precipitato fuori a controllare».

«Dopodiché vi siete imbattuto nei due figuri che vi hanno accoltellato. Ho ben compreso?».

Il prete confermò con un cenno del capo, dando a intendere con una smorfia dolente di voler chiudere il discorso.

Il pellegrino, tuttavia, continuò a scrutarlo con le braccia conserte. C'era qualcosa di vagamente familiare in lui. Nel suo modo di osservare.

«Probabilmente si trattava di banditi», aggiunse Fulgenzio, accampando la stessa giustificazione fornita ai confratelli. «Nonostante questi feudi godano della protezione di valenti soldati, di tanto in tanto subiscono i saccheggi di qualche banda di predoni».

«Dei predoni avrebbero rubato i candelabri d'oro della vostra bella chiesa», obiettò lo sconosciuto, lasciando trapelare una nota di diffidenza. «Invece, parlando col parroco, ho appreso che non è stato portato via nulla. Non vi sembra piuttosto strano?»

«Io... io non saprei dire».

«Oppure *non volete* dire?», replicò il pellegrino, aggrottando la fronte.

Il prete si schiacciò contro lo schienale del letto. «Messere...», balbettò. «Non capisco a cosa vi riferiate...».

«Alla tomba», gli rispose secco lo sconosciuto.

Fulgenzio sentì le budella rimescolarsi nello stomaco. «Quale... tomba?».

L'uomo al suo cospetto estrasse dall'interno del guanto un minuscolo rotolo di pergamena e, dopo averlo aperto, glielo mise davanti agli occhi. «La tomba menzionata in questo messaggio insieme al nome di Ignazio da Toledo».

«Ignazio da Toledo?», ripeté il prete, senza neppure degnarsi di leggere. «Io non conosco nessun Ignazio da Toledo, e nemmeno so di alcuna tomba... M'intendete, messere? Dev'esserci stato un errore, un grave errore... A meno che non vi siate rivolto alla chiesa sbagliata».

«Può darsi che non conosciate il nome di mio padre», gli concesse a quel punto Uberto, stanco di giocare al gatto col topo. «Ma secondo i vostri confratelli, coi quali ho parlato poc'anzi, voi siete amico di vecchia data del magister che lo accompagna. Mi riferisco a Sarwardo di Salamanca. Vorreste forse negare di conoscere anche lui?»

«No, per carità… Non potrei mai negare una simile evidenza…».

«In tal caso», lo incalzò Uberto, «non vogliatemene se vi chiedo di raccontarmi ancora cosa vi è successo. Stavolta, però, gradirei la verità. Perché, mio buon padre, scommetto che il pugnale che vi ha bucato la pancia aveva un'elsa a forma di croce…».

79

Anno Domini 1232
Idibus aprilis

Pedro González intinse la penna d'oca nell'inchiostro e continuò a scrivere:

È con spirito contrito che informo la Santità Vostra, papa Gregorius, nono del vostro nome, d'aver tenuto nascosto alla sede apostolica fatti risalenti agli anni di governo precedenti all'incoronazione dell'attuale sovrano di León e di Castiglia, l'augusto re Ferdinando iii. Fatti, intendo, che coinvolgono da una parte l'Ordine dei frati di san Domenico e dall'altra la regina madre Berengaria di Castiglia, per volontà della quale gli accadimenti che mi accingo a illustrare sono rimasti celati per lungo tempo.

Rilesse quanto scritto, sincerandosi di non essersi espresso nei confronti della madre del suo re in modo che potesse apparire velatamente irrispettoso, quindi aggiunse:

I fatti si collegano a una lettera inviata ad Alfonso ix di León, padre dell'attuale sovrano, in data imprecisata. A impossessarsene fu uno dei suoi notai di maggior fiducia, mastro Ramiro Álvarez, il quale, forse intuendo la pericolosità di detto documento, o forse pensando di poter ottenere un profitto personale, decise di rivelarne l'esistenza a Berengaria. Una testimone di riguardo, la reverenda badessa María Sol di Las Huelgas Reales, sostiene d'aver ricevuto ordine dalla regina madre di custodire, in vece di mastro Ramiro, la lettera cui alludo. E così ella ha continuato a fare fino a oggi. Ignoro, al momento, quale parte abbia avuto nella vicenda l'allora sovrano di León, pur reputando io impossibile che egli sia rimasto all'oscuro. Tanto più che mastro Ramiro ricevette da lui importanti donazioni, prova, a mio giudizio, di una tacita connivenza, se non addirittura complicità.

Già all'epoca, l'Ordine di san Domenico nutriva forti sospetti sull'esistenza della lettera. Avendola tuttavia cercata invano non ha mai potuto confermarla, né tantomeno sottoporre a interrogatorio le persone implicate nel suo occultamento, vista l'apparente assenza di prove.

E il mistero avrebbe potuto perdurare ancora per lungo tempo, sennonché, essendomi giunto lo Spirito Santo in soccorso, ho potuto finalmente mettere le mie mani sulla lettera incriminata e valutarne le insidie.

Insidie enormi, a mio giudizio, provenendo essa, nel caso si tratti di un documento autentico, da un regno remoto governato da un rex et presbyter di nome Johannes che si professa gran sacerdote di una chiesa fondata da Nestorio, le cui tesi furono condannate come eretiche ben otto secoli or sono. Una chiesa, pertanto, che andrà trovata e convertita alla Salvezza della Vera Fede oppure distrutta nel nome di Dio, giacché *in furore Suo conturbabit eos*[8].

La lettera, di cui mi pregio di allegare una copia alla presente missiva, include riferimenti a località, a persone e a itinerari utili a raggiungere il regno del presbyter Johannes, ragion per cui io non mi sentirei affatto di escludere, in tutta coscienza, che Ramiro Álvarez abbia indagato al riguardo, cercando dove non avrebbe dovuto cercare, e approfondendo la conoscenza di una dottrina che, pur fingendosi cristiana, non lo è affatto.

Fra' Pedro staccò la penna dalla pergamena, soffiando sulle righe che aveva steso con furia affinché seccassero.

Si accinse quindi a redigere una nota di chiusura quando, colto da un improvviso ripensamento, portò una mano alla fronte e richiamò alla memoria gli accadimenti delle ultime settimane. Le ammissioni proferite da Uberto Álvarez durante l'arresto, l'uccisione dei servi presso San Miguel de Escalada e di suor Ximena a Santa Eufemia,

[8] "Li spaventa nel suo sdegno", *Salmo* 2,5.

il messaggio riferito a Manasse mostratogli dall'abate Leocadio, le allusioni di Sibilla a misteriosi sicari...

Incapace di trattenersi, aggiunse di getto:

Non che le mie preoccupazioni vertano sul peccato mortale commesso da mastro Ramiro, giacché egli è deceduto da molti anni, quanto piuttosto sul figlio, mastro Ignazio Álvarez, sedicente mercante di reliquie che, attraverso gli insegnamenti del padre, potrebbe essere stato infettato ancora fanciullo dall'eresia di Nestorio, al punto da diventare lui stesso una fonte di diffusione ereticale. Un apostolato, intendo, che forse ha già dato i suoi frutti, germogliando sotto forma di una secta di uomini mascherati cui sospetto mastro Ignazio sia a capo.

Pertanto, dopo attente riflessioni, e confidando nell'approvazione della Santità Vostra, questo ingrato servo si assume il compito d'indagare a fondo e con fermezza di spirito al fine di estirpare la malapianta del demonio dalla vigna del Signore.

In nomine Patris, et Filii, et Spiritus Sancti.

Dopo aver riletto con compiacimento la missiva, fra' Pedro vi soffiò sopra della polvere di gesso, la sigillò con la cera e vi appose il marchio dell'Ordine dei Predicatori, dopodiché la consegnò al messaggero che attendeva con pazienza ai margini del suo studio.

«Che sia recapitata a Roma con la massima urgenza», si limitò a dire con aria di gravità. «Presso la camera apostolica».

PARTE QUINTA
L'ISOLA PERDUTA

V'è nell'Oceano una certa isola detta Perduta, la più bella in tutta la terra per amenità e per fertilità, e ignota agli uomini. Se per caso la si trova, poi non la si ritrova più. Per questo motivo viene detta Perduta.

Onorio di Autun, *De imagine mundi*, I, 36

Hic sunt leones.

(Legenda presente nelle antiche cartografie dell'Africa).

80

Segrete del monastero di Santa María la Real
16 aprile

Da quando era stata imprigionata, Sibilla faticava sempre più a quantificare lo scorrere del tempo. Giorni addietro aveva quasi sbagliato il computo, causa i prolungati dormiveglia e la monotonia della reclusione, poi d'un tratto le era parso di udire le campane di Burgos suonare all'unisono per celebrare la santa Pasqua. Ragion per cui, al momento, doveva essere ormai prossima alla domenica *in albis*.

Dopo l'iniziale interrogatorio, fra' Pedro non si era più degnato di farle visita. L'unica persona a tenerle compagnia, di tanto in tanto, era un'anziana monaca, incaricata di prendersi cura di lei sotto ogni aspetto, dal cibo all'acqua e al sapone. Pur contravvenendo alle disposizioni del domenicano, infatti, María Sol non aveva permesso che Sibilla venisse confinata *intra arctos muros*, ossia gettata in un buco fetido, tra la paglia e i topi. La prigione che le aveva riservato era dotata di un giaciglio, di una madia e persino di un candelabro.

Probabilmente un tentativo di sgravarsi la coscienza, si era detta Sibilla, se non addirittura di confonderla. In fin dei conti, benché la badessa di Las Huelgas le fosse apparsa alquanto insofferente nei confronti di padre González, restava comunque una traditrice.

L'unica sua consolazione era il pensiero che Uberto, Moira e Sancha fossero in salvo. Ormai dovevano aver quasi raggiunto la Sicilia, o qualsiasi altra meta prescelta da Ignazio. Tutto sommato, il piano più saggio.

In quei giorni aveva pensato spesso al marito, al modo in cui aveva deciso di allontanarsi dalla famiglia per tenerla al sicuro, ed era giunta alla conclusione d'essersi comportata con eccessiva durezza nei suoi confronti. Dopotutto, da quando l'aveva conosciuto, era forse mai cambiato? Non erano stati proprio il suo acume e la sua irrequietezza a farla innamorare di lui? E sarebbe mai riuscita ad amarlo se fosse stato diverso?

Non è colpa sua, si era detta. Può darsi sia io a essere cambiata. Io ad aver perso il coraggio.

Perché per amare un uomo come Ignazio da Toledo serviva un grande coraggio.

Era proprio immersa in un simile esame di coscienza quando, sul far della sera di quel che reputava fosse il suo diciannovesimo o ventesimo giorno di prigionia, Sibilla sentì scattare la serratura della cella e vide palesarsi sulla soglia la figura di Fernan de Rada.

A differenza del loro ultimo incontro, la barba gli era cresciuta al punto da diventare un tutt'uno con i folti baffi e una cottardita di cuoio nero sostituiva il velluto dei suoi abiti. Appariva anche alquanto incupito, il caballero, quasi che il peso del mondo gli fosse crollato all'improvviso sulle spalle.

Sibilla lo vide fare ingresso con un grosso mazzo di chiavi e richiudere in fretta il battente.

«Perché siete qui?», si allarmò lei. «Perché fra' Pedro non è con voi?»

«Fra' Pedro non si dà requie», le rispose seccamente l'uomo, sputando fuori tutta la sua frustrazione. «Sta inviando frati e armigeri in ogni dove, alla ricerca di vostro marito... Ma a quanto pare quel maledetto non si trova».

«Non capisco...», fece Sibilla, assai confusa. «Mi era parso d'intendere che padre González non fosse più interessato a Ignazio».

«Ha cambiato idea, evidentemente».

«Se quell'idea riguarda le lettere di Ramiro e il loro contenuto, ho già spiegato che mio marito è all'oscuro della faccenda».

Fernan de Rada avanzò verso di lei. «Io invece scommetto che avete mentito... E che sapete pure dove si trovi...».

Sibilla fece appena in tempo a schivare le sue mani, andando a sbattere con la schiena contro una parete.

Un lampo d'eccitazione attraversò gli occhi del caballero. «Dove credete di andare?», ridacchiò, mentre le ghermiva una manica dell'abito.

La donna si scansò d'istinto, senza poter evitare che il tessuto si lacerasse. Quando si rese conto d'essere rimasta a spalla nuda, con uno squarcio nella veste che le scopriva il collo e parte del seno, era già troppo tardi.

Fernan aveva preso a osservarla in un misto di rabbia e di bramosia. «Dimmi dov'è tuo marito, sgualdrina!».

«Io… io non lo so…», disse lei, coprendosi come meglio poteva.

«Sta' ben attenta, ti conviene confessare!».

«Non lo so!», insistette Sibilla, alzando la voce. «Chiamate fra' Pedro, se proprio ci tenete».

Il caballero però, sordo alle sue parole, l'aveva già afferrata per la vita e le si premeva addosso.

«Lasciatemi!», urlò la donna in un tentativo di ribellione.

«Che c'è?», replicò con cattiveria Fernan. «Vuoi ancora sputarmi in faccia? Fallo, su! O devo forse pensare che tu abbia paura di me?».

Per tutta risposta, lei sollevò le mani di scatto e gli graffiò gli occhi. Il caballero emise un grido strozzato e la colpì con un pugno che la mandò a terra tramortita.

«Dov'è quel vigliacco di tuo marito», la schernì Fernan, «mentre tu stai qui a fare la cagna con un altro uomo?».

Sibilla non era neppure in grado di alzare lo sguardo. I suoni erano ovattati e la stanza sembrava oscillare come la tolda di una nave. D'un tratto sentì una mano afferrarla per i capelli e sollevarla dal pavimento. Urlò di rabbia, ma la sua reazione servì soltanto ad aizzare la furia di Fernan, che con una risata volgare la scaraventò sul giaciglio.

Ma proprio mentre l'uomo si gettava su di lei, il battente della cella si spalancò facendo entrare la figura sbilenca di Pedro González.

«Fernan, animale!», l'apostrofò il domenicano. «Come vi siete permesso?».

Il caballero si allontanò di colpo dalla prigioniera. «Non è come pensate!», disse a sua discolpa. «È stata lei… a tentarmi! Io intendevo solo ottenere informazioni sul conto di suo marito… per facilitare le vostre indagini!».

«Compito che non spetta a voi», continuò fra' Pedro, facendogli cenno di uscire immediatamente dalla stanza.

Una volta che si trovò da solo con Sibilla, il religioso raccolse un lembo di coperta scivolata giù dal letto e glielo porse affinché si coprisse la spalla e il petto. «In quanto a voi, madonna», disse con tono glaciale, «sono giunto fin qui per rendervi noto che domani subirete un interrogatorio. E che se vi ostinerete ad affermare di non sapere dove si nasconde vostro marito, verrete sottoposta all'ordalia del fuoco».

Davanti al recinto di pietra di Santa María la Real, Fatima spazzava le foglie secche dal vialetto che conduceva al monastero, spiando di tanto in tanto l'uomo dai lunghi capelli biondi intento a osservarla dal lato opposto della strada. A dispetto della barba arruffata e delle larghe spalle, dietro la quale spuntava l'impugnatura di una spada, la serva non avvertiva alcun disagio. Anzi, non poteva fare a meno di sentirsi lusingata da simili attenzioni. Forse per via di quegli occhi d'angelo. Occhi buoni, anche se non certo mansueti. Occhi che qualsiasi donna avrebbe desiderato avere su di sé.

Quando, tuttavia, vide l'uomo staccarsi dal muretto al quale era appoggiato e avvicinarsi a lei con passo svelto, non poté trattenere un fremito d'inquietudine.

«Non abbiate tema», le disse subito lo sconosciuto, esprimendosi col dolce accento della Linguadoca.

«Le regole del claustro...», balbettò la giovane, stringendo ambo le mani al manico della scopa. «Le regole del claustro m'impongono di non parlare con gli estranei...».

«Siete Fatima?», continuò nondimeno l'uomo. «La compagna di viaggio di madonna Sibilla?».

La serva fu colta dall'istinto di fuggire, ma bastò uno sguardo gentile del forestiero a tranquillizzarla. «Non... non lo sono più», spiegò, provando un'intima vergogna per non riuscire a frenare la lingua di fronte a quell'individuo.

«L'ho sentito dire», annuì lui, quasi comprensivo. «All'Hospital del Rey si vocifera che Sibilla sia stata imprigionata e che voi, invece, siete passata al servizio della badessa».

«La venerabile María Sol è stata generosa con me...», replicò Fatima, domandandosi d'un tratto come un uomo mai visto prima d'allora potesse sapere tante cose. Arretrò quindi di scatto, facendosi improvvisamente guardinga.

«Sono qui per Sibilla», rivelò lui in risposta a quella reazione. «Mi manda suo figlio, Uberto Álvarez. Vi rammentate di lui?».

Prima che Fatima avesse il tempo di proferir verbo, Willalme le aveva già cinto le spalle con un braccio per portarla all'ombra di un albero che sorgeva nelle vicinanze. «Vengo per riportarla alla sua famiglia», soggiunse con un sussurro. «Potreste aiutarmi? Dirmi dov'è tenuta prigioniera?».

La serva era talmente incredula che per un attimo si domandò se non stesse sognando. Strinse quindi il manico della scopa, assecondando la necessità di aggrapparsi a qualcosa di tangibile, poi deglutì. «Se ho ben compreso», mormorò, «intendereste... liberare Sibilla?».

Lui annuì.

«Allora, mio signore, non vi resta molto tempo», abbassò lo sguardo Fatima, «giacché domani verrà condotta al convento dei frati di san Domenico. Per subire un interrogatorio».

81

Africa nord-occidentale, Marrakech

La casa di Abū al-Malik sorgeva nelle vicinanze della moschea di Kutubiyya, davanti al *sūq* dei venditori di libri. Intimo e pieno di luce, l'ambiente risuonava del vociare proveniente dalle strade labirintiche della cittadella berbera, una risacca di rumori che anziché recare disturbo pareva donare un'anima a quella dimora.

Ignazio sedeva su un tappeto di fronte all'ospite, un vecchio avvolto in un caffettano che profumava di liscivia e di cedro, mentre Sarwardo osservava oltre il graticcio di una finestra l'imponente minareto, quasi fosse al cospetto di una presenza ostile. Attraversato il mare a Gebel Ṭāriq, si erano spinti via nave fino a Rabat per poi accodarsi a una carovana di viaggiatori diretti all'antica Mraksch. Una peregrinazione durata settimane, e resa possibile solo dai denari di cui disponeva Sarwardo.

«Un amuleto, un sarcofago, un dio cane…», rimuginò al-Malik, tenendo gli occhi color ardesia puntati sul mercante.

Quest'ultimo annuì. Al fine di proteggersi dal sole e di acclimatarsi alle genti del luogo, aveva avvolto intorno alla testa un turbante bianco e coperto le palpebre con uno strato di *kajal*. «Si tratta di indizi tanto antichi quanto foschi», ammise, «ma ho certezza che alludano al luogo di cui mi accennasti anni fa».

Si stavano esprimendo in un misto di castigliano e arabo che ricordava il sabir dei marinai del Mediterraneo di ponente. Prima di essere pronunciata, ogni parola veniva dosata al pari di una finissima polvere da porre sulla bilancia.

«I tempi di Granada…», mormorò il vecchio con una nota di nostalgia. «All'epoca ero ancora giovane, tu un ragazzo», e dopo un attimo di esitazione aggiunse: «Tuo padre?».

Ignazio evitò l'argomento e pose sul tappeto un lembo di

pergamena. «Ho fatto un disegno», disse, «affinché tu possa comprendere».

L'immagine, tratteggiata attentamente con l'inchiostro, rappresentava il graffito reperito sul rovescio della lastra di porfido. Un cerchio suddiviso in tre sezioni e la testa di cane, all'esterno, intenta a soffiare verso la porzione del globo corrispondente all'Africa.

Fu proprio su quell'ultimo dettaglio che si concentrò immediatamente l'attenzione di al-Malik. «Questo punto», dichiarò, «dal quale tu sostieni scaturisca il vento di garbino o libonotus… Questo punto sembra cadere sul meridiano più occidentale dell'ecumene. Il meridiano primo, di cui parlava già Eratostene più di mille anni or sono».

«*Meridiem…*», ripeté Sarwardo, offeso dal fatto di non riuscire a partecipare alla conversazione.

Il mercante gli fece cenno di star zitto, poi si rivolse di nuovo al vecchio perché proseguisse il discorso.

«Potreste almeno sforzarvi di parlare in una lingua che io capisca!», protestò tuttavia il magister, guardando di sbieco il compagno di viaggio. «Mi avete trascinato fin qui, tra pagani e cammelli, e ora mi mettete in disparte sul più bello!».

«Portate un po' di rispetto!», l'ammonì Ignazio. «Il nostro ospite è un rinomato geografo, amico di grandi sapienti tra i quali il leggendario Averroè. È già un privilegio poter chiedere il suo consiglio, e invece voi vi azzardate a…».

«Il tuo amico ha ragione», intervenne al-Malik con un sorriso indulgente. «Vuol dire che, affinché egli non si senta escluso, mi esprimerò in latino».

«Sta bene», fece Sarwardo con una smorfia compiaciuta.

«Si accennava ai meridiani», riprese il vecchio. «Diversamente da quanto sostengono i poveri d'intelletto, già al tempo dell'astronomo Eratostene gli antichi capirono che la terra era rotonda e provvidero a suddividerla in meridiani e in paralleli al fine di misurarne le distanze. Più di mille anni or sono, i filosofi Cleomede, Ipparco di Nicea e Teone d'Alessandria scoprirono come farlo attraverso l'osservazione delle fasi lunari».

«Le fasi lunari?», esclamò il magister, rivolgendosi al mercante. «Avete sentito? Proprio come nella tomba di presso San Millán!».

Anziché dargli soddisfazione, Ignazio gli rivolse un secondo invito a stare zitto. «Soltanto le fasi lunari?», domandò quindi ad al-Malik.

Il vecchio geografo scosse il capo. «Serviva anche la misurazione del tempo. Al cui scopo furono costruite delle complicate clessidre ad acqua, come quella descritta negli *Hieroglyphica* di Horapollo».

«Possedete davvero quel libro?», si meravigliò il mercante.

«Una rarissima copia», confermò al-Malik, «donatami dagli amanuensi di…».

«Clessidre ad acqua?», li interruppe Sarwardo con un'espressione interrogativa. «Esistono davvero?»

«Come suggerisce il nome dal greco, *ek-klépto*, "rubare", e *hýdor*, "acqua"», chiarì brevemente Ignazio. «Si dice furono inventate dai babilonesi e dagli egizi. Michele Scoto ne possiede una molto antica, non più funzionante».

«Sarà pur come dite», gli concesse il magister, arrossendo a causa della sua ammissione d'ignoranza. «Ma mi riesce arduo comprendere come la misurazione del tempo e l'osservazione della luna possano consentire il calcolo delle distanze geografiche».

«Supponiamo che un osservatore di Venezia veda la luna immergersi nell'ombra della terra a mezzanotte», illustrò con pazienza al-Malik. «Ebbene, per un osservatore di Marrakech lo stesso fenomeno si verificherà con circa un'ora e mezza di anticipo. Perciò, grazie alla luna, possiamo concludere che il sole, per spostarsi dalla posizione di Venezia a quella di Marrakech, ha impiegato un'ora e mezza».

«E tutto questo», proseguì Sarwardo, incapace di tenere la bocca chiusa, «cosa avrebbe a che fare con la raffigurazione sulla lastra del sarcofago?»

«Come stavo spiegando a Ignazio», rivelò a quel punto al-Malik, «la meta cui sembrerebbe condurvi la vostra ricerca si colloca sul meridiano più occidentale del mondo conosciuto». E aprì le mani con un gesto enfatico. «Il limite del mare Oceano, la sede della mitica isola Antilia».

82

Il carro coperto attendeva davanti all'ingresso di Santa María la Real. La luce del meriggio era dorata, e non appena Sibilla si ritrovò a camminare sotto di essa ne percepì il calore quasi feroce. Ai suoi fianchi incedevano Pedro González e Fernan de Rada, seguiti da un pugno di armigeri. L'ordalia del fuoco. Al pensiero di dover affrontare una prova del genere sentiva le gambe farsi pesanti e il respiro greve.

«Aspettate», disse, fermandosi a pochi passi dalla vettura.

Sotto un loggiato del monastero, tra le monache intente a spiarla, c'erano María Sol e Fatima. Quest'ultima abbozzava un sorriso.

Incapace di capire se si trattasse di un segno di scherno o un tentativo di celare il turbamento, la donna riprese ad avanzare, entrò nel cubicolo del passeggero e prese posto su uno sgabello di legno.

«Il momento della verità si avvicina», l'avvertì fra' Pedro, sedendole di fronte con una smorfia impenetrabile.

L'ultima immagine dell'esterno fu Fernan che chiudeva la portella di legno, dopodiché ci furono soltanto lei e il domenicano, nella penombra.

«Io non so davvero dove sia mio marito», disse a quel punto Sibilla, nella speranza di toccargli il cuore. «È questa la verità, e dalla mia bocca non potrà mai uscirne un'altra».

«Se pensate di condizionarmi prima che si giunga di fronte al tribunale spirituale...», la mise in guardia fra' Pedro.

In quell'istante si udì bussare dal lato anteriore. Fernan doveva essere salito sulla serpa, a fianco del conducente, e dava segno che tutto era pronto per la partenza.

Un attimo dopo, infatti, si udì un energico schiocco di redini e il carro iniziò a muoversi.

«Strano», mormorò il domenicano. «Non abbiamo nemmeno atteso che gli armigeri montassero a cavallo per venirci dietro...».

Quasi a conferma delle sue perplessità, l'andamento della vettura si fece di colpo sostenuto e il rollio delle ruote talmente frenetico da far oscillare l'abitacolo.

«In nome di Dio!», protestò fra' Pedro, rivolto al conducente. «Volete rallentare?».

Il carro, invece, aumentò ancora di più la velocità, costringendo Sibilla e il religioso a tenersi ben saldi ai sedili.

«Si può sapere cosa succede?», non si diede per vinto González, picchiando il bastone contro la parete. «Vi ordino di rallentare! Rallentate!».

Ma quasi che il diavolo si fosse impadronito delle redini, la corsa continuò sempre più furiosa a dispetto del terreno che diventava accidentato e pieno di curve. Dall'esterno risuonava il nitrito eccitato dei cavalli e il tambureggiare dei loro zoccoli sul suolo, mentre i rumori della città si facevano via via più lontani.

Tenendosi aggrappato all'asse su cui sedeva, fra' Pedro decise quindi di sbirciare attraverso una feritoia della portella e, dopo che ebbe guardato, si ritrasse con sgomento. «Non siamo più a Burgos!», gridò a Sibilla, come se fosse lei la responsabile di quel bizzarro evento. «Vedo solo alberi! Alberi e cespugli! Si può sapere che cosa sta succedendo?».

La donna evitò di ribattere nel timore di peggiorare la propria situazione. Era sconvolta e basita quanto il religioso, con la differenza che quel diversivo stava posticipando il momento della sua agonia.

Rimase quindi ben muta, assordata dagli strepiti del domenicano, finché il carro non si arrestò con violenza, rischiando quasi di ribaltarsi.

Poi ci fu un rumore di suole che atterravano sull'erba, passi pieni di foga e uno stridere di cardini che accompagnò lo spalancarsi improvviso della portella.

Oltre i contorni dell'apertura, sullo sfondo verde smeraldo della macchia, c'era il conducente del carro. Dal cappuccio di tela della schiavina, ben calato sul capo, spuntava una lunga ciocca di capelli biondi.

Sibilla non fece in tempo a realizzare quel che stava accadendo.

Willalme abbassò il cappuccio e le tese la mano.

«Venite, madonna», le disse, «i cavalli ci stanno aspettando!».

Lei si girò per l'ultima volta verso fra' Pedro, che la fissò di rimando con iridi di brace, quindi si lasciò condurre dal suo salvatore all'esterno. Ebbe solo il tempo di scorgere, accasciato sulla serpa, il corpo senza vita di Fernan. Uno squarcio sanguinolento gli attraversava la gola.

Poi udì un nitrito irrequieto provenire dal folto delle fronde.

Il suono della libertà.

«Portami da mio marito», disse. «Costi quel che costi».

83

«Antilia?», ripeté Sarwardo con tanto d'occhi.

«Un nome che somiglia a un enigma», commentò Ignazio, raccogliendo i pensieri: «*Anti-isola*, *ante-insula*... Se ben rammento, certe leggende la vorrebbero far coincidere con le Isole Fortunate sulle quali approdò san Brandano molti secoli or sono, o addirittura con le mitiche Isole dei Beati».

«Le isole dell'immortalità», confermò il magister. «Ne parlano Plinio il Vecchio e Diodoro Siculo... E anche Onorio di Autun!».

«Il sapiente Onorio tuttavia ricorre a un nome assai meno rassicurante», lo mise in guardia il mercante, «Isola Perduta».

Al-Malik osservava ora l'uno ora l'altro, divertito da quello scambio di battute. Quando, infine, si rese conto che i due compagni avevano preso a fissarlo, entrambi in attesa del suo responso, il vecchio batté le mani. «Sa'īd!», chiamò.

Un attimo dopo, da un uscio collegato a un patio interno si affacciò un giovane ancora imberbe.

«Costui è Abū al-Hasan ibn Mūsā ibn Sa'īd al-Maghribī», disse il vecchio con orgoglio. «Mio nipote. È già un illuminato studioso e un ottimo poeta, ma aspira a scrivere una grande opera di geografia». Quindi si rivolse a lui: «Sii gentile, Sa'īd, recati nel mio studio e prendi *Il libro sugli ornamenti dell'Occidente*, il *Kitāb al-Mughrib* di Muhammad al-Hijārī».

«Un altro testo che non ho mai potuto consultare», confessò Ignazio.

«È un vero peccato», sorrise al-Malik. «Perché si dà il caso che tra le sue pagine venga indicata la rotta per la vostra Isola Perduta».

84

Mare Oceano

Viaggiarono per settimane, ora toccando le coste occidentali dell'Africa, ora spingendosi più a ponente, inseguendo il quotidiano volgere del sole verso la faccia oscura della terra. E ogni volta, al calare delle tenebre, Ignazio si appoggiava all'impavesata di prora per scrutare la stella di Sirio, ormai prossima alla sua alba eliaca. La stella del Cane Maggiore, o Canicola, pareva non abbandonarlo mai. Compagna fedele, luce di presagi e ombra di terribili paure.

L'isola su cui misero piede non era la prima sfiorata dalla loro rotta. Come descritto dal *Kitāb al-Mughrib*, faceva parte di un piccolo arcipelago sparso tra le distese marine, nere sementi di roccia vulcanica gettate dal Demiurgo ai tempi della Creazione, quando le terre iniziavano a emergere dalle acque primordiali.

Ignazio e Sarwardo vi scesero da soli, dopo essersi accordati con i naviganti che li avevano condotti fin là perché li aspettassero.

Trascinata la scialuppa fra i sassi, proseguirono per l'unico cammino praticabile su un'altura ammantata di alberi.

Era l'isola più piccola che avessero incontrato fino ad allora, completamente disabitata, se non da animali selvatici.

Antilia, l'*anti-isola*, non faceva che ripetersi il mercante, cogliendo in quel nome un accenno all'allontanamento dalle cure del mondo. Un taglio netto con ogni legame inutile e gravoso. Con ogni affanno.

L'Isola dei Beati.

Giunti all'imbrunire a metà della scalata, sostarono in una cavità tra le rocce, accesero un fuoco e riposarono fino all'alba, restando rannicchiati contro le pareti ad ascoltare il lamento del mare e i versi degli uccelli notturni. La limpidezza del firmamento era uno spettacolo degno della visione di un profeta. Il caldo torrido delle ore diurne, inoltre, era cessato, lasciando mercé a un vento gravido di frescura, quasi che gli angeli, scesi dalle immensità dell'empireo, avessero deciso di portare refrigerio al mondo col battito delle loro ali.

E il mercante, grato di partecipare a tanta bellezza, chiuse gli occhi e sognò di trovarsi sulle mura di Toledo, davanti a Sibilla.

Lei lo fissava muta, così come era accaduto durante il loro ultimo incontro. Ma non portava più sul volto alcun segno di risentimento.

Teneva tra le mani una maschera insanguinata.

Il secondo giorno di marcia trovarono la caverna.

Sarwardo, che già dal sorgere del sole arrancava al seguito di Ignazio lamentandosi per il dolore ai piedi, richiamò all'improvviso il compagno per fargli notare un'apertura seminascosta tra gli alberi e le pietre, oltre la quale s'intravedevano delle scale scolpite nella roccia.

Tornando sui propri passi, il mercante accese quindi una lucerna di terracotta che aveva portato con sé e iniziò a scendere pian piano, fugando le ombre di quella che sembrava una sorta di anticamera dalle pareti coperte di graffiti. Si trattava, notò con meraviglia, degli stessi caratteri che aveva scorto sul coperchio della tomba di Segovia. La lingua celestiale dei sacerdoti caldei, o di chiunque l'avesse tramandata per secoli finché quest'ultima non era diventata troppo oscura per gli uomini, o questi ultimi troppo indegni per coglierne i segreti.

E pur sapendo d'essere lui stesso indegno di mettere piede in quel luogo, continuò a procedere.

Forse, si disse, non era poi così assurdo credere che, in quell'antro ai confini del mondo, in quel seno di Abramo immerso nel silenzio assoluto, qualcuno dormisse da tempi immemorabili. Nell'attesa, o magari nella speranza, di risvegliarsi in un'epoca in cui la virtù avesse prevalso sui peccati e l'intelletto sulla barbarie.

Sempre che un'epoca del genere fosse mai destinata a sorgere.

Proprio mentre stava formulando quel pensiero, Ignazio si accorse che le scale terminavano e l'anticamera si apriva su un vasto spazio circolare dominato da un oggetto immenso, la cui vista gli strappò dalla bocca una prolungata esclamazione di meraviglia.

Ormai dimentico della presenza di Sarwardo, il mercante posò il lume ai propri piedi e contemplò quell'opera maestosa al bagliore della luce che filtrava dalle crepe e dagli anfratti presenti tra le rocce.

Pareva una gigantesca clessidra di alabastro. Alta quanto cinque o forse addirittura sette uomini, era circondata da tre titanici anelli di metallo collegati a essa mediante un complicato sistema di ingranaggi. La loro circonferenza era di un'ampiezza tale da occupare quasi per intero lo spazio della caverna.

Sulle loro superfici, benché ossidate e in certi punti coperte di piante rampicanti, era possibile distinguere iscrizioni e immagini dai riflessi dorati.

Se Ignazio non poté soffermare l'attenzione su quei particolari, fu per due motivi.

Prima di tutto si accorse d'essere sul ciglio di un baratro. Sotto i suoi piedi, la cavità assumeva l'aspetto di una voragine colma d'acqua probabilmente proveniente dal mare. Al pari di una torre circondata da un fossato, la clessidra s'innalzava proprio dal suo centro.

Il secondo motivo riguardava, invece, ciò che Ignazio vide sulla sommità della clessidra stessa.

Immobile, con un piede avanzato al pari di un guerriero in procinto di battersi, c'era un uomo con la testa di cane.

85

«Una statua… È *solo* una statua», mormorò Sarwardo, come se con quelle parole intendesse fugare l'ancestrale paura suscitata dalla vista del cinocefalo.

Rammentandosi d'un tratto della presenza del compagno, Ignazio si voltò a osservarlo e ne colse l'espressione sbalordita. Un'espressione non dissimile da quella che lui stesso doveva avere sul viso, pensò. Anche se…

Resistette alla tentazione di tornare ad ammirare la clessidra d'alabastro e soffermò l'attenzione sul magister. Dopo tante traversie affrontate fianco a fianco, notava per la prima volta, nelle sue iridi, una sfumatura di ambiguità, se non addirittura di minaccia. E per la prima volta da quando l'aveva incontrato non poté evitare di riflettere su quanto poco sapesse di lui.

Quasi avesse subodorato quell'improvvisa diffidenza, Sarwardo lo distolse dai pensieri puntando un indice avanti a loro. «Guardate, Álvarez!», lo esortò. «Ci sono altre scale».

Il mercante fece appena in tempo a notare una rampa di gradini che, al pari di una lingua di pietra scolpita lungo le pareti della caverna, risaliva intorno alla clessidra fino alla statua del cinocefalo, quando avvertì alle proprie spalle una nuova presenza.

E prima ancora di voltarsi, seppe di chi si trattava.

Ammantati di nero e con le facce nascoste dietro le maschere, i due sicari che l'avevano seguito da San Miguel de Escalada fecero ingresso proprio in quel momento nella grotta. Il primo di loro reggeva in mano lo scettro rubato dal sarcofago di Guadix, l'altro una spada.

«Álvarez, ci avete davvero fatto penare!», dichiarò a quel punto Sarwardo con un accento che, inaspritosi all'improvviso, tradiva la cadenza delle parlate germaniche. «Ma alla fine, fedele alla vostra reputazione, ci avete condotti sino alla meta!».

Ignazio si allontanò d'istinto da lui, ripiegando verso un camminamento diretto alle scale.

«Anche se di quale meta si tratti è ancora tutto da vedere!», soggiunse il magister, rivolgendo ai due Veggenti un cenno di farsi avanti. «Persuasi com'eravamo di rincorrere il mistero dell'immortalità, ci siamo imbattuti in... in che cosa? Spiegatelo voi, Álvarez, se ne avete la scienza».

«Mi avete usato!», riuscì soltanto a proferire il mercante. «È così? Mi avete venduto alla Saint-Vehme?!».

«Non è esatto!», rise Sarwardo, mentre i due sicari si mettevano ai suoi fianchi. «Avete idea di chi siano costoro? Non si tratta di semplici Franchi-Giudici, come forse avrete immaginato. No! Loro sono il sangue del sangue che anni fa avete versato! Sono i figli del conte Dominus, i discendenti della casata che erediterà il controllo della Saint-Vehme! Ci hanno seguiti passo passo, a volte addirittura anticipati, fino a nascondersi nell'ultima nave in cui ci siamo imbarcati. E se credete che questi signori della notte mi abbiano corrotto o minacciato affinché vendessi la vostra pelle, siete molto lontano dalla verità! Semplicemente, si sono serviti di me per arrivare a voi e io della vostra sapienza per carpire i segreti di questa isola sperduta! E tutto questo è accaduto in virtù di un patto stretto molto tempo prima del nostro incontro a San Miguel de Escalada. Ero già un devoto servitore della Saint-Vehme quando scrissi a Michele Scoto per ottenere il suo consiglio... E a dirla tutta non fu certo lui a decidere di inviarvi in sua vece in Hispania, ma *fui io*, con una menzogna, a convincerlo a farlo... poiché le *talamascae* volevano la vostra testa. L'hanno sempre voluta! Vi è tutto chiaro, dunque? Siete stato coinvolto fin dall'inizio per mia volontà! E ora che avete assolto al vostro compito, la discendenza di Dominus è qui per pretendere vendetta!».

Sferzato da quelle parole più violente dei colpi d'un maglio, Ignazio si sentì prosciugato delle proprie forze. Per un attimo non riuscì più a muovere un muscolo, a formulare un ragionamento, come se di lui non fosse rimasto altro che un involucro pieno di rabbia e di paura. «I figli di...», balbettò, rendendosi conto di non essere nemmeno in grado di pronunciare quel nome. *Dominus!* Il nemico che più di tutti l'aveva messo alla prova. Il demone che anche dopo la morte aveva continuato a perseguitarlo negli incubi...

«Ebbene?», lo incalzò il magister. «Volete spiegarmi una buona volta perché gli antichi si diedero tanta pena di nascondere su un'isola perduta quest'opera mastodontica?»

«Voi quindi...», ignorò la sua richiesta il mercante. «Voi avete recitato la parte del buon samaritano... avete addirittura finto di salvarmi la vita... solo per ingannarmi!».

«Darvi il pungolo della minaccia da un lato, e dall'altro un amico che vi tendesse la mano e che vi offrisse un valido pretesto per allontanarvi dal pericolo, ecco qual è stata la mia strategia!». Pareva divertirsi, Sarwardo, nel mettere a nudo le tortuosità del proprio acume. «Confesso che mentre elaboravo questo piano non avevo previsto le complicazioni incorse alla vostra famiglia, ma dopo esserne venuto al corrente le ho sapute sfruttare al meglio! Del resto, chi pensate che abbia inviato l'uomo col pugnale cruciforme nella vostra dimora? Non certo Pedro González! Di sicuro quel povero domenicano non sa che gli emissari della Saint-Vehme si nascondono fra i messaggeri della corte di Castiglia, figurarsi stringere un'alleanza con loro! Ancor più ingenuo però siete stato voi, Álvarez! Voi che avete preso in considerazione l'ipotesi che *questi uomini*», e indicò i sicari mascherati, «fossero al servizio dei frati di san Domenico!».

«E voi, maledetto sciacallo, eravate sempre lì ad assecondare i miei sospetti... A farvi beffa del mio tormento, del mio incessante rimuginare... Persino dopo che vi ho salvato la vita curandovi dal veleno!».

«Forse che il lupo possa provar riconoscenza verso la lepre?», rise acidamente Sarwardo. «Suvvia, Álvarez! La lealtà si condivide tra pari! Ossia, tra bestie con gli stessi denti e artigli!».

«Bestie che si sbranano tra loro! Ecco, idiota, chi servite!».

«Io servo solo me stesso», replicò il magister, con un accento che di parola in parola diventava sempre più odioso. «Tutto quel che vi ho confidato sulle mie ricerche, sulle mie passioni, sulle mie speranze, è la pura verità! Persino il modo in cui venni in possesso dell'amuleto, cioè tramite Fulgenzio, corrisponde al vero! Non immaginate quanto abbia desiderato giungere in questo luogo romito, sfiorare con mano le vestigia della sapienza degli antichi sacerdoti... anche se, ripeto, non è certo quel che mi aspettavo».

«Povero sciocco!», lo canzonò Ignazio. «Avete sperato fino

all'ultimo di trovare la chiave del sonno miracoloso, è così? Dormire in eterno! Estraniarvi per secoli dalla *vita activa*... E ditemi, a che vantaggio? Per risvegliarvi alla fine dei tempi ed esser testimone della fine del mondo?»

«Ci avete *già* portati alla fine del mondo!», gli rinfacciò il magister, scoccando un'occhiata traboccante di bramosia verso la sommità della clessidra. «Ci avete condotti fin dinanzi al dio cane! Eccolo che ci aspetta, il guardiano dell'oltretomba! Pronto a rivelarci i suoi segreti».

«Thot», lo corresse il mercante. «Quello che vedete lassù, a presiedere questo gigantesco *horologium*, è il dio Thot. Il dio degli scribi egizi, il custode della sapienza di Ermete, colui che tutto sa, che tutto conosce, e perciò possiede anche la facoltà di viaggiare nell'oltretomba come l'arcangelo Michele e di controllare il tempo al pari di Aion, il dio dell'eternità».

«L'eternità...?», ripeté Sarwardo.

«A cosa credete di trovarvi di fronte?», fece Ignazio, indicando la clessidra di alabastro. «Questo è senz'altro uno degli strumenti cui alludeva al-Malik. Un misuratore non solo del tempo, ma anche delle fasi lunari e dei movimenti planetari! Avete notato le decorazioni sugli anelli di metallo? Scommetto che rappresentano le divinità celesti e i numi che presiedono i mesi dell'anno, le potenze universali che l'uomo ha adorato sin dalle sue origini».

«Ma... perché costruire un siffatto portento in questa caverna?»

«Se non l'avete ancora compreso, siete più povero d'intelletto di quanto immaginassi».

A quella provocazione, il sicario con la spada avanzò d'un passo per colpire Ignazio. Ma Sarwardo lo fermò con un gesto imperioso.

«In fin dei conti, siete voi a comandarli...», dedusse il mercante, arretrando con circospezione.

Il magister scosse il capo. «Loro si fidano semplicemente di me. Della mia sapienza».

«*Talamascae*», pronunciò allora Ignazio con tono di sfida. «Avete fatto più volte questo nome durante il viaggio. È così, dunque, che usate chiamarvi tra di voi, sgherri della Saint-Vehme?»

«La vostra arte di rimandare l'inevitabile è lodevole», commentò Sarwardo. E dopo aver scrutato i due uomini mascherati, accennò di voler proseguire verso le scale dirette all'apice della clessidra. «A esser franchi», rivelò, «i figli di Dominus non sono giunti fin qui solo perché spinti dalla vendetta. Proprio come me, bramano conoscere il potere che tanto bene avete descritto! E poco conta se questo potere non riguarda il sonno miracoloso! Poco conta se in questa grotta non dormirono i Sette! La statua del cinocefalo, che sembra scrutarci da lassù, avrà senz'altro in serbo per noi un segreto degno dei nostri sacrifici!».

Dopodiché il magister diede ordine di mettersi in cammino sulla rampa di pietra.

86

A mano a mano che saliva sui gradini vecchi di secoli, Ignazio osservava sempre più da vicino la struttura ciclopica dell'horologium. L'intero congegno, un tempo, doveva essere stato alimentato dall'acqua che, riversandosi al suo interno mediante un sistema di canali e di vasi comunicanti, lo teneva in moto perpetuo. I fori praticati sui fianchi d'avorio, di forma decrescente, dovevano essere serviti a provocare la fuoriuscita del liquido, ora dopo ora, mentre gli ingranaggi, al pari di ruote di mulini, generavano il movimento degli anelli metallici, al fine di riprodurre lo spettacolo dell'avvicendarsi dei decani dei giorni e dei mesi insieme alle evoluzioni planetarie, i movimenti dello zodiaco e le convergenze astrali al di sopra del mondo sublunare.

Il prodigio, tuttavia, non si limitava a questo.

Come Ignazio intuiva ripensando agli indizi trovati a Segovia e a Guadix, quel congegno portentoso, costruito non certo a caso in coincidenza del primo meridiano, era stato utilizzato dagli antichi per calcolare le grandi distanze sulla terraferma e le rotte di navigazione. Si trattava, in sostanza, del più sublime strumento concepito dalla mente umana per misurare il creato nella sua forma, essenza e divenire.

Uno strumento in grado di accedere a una forma di potere molto diversa da quella che si aspettava Sarwardo.

«Un ultimo sforzo!», abbaiò quest'ultimo, facendo cenno al mercante di coprire l'ultimo tratto del percorso che terminava a cinque passi dalla sommità della clessidra.

Un tempo, probabilmente, per superare quel tratto si era fatto ricorso a una pedana o un ponticello di legno. Ma ora, fra le due superfici, c'era soltanto il vuoto.

Dopo aver lanciato una scorsa all'uomo in nero con la spada, pronto a respingere ogni tentativo di ribellione, Ignazio dovette quindi arretrare d'un paio di passi e, prese le misure, spiccò un salto ritrovandosi sopra il marchingegno.

Sarwardo e i due sicari fecero altrettanto, giungendo al suo fianco.

La base su cui poggiavano le suole era solida, dello stesso bianco opaco della calcite d'alabastro, delimitata da una robusta struttura in metallo. C'era abbastanza spazio da poter ospitare altre tre persone, ma Ignazio non poté evitare di soffrire l'eccessiva vicinanza dei suoi nemici.

Costretto d'altro canto a fare buon viso a cattivo gioco, rivolse l'attenzione alla statua collocata al centro della superficie su cui si trovava.

Come già visibile da lontano, era una rappresentazione di Thot con testa di cane, alta quanto un uomo di grande statura. Pareva realizzata in bronzo, con inserti dorati a impreziosire i monili che gli adornavano il collo, la cintura e le orecchie.

Un elemento, però, appariva discrepante.

Il dio cane teneva la mano destra chiusa a pugno e protesa in avanti, quasi a voler reggere qualcosa. Ignazio la esaminò con attenzione, scoprendo uno spazio vuoto tra le dita, come se ci dovesse andare inserito qualcosa dentro.

Ancor più singolare era che, in corrispondenza della mano chiusa, sul basamento ai piedi della statua ci fosse un altro foro delle stesse dimensioni.

Una sorta di serratura...

Sarwardo dovette cogliere al volo quei ragionamenti, poiché, giratosi di scatto, si rivolse tutto trionfante al sicario che reggeva lo scettro. «Sapevo che quell'asta sarebbe tornata utile!», disse. «Sapevo che sarebbe servita a qualcosa!».

«Non penserete...», tentò di dissuaderlo il mercante.

«Tacete!», lo interruppe il magister. «Lo scettro è senz'ombra di dubbio la chiave di questo gigantesco ordigno!».

«Ne convengo. Ma vi siete chiesto quali sarebbero le conseguenze, se dovessimo inserirlo al suo posto?»

«Cosa vi succede, Álvarez? Tremate all'idea di imbattervi in qualcosa di troppo grande?»

«Io non intendevo...».

«Prendete lo scettro!», gli ordinò Sarwardo, spazientito. «O giuro sugli angeli vendicatori di Dominus che morirete senza prima aver conosciuto lo splendore dell'ottava meraviglia del mondo!».

Non essendo nelle condizioni di potersi opporre a quel comando, Ignazio prese l'asta dalle mani dell'uomo in nero e, dopo aver esaminato ancora una volta le cavità presenti nella statua, si apprestò a inserirla in quella che pareva la sua sede naturale.

Fu allora che sentì un grido provenire dall'ingresso della caverna.

Colto di sorpresa, il mercante rivolse lo sguardo in quella direzione e, dopo un attimo d'incertezza, rimase fulminato dallo stupore.

Un uomo avvolto in una cappa marrone era appena entrato nella grotta.

Suo figlio Uberto.

EPILOGO

Uberto indugiò sulla soglia della caverna, tra lo sbalordimento e il terrore. La parola che aveva gridato ancora sulle labbra.

«Padre!», chiamò di nuovo, usando tutto il fiato che gli restava in corpo.

In cima alla struttura bianco avorio, Ignazio non rispose. Aggrappato allo scettro di metallo, stava inginocchiato al cospetto della statua di un mostro con la testa di cane.

«Padre!», insistette Uberto, cercando di smuoverlo da quell'apparente stato di vaneggiamento. Come si era aspettato, la Saint-Vehme l'aveva trovato prima di lui. Quel che tuttavia non riusciva a spiegarsi era il comportamento di Sarwardo. Pareva che il magister avesse preso il sopravvento su tutti, dettando regole sia a Ignazio che ai due uomini in nero.

Uberto non si spiegava neppure cosa fosse il luogo straordinario in cui era capitato. L'ardua impresa di seguire le tracce del padre da Segovia a Guadix, dalla casa della povera gente in cui Sarwardo era stato curato dal morso della vipera ai porti di Gebel Ṭāriq, Rabat, fino alla dimora di al-Malik a Marrakech, svaniva di fronte a tanta meraviglia.

Ma il giovane non riusciva a provare altro che orrore. I Veggenti incombevano alle spalle di Ignazio come se bramassero con impazienza di ucciderlo, mentre il magister teneva lo sguardo rivolto alla statua emettendo una risata diabolica.

Ancora un attimo, pensò, e si sarebbe compiuto l'inevitabile.

Sguainato il pugnale che portava sotto la cappa, si guardò quindi intorno per capire come poter raggiungere il padre e, infine, scorse la rampa di scale diretta alla sommità della struttura.

«No!», urlò a quel punto Ignazio. «Devi andartene!».

Uberto si ritrovò a fissarlo dritto negli occhi.

«Non ti lascerò da solo!», rispose.

«Dammi ascolto!», insistette il mercante. «Vattene!». E sollevò lo scettro con un gesto enfatico. «Vai via di qui!», ripeté. «Adesso!».

Prima che Uberto avesse il tempo di comprendere cosa stesse accadendo, vide il padre inserire l'asta ai piedi della statua e, all'improvviso, percepì una sorta di profondo tremito che attraversò le pareti della caverna, quasi si trovasse all'interno di un gigante di pietra appena risvegliatosi da un sonno millenario.

«Vattene!», gridò ancora Ignazio.

Fu l'ultima volta che Uberto sentì la voce di suo padre.

Al tremore seguì il rimbombo di una cascata d'acqua che si riversava all'interno della struttura color avorio. Allo stesso tempo, dal basso risuonò il risucchio di un gorgo proveniente dai recessi della terra.

Uberto vide Ignazio tenersi ben saldo allo scettro, mentre Sarwardo e i due uomini in nero finirono carponi, aggrappandosi l'un l'altro per non precipitare nel vuoto a causa del grande sussulto cui era sottoposta la clessidra.

Infine, con uno stridere metallico che gl'infuse il terrore nelle vene, notò gli enormi anelli fremere con inaudita violenza, quasi cercassero di spezzare dei vincoli invisibili. Finché uno di essi non si staccò dalla struttura e rovinò con un mostruoso sferragliare nell'abisso, facendo crollare le pareti che andava urtando durante la caduta.

«Padre!», chiamò a squarciagola Uberto, sperando di scorgerlo mentre si metteva in salvo.

Tutto quel che riuscì a vedere, però, fu la figura di Ignazio da Toledo, il più impavido e curioso tra gli uomini, scomparire dietro una pioggia di polvere e macerie. Dopodiché dovette ripiegare in fretta verso l'uscita.

E solo allora, quando si trovò alla luce del sole, con la terra che ancora tremava sotto i suoi piedi, si rese conto di quanto fosse successo.

Cadde in ginocchio.

Incapace di capire se si fosse trattato di un incubo.

O se l'uomo che aveva odiato e amato di più in vita propria fosse davvero morto insieme ai suoi nemici.

In quello stesso momento, appostata sul castello di poppa di una grande galea mercantile, Moira osservava il porto di Palermo farsi sempre più vicino. Il viaggio era durato più del previsto a causa di una lunga sosta a Marsiglia, dove Asclepius aveva atteso per settimane il messaggio di Willalme.

A quanto pareva, Sibilla era stata tratta in salvo, ma il segreto di Ramiro, una misteriosa lettera riguardante una chiesa fondata dall'eretico Nestorio, restava nelle mani di Pedro González.

Di Uberto, invece, ancora nessuna notizia.

La donna si asciugò una lacrima.

Giura di essere forte, le aveva detto suo marito. Finché non sarò tornato. Finché non saremo di nuovo insieme.

Prima che la donna potesse fugare il turbamento, si accorse di un uomo in abito da viaggiatore che la stava fissando.

«Le coste della Sicilia vi dispiacciono a tal punto, mia signora?».

Sorrideva, lo sconosciuto. Aveva un volto giovane, rassicurante.

Un volto mai visto prima d'allora.

Moira si asciugò una lacrima. «Perdonatemi», disse con tono scostante. «Mia figlia mi aspetta».

Lui la guardò allontanarsi senza smettere di sorridere.

Poi, appoggiandosi sull'impavesata del castello, scostò un lembo della cappa e accarezzò l'elsa del pugnale inguainato nella sua cintura.

Un'elsa a forma di croce.

NOTA DELL'AUTORE

Scrivere di Ignazio da Toledo significa fare i conti non solo con le conoscenze degli uomini del XIII secolo, ma anche con il loro immaginario. Un immaginario che spesso si interseca con le conquiste dell'intelletto, della scienza e delle esplorazioni geografiche del Basso Medioevo.

La documentazione cui ho fatto riferimento è già in buona parte contenuta in questo romanzo. Riordinando gli appunti che mi hanno accompagnato durante la sua stesura, mi accorgo però che vale la pena spendere ancora qualche parola sui Sette Dormienti. La testimonianza più celebre del loro culto consiste nella *Legenda aurea* di Jacopo da Varagine, che attinse dalla *Historia Langobardorum* di Paolo Diacono e soprattutto dal *De gloria martyrum* di Gregorio di Tours, dove è presente un passo di oscura interpretazione che mi ha indotto a intrecciare il tema del sonno miracoloso (giunto fino a oggi attraverso la fiaba della Bella Addormentata e il magico letargo in cui Marcel Schwob fa sprofondare re Salomone nel racconto del geomante Sufrah) con il culto astrologico del Cane Maggiore. La frase incriminata è la seguente: "*Passio eorum quam, Siro quodam interpretante, in latinum transtulimus*". Con queste parole, non è chiaro se Gregorio di Tours abbia voluto intendere d'aver tradotto la *passio* dei Sette da una fonte siriaca, o se Sirio sia il nome dell'autore di detta fonte.

Sotto gli occhi di un narratore, quel *Sirio* ha presto assunto ben altra consistenza, richiamandomi alla memoria la stella che porta il nome del cane che fece da guardia a Adone morto. Altro esempio, tra l'altro, di sonno immortale. Un tema che dovette affascinare non poco gli uomini d'intelletto delle epoche passate. Basti pensare a Bardo di Magonza che, nel 1043, identificò in un blocco di quarzo il letto sul quale avrebbe giaciuto Brunilde, caduta in un sonno fatato.

Per quel che riguarda il culto di san Cristoforo, le fonti medievali sono innumerevoli. Oltre a Ratramno di Corbie, è il caso di menzionare l'anonima *Passio sancti Christophori martyris*, secondo la quale il santo avrebbe un aspetto di cinocefalo. Riguardo alla tradizione scritta su questo genere di "mostri" dalla testa di cane, siamo invece di fonte a un autentico mare magnum: Solino, Plinio il Vecchio, sant'Agostino, Isidoro di Siviglia, Rabano Mauro, Onorio di Autun, Bartolomeo Angelico, Vincenzo di Beauvais, Marco Polo e Jean de Mandeville. Tra costoro, alcuni collocherebbero questa popolazione fantastica in Asia, altri in Libia (Erodoto) o in Etiopia (Plinio).

Sia i Sette Dormienti che san Cristoforo godono di un culto molto precoce in Spagna, al quale si collega una copiosa quanto distorta tradizione letteraria. In Andalusia questa tradizione porta, tra l'altro, al sito di Guadix, in provincia di Granada, da dove proviene la più antica menzione dei Dormienti di tutto l'Occidente. Altrettanto antiche sono le pitture dedicate a san Cristoforo presso la chiesa di San Millán, a Segovia (XII secolo).

Per "inventare" l'amuleto dei Sette Dormienti in possesso di Sarwardo mi sono ispirato a un esemplare del XII-XIII secolo di provenienza bizantino-islamica e oggi custodito presso il Museo storico di Mosca.

Riguardo al mito di Antilia o delle Isole Fortunate, che secondo alcuni coinciderebbero con le Canarie, ho attinto in parte da Diodoro Siculo, il quale le localizza a molti giorni di navigazione dalle Colonne d'Ercole, e in parte alla *Geografia* di Tolomeo (che la chiamava Απρόσιτος, "isola inaccessibile"), senza dimenticarmi, naturalmente, della mirabolante *Navigatio sancti Brendani* dell'XI secolo. Durante il Medioevo sono in molti a credere che in queste isole leggendarie, sede già secondo gli antichi degli Elisii, ci fosse il paradiso. A questo proposito i geografi arabi chiamarono le isole a occidente dell'Africa Isole Eterne o Isole della Felicità. Fra costoro ci furono Albufeda e soprattutto Ibn Said (che compare in questo romanzo, col suo nome completo, a fianco del nonno al-Malik).

Tutti gli edifici descritti in queste pagine sono realmente esistiti e molti di essi esistono ancora, benché, naturalmente, abbiano subito modifiche nel corso dei secoli. Il *Mons Solurius* è, come testimonia Isidoro di Siviglia, l'antico nome della Sierra Nevada. *Gaurab* corrisponde invece al toponimo medievale del deserto di Gorafe, che si estende coi suoi calanchi tra le località andaluse di Guadix e Baza.

Manca solo di aggiungere qualche spiegazione sull'oggetto portentoso rinvenuto da Ignazio da Toledo alla fine del romanzo.

Molto, su clessidre e idrologi e il loro impiego, è già stato detto nel romanzo attraverso i dialoghi tra i miei personaggi. Basti qui precisare che le fonti su cui mi sono basato – lavorando anche di fantasia – sono il commento di Teone Alessandrino all'*Almagesto* e le esposizioni di Proclo Diadoco sul metodo di misurare il diametro del sole e della luna utilizzando il tempo trascorso dagli astri a percorrere l'equatore attraverso una clessidra o un orologio ad acqua. Anche se Tolomeo, c'è da specificare, pare preferisse le misurazioni effettuate attraverso la diottra.

Prezioso, inoltre, mi è stato Orapollo (scrittore egiziano del V-VI secolo d.C. e già conosciuto dagli amanuensi del XIII secolo), che nei suoi *Hieroglyphica*, oltre a offrire un parallelo tra il cinocefalo, la luna e il dio Thot, porge testimonianza di come, anticamente, le rappresentazioni di questa creatura fantastica potessero comparire sugli apparecchi per misurare il tempo. Apparecchi dotati di dispositivi già in grado di segnalare il cambiamento delle stagioni, come quello messo a punto dall'astronomo di Amenophis I intorno al 1548 a.C., o come quello che fu descritto da Galeno. Apparecchi che continuarono a essere costruiti fino al II secolo d.C. Alcuni dei quali, si dice, di dimensioni così imponenti da apparire come vere e proprie torri.

Chiudo quindi con un doveroso ringraziamento a Ignazio da Toledo, che con le sue avventure e la sua curiosità mi spinge ad approfondire argomenti che hanno sempre affascinato il mio immaginario.

Grazie inoltre alle persone che mi sono state vicine durante la stesura di questo romanzo. *In primis* a Giorgia, che ha condiviso al mio fianco le avventure scaturite giorno dopo giorno dalla scrittura di queste pagine. Poi al mio editore Raffaello Avanzini, alla mia agente Roberta Oliva e a Roberto Galofaro.

E un ultimo grazie, pieno di affetto, ad Alessandra e a Giulietta.

INDICE

Marcello Simoni

Il castello dei falchi neri

Volume di 320 pagine, euro 9,90

Anno Domini 1233. Dopo aver preso parte alla crociata di Federico II, il nobile Oderico Grifone, ormai diventato uomo, fa ritorno alla dimora di famiglia, una grande magione nella campagna di Napoli. Il rientro, tuttavia, non è dei più felici. Sua sorella, Aloisia, è stata data in sposa a un uomo di dubbia reputazione, mentre Fabrissa, una giovane aristocratica con la quale Oderico, prima di partire per la Terra Santa, aveva intrecciato una storia d'amore, è promessa a un altro. Come se non bastasse, la famiglia sembra essere caduta in disgrazia e il castello, un tempo ricco e prospero, versa ora in uno stato di abbandono. Pur non riuscendo a comprenderne il motivo, Oderico intuisce che la madre, il padre e il fratello minore gli nascondono qualcosa. Qualcosa che riguarderebbe il feudo dei Grifoni, una collina sulla quale in molti vorrebbero mettere le mani a causa di un antico segreto custodito tra i suoi fitti boschi. Nel tentativo di risollevare le sorti della famiglia, Oderico resterà coinvolto, suo malgrado, in una serie di efferati delitti che sembrano avere uno stretto legame col più grande motivo d'orgoglio del suo casato: la nobile arte della falconeria.

Marcello Simoni

La profezia delle pagine perdute

Volume di 352 pagine, euro 9,90

Ignazio da Toledo è morto. O almeno questo è ciò che racconta Uberto, suo figlio, quando, nel luglio del 1232, raggiunge la corte di Sicilia nella speranza di riabbracciare la sua famiglia. Palermo, tuttavia, sarà per lui l'inizio di un nuovo incubo. Se di sua madre si sono perse le tracce, sua moglie e sua figlia sono tenute prigioniere in un luogo ben celato. Il loro carceriere è Michele Scoto, astrologo personale dell'imperatore Federico II, convinto che il mercante gli abbia sottratto e nascosto un libro misterioso, la leggendaria Prophetia Merlini. Uberto ignora che le sue disavventure siano intrecciate a quelle di un uomo senza passato che sta navigando su una nave di pirati barbareschi lungo le coste dell'Africa settentrionale e del mar Rosso. Il suo nome è Al-Qalam e, obbedendo gli ordini di un crudele capitano, è alla disperata ricerca di un tesoro inestimabile e capace di legare Dio all'uomo, un tesoro donato in tempi remotissimi da re Salomone alla Regina di Saba. Mentre Al-Qalam lotta per ritrovare la sua identità e Uberto per salvare la madre, Sibilla tenta con ogni mezzo di ricongiungersi alla famiglia e di sfuggire all'acerrimo nemico di Ignazio da Toledo, lo spietato frate domenicano Pedro González…

NEWTON COMPTON EDITORI